Chère lectrice,

Vos cinq romans de ce mois sont placés sous le double signe de l'aventure et du défi... D'abord, vous retrouverez la seconde partie de la saga médiévale de Suzanne Barclay, avec cette fois pour héroïne l'étonnante Emmeline, *La fille du troubadour*, elle-même poétesse à ses heures et qui, un beau jour de 1386, décide de se servir de ce don pour s'introduire chez les Sommerville où elle veut assouvir une vengeance... Deux siècles plus tard, pour un motif complètement différent, le chevalier Duncan Hayward doit également trouver le moyen de pénétrer au sein d'une forteresse réputée imprenable. Et l'idée qu'il va trouver pour déloger les occupants du *Donjon des sortilèges* est pour le moins originale ! En 1815, c'est au tour de lord Varner de jouer avec le feu en travaillant comme espion pour la Couronne britannique. Rien, en effet, ne séduit tant ce *Maître des passions* que le danger, mais à trop approcher la flamme, on finit par se brûler... Mattie, elle aussi, à la suite d'*Une nuit d'égarement*, se retrouve confrontée au plus improbable des défis : cacher sa grossesse à l'homme qui est en responsable. Et, en 1887, ce n'est pas chose facile... A la même époque, c'est d'une gageure d'un tout autre genre qu'entend triompher Constance, une brillante archéologue : la jeune femme veut remporter le célèbre prix Montague, *Le prix de l'espérance*, au nez et à la barbe de son rival, Kevin Parish. Une joute pour la gloire qui tourne très vite au duel amoureux...

Enfin, ne manquez pas, le 1er novembre, le troisième titre de votre nouvelle collection Grands Romans Historiques : *Destins blessés*, de Susan Wiggs.

Bonne lecture et rendez-vous en décembre,

La responsable de collection

Le 1er octobre,
la collection Les Historiques
vous propose une captivante saga
médiévale de Suzanne Barclay

Pendant la guerre de Cent Ans, une joute farouche au nom de l'honneur et de l'amour...

Découvrez ce mois-ci le second volet de cette trilogie, *La fille du troubadour* (Les Historiques n°227), et laissez-vous entraîner dans une grande fresque chevaleresque :

Angleterre, 1386

Le chevalier James Harcourt, considéré comme le mouton noir de la famille Sommerville, revient chez lui après sept ans passés en mer. Il découvre alors qu'il a été supplanté par son frère jumeau Hugh, qui lui voue une haine et une jalousie sans bornes, et qu'il est en outre soupçonné du meurtre de la fille d'un ménestrel...

Ne manquez pas, le 1er décembre, le dernier titre de cette passionnante trilogie :
***Le retour du guerrier* - (Les Historiques n°232)**

Le donjon des sortilèges

TORI PHILLIPS

Le donjon des sortilèges

HARLEQUIN

LES HISTORIQUES

Si vous achetez ce livre privé de tout ou partie de sa couverture, nous vous signalons qu'il est en vente irrégulière. Il est considéré comme « invendu » et l'éditeur comme l'auteur n'ont reçu aucun paiement pour ce livre « détérioré ».

Cet ouvrage a été publié en langue anglaise sous le titre :
HALLOWEEN KNIGHT

Traduction française de
LOUIS DE PIERREFEU

83-85, boulevard Vincent-Auriol, 75013 Paris — Tél. : 01 42 16 63 63
Service Lectrices — Tél : 01 45 82 47 47
ISBN 2-280-16350-0 — ISSN 1159-5981

À cette époque...

Une partie de ce roman se déroule pendant la fête de Halloween, célébrée le soir du 31 octobre, veille de la Toussaint “*all hallow even*”, d’où elle tire son nom. Autrefois, la fête de Samin, d’origine celtique, marquait cette nuit-là la fin de l’été et le retour de la saison froide. Or, dans l’imaginaire populaire, l’hiver a longtemps véhiculé sa part de frayeurs et de doutes. La légende prétendait que ce temps de grisaille était propice aux sorcières qui parcouraient le ciel nocturne juchées sur des balais. Aussi, pour conjurer leur peur, les hommes firent-ils appel à la lumière, sorte de génie bienfaisant qui, en dissipant l’obscurité, leur insufflait force et courage. Lumières en petites chandelles, en immenses brasiers, lumières sur les tables ou dans les cheminées : face aux ténèbres d’où pouvaient surgir à tout instant des êtres maléfiques, la clarté faisait office d’outil purificateur. Aujourd’hui, la tradition veut que, la nuit de Halloween, les enfants aillent de porte en porte déguisés en squelettes, fantômes ou sorcières, tandis qu’aux fenêtres des maisons vacille un “*Jack O’Lantern*”, citrouille évidée et grimaçante qu’une bougie éclaire de l’intérieur. Irlandais trop avare pour aller au paradis, Jack était, dit-on, condamné à errer sur terre car le diable lui-même n’en voulait pas !

1.

Château de Wolfstone, Northumberland.
Fin septembre 1542.

— Ah ! te voilà enfin, Duncan !

Lord Cavendish fit un mouvement pour se retourner vers son visiteur.

En le voyant grimacer de douleur, sir Duncan Hayward s'approcha du lit et aida son ancien suzerain à se redresser au milieu de ses oreillers.

— Votre message m'est parvenu il y a une semaine et, après l'avoir lu, je me suis aussitôt mis en selle. Depuis lors, j'ai chevauché jour et nuit pour répondre à votre appel. Heureusement, les routes étaient sèches et je n'ai fait aucune mauvaise rencontre.

Un large sourire éclaira son visage.

— Pourquoi m'avez-vous mandé d'une façon aussi urgente, milord ? Dois-je aller châtier l'impudent qui vous a infligé cette blessure ?

Lord Cavendish soupira et secoua la tête.

— Non. Il s'agit de Blanche. Elle a des ennuis — de graves ennuis. Du moins, je le crains.

Duncan réprima un soupir. Comment aurait-il pu oublier la fille illégitime de lord Cavendish ? Il avait six ans à peine lorsqu'elle était arrivée au château de Wolfstone — une adorable poupée qui très vite s'était métamorphosée en une petite damoiselle espiègle et terriblement autoritaire. Une damoiselle qui possédait un véritable génie pour attirer sur elle les catastrophes — quand elle ne les attirait pas sur son entourage !

— Ce n'est pas une nouveauté, milord, marmonna-t-il en buvant nerveusement une gorgée de bière. Lorsque j'étais en Irlande, j'ai entendu dire qu'elle s'était mariée. Si elle a des problèmes, il revient à son mari de les résoudre, désormais.

— Elle *était* mariée, corrigea lord Cavendish. Cuthbert est mort. C'est la raison des difficultés auxquelles elle est confrontée.

Duncan se mordit la lèvre — juste à temps. Il avait failli demander si elle était responsable d'une mort aussi prématurée. Il but une autre gorgée de bière, tandis que son cœur se mettait à battre plus vite.

Avant de continuer, lord Cavendish finit sa chope avec une lenteur délibérée.

— Cuthbert Fletcher ne ressemblait en rien à l'époux que j'avais espéré pour Blanche. Un garçon gentil et bien tourné, mais dépourvu d'énergie. Quand les yeux de Blanche se sont portés sur ce freluquet — Dieu ait pitié de son âme — elle a déclaré que si on ne le lui donnait pas pour mari, elle en mourrait. Elle a failli me rendre fou avec ses manières enjôleuses !

Duncan grommela intérieurement. Si lord Cavendish l'avait moins gâtée, la petite peste aurait suivi ses conseils au lieu de n'en faire qu'à sa tête.

— Cependant, vous ne vous êtes pas opposé à leur union, fit-il observer à voix haute.

La nouvelle du mariage de Blanche lui était parvenue avec quatre mois de retard, alors qu'il était en garnison dans un château du comté de Connaucht. Il avait passé la soirée à boire à la santé de la victime expiatoire — jamais de toute sa vie il n'avait bu autant de whiskey irlandais.

Lord Cavendish lui décocha un regard incisif.

— J'aurais eu mauvaise grâce à refuser. Cuthbert a accepté de la prendre pour épouse malgré sa... naissance.

Il s'éclaircit la gorge et une nouvelle grimace déforma ses traits nobles.

— Lorsque nous sommes allés la présenter au roi, voilà deux ans, tous les jeunes gens se retournaient sur son passage, tant elle resplendissait de charme et de beauté. Cela n'a pas duré. Dès qu'ils ont appris qu'elle était une bâtarde, ces paons vaniteux l'ont dédaignée et aucun d'entre eux ne s'est abaissé à la courtiser. Sauf ce Cuthbert, le fils d'un riche marchand de laine, récemment anobli pour d'obscurs services rendus à la Couronne.

D'un geste machinal, Duncan se massa le bras — à l'endroit où il se l'était brisé, huit ans plus tôt. Un souvenir cuisant de sa dernière rencontre avec Blanche.

— Ainsi, Cuthbert est mort ?

— Oui. D'une mauvaise fièvre, au mois de juin. Nous l'avons appris par une lettre de Blanche.

Duncan battit des paupières.

— Elle n'habite donc pas dans le Northumberland ?

— Non. Lady Catherine, ma chère épouse, lui a donné en dot le château de Bodiam. Elle a toujours eu beaucoup d'affection pour Blanche.

Les yeux de Duncan s'élargirent de surprise.

— C'était très généreux de la part de lady Catherine, milord.

Il avait gardé un souvenir idyllique de Bodiam et de la campagne riche et verdoyante du Sussex. Bâtie au douzième siècle, au temps des barons normands, la vieille forteresse avait conservé ses tours, ses murailles et ses douves, mais le logis seigneurial avait été percé de fenêtres à meneaux et avait été entièrement réaménagé à la manière d'un palais italien par le père de lady Catherine, à son retour d'un voyage à Milan et à Venise. Des aménagements rendus possibles par la paix relative qui régnait dans le royaume depuis l'avènement du roi Henri, huitième du nom.

Malgré lui, Duncan ne put réprimer un pincement de jalousie.

Cinquième fils d'un hobereau du Yorkshire, il n'avait rien hérité de son père, hormis un nom de famille glorieux. S'il était parti guerroyer en Irlande, c'était avec l'espoir de faire fortune, mais, malgré le sang, la sueur et les larmes qu'il avait versés sans compter au service du roi, il se retrouvait aussi pauvre qu'auparavant. Il comprenait sans peine, maintenant, pourquoi ce Cuthbert avait accepté d'épouser Blanche ! Lui-même eût épousé un laideron acariâtre si on lui avait donné Bodiam — quitte à entretenir une maîtresse, une fois son « sacrifice » consommé.

Lord Cavendish regarda fixement le fond de sa chope vide.

— Le frère et la sœur de Cuthbert se trouvaient avec Blanche lors de la mort de son mari. En juillet, elle m'a écrit pour me dire qu'ils étaient restés pour lui tenir compagnie. Puis... plus rien. Je lui ai envoyé une lettre en août. Je n'ai reçu aucune réponse. Elle a peut-être des défauts, mais jamais auparavant elle ne m'avait laissé aussi longtemps sans nouvelles.

Duncan haussa un sourcil étonné. La petite péronelle ne lui avait même pas envoyé un mot d'excuse ou de regret après avoir failli le rendre définitivement inapte au métier des armes !

— Un silence aussi inhabituel nous a inquiétés, Catherine et moi. Au début nous nous sommes rassurés en nous disant qu'elle était trop accaparée par la gestion de ses terres. Et puis, la perte de son mari était encore récente. Il fallait lui laisser le temps de surmonter son chagrin.

Pour se donner une contenance, Duncan but lentement sa bière. Blanche — la femme d'un autre homme. Une foule d'images se pressèrent dans sa mémoire. Des images tout à la fois troublantes et exaspérantes. Des yeux pétillant de malice et d'intelligence, un sourire moqueur, un corps à peine sorti de l'adolescence, mais déjà — ô combien ! — désirable. Il imagina la diablesse allongée sur un lit, ses longs cheveux blonds éparpillés autour de sa tête. Nue. Entièrement nue...

— Alors, une autre ?

La voix de lord Cavendish brisa un rêve qui commençait à prendre une tournure par trop inconvenante.

— Pardon ?

— Tu veux une autre chope de bière ?

Duncan hocha la tête et le servit, avant de se servir lui-même, comme il l'avait fait si souvent au temps où il était l'écuyer de lord Brandon Cavendish.

Ils burent tous les deux une gorgée du breuvage noir et âpre, puis lord Cavendish poursuivit, le regard sombre :

— J'avais l'intention de lui rendre visite après le tournoi royal de la Saint-Michel. Je ne voulais pas prendre le risque de ne pas être présent à cet événement — le caractère de notre roi est devenu encore plus ombrageux depuis qu'il a fait exécuter sa dernière femme. Il voit des complots partout. Pauvre Catherine Howard !

Il secoua la tête et une ombre passa sur son visage.

— Sa cinquième femme — et la deuxième qu'il fait périr sur l'échafaud ! Depuis Néron et Caligula, aucun tyran n'avait osé se montrer aussi sanguinaire.

Duncan regarda autour de lui avec inquiétude.

— Pas si fort, milord. Vos paroles frôlent dangereusement la sédition et les murs de ce château abritent peut-être des oreilles ennemies.

Le jeune chevalier arrivait de Londres où la noblesse anglaise tremblait de peur au moindre froncement de sourcils de l'horrible despote qui, depuis trente ans, ne reculait devant aucun crime pour satisfaire ses caprices et maintenir ses sujets sous son joug sanglant.

Lord Cavendish balaya ses inquiétudes d'un geste de la main. Personne n'oserait jamais l'accuser de trahison sans une preuve irréfutable — il s'était battu à Guinegatte aux côtés du roi et avait toujours affirmé haut et fort sa loyauté envers la Couronne.

— Puis il y a eu cet accident stupide, marmonna-t-il en regardant avec frustration le bas de son corps maintenu par des attelles. J'avais décidé de rompre quelques lances avec mon frère — un simple entraînement avant le tournoi. Mon nouveau destrier a trébuché et je me suis retrouvé coincé sous sa masse. Un cheval magnifique, mais horriblement lourd. Il m'a écrasé les jambes et le bassin.

— Vous pouvez remercier votre ange gardien, milord. Je connais des hommes qui sont morts pour bien moins que cela.

Lord Cavendish s'esclaffa.

— On croirait entendre ma chère Catherine ! Mais revenons à notre sujet, poursuivit-il en recouvrant toute sa gravité. Il y a quinze jours, j'ai reçu cette missive.

Il se pencha pour prendre un parchemin dans le tiroir de sa table de chevet.

— Elle émane de Montjoy. Tu te souviens de cette vieille fripouille, n'est-ce pas ?

Duncan hocha la tête.

— Il est encore en vie ? s'étonna-t-il.

Il gardait un souvenir vivace de l'ancien régisseur de Bodiam, un petit bonhomme chauve, courbé par l'âge et par les travaux. Il devait avoir au moins cent ans ! Pourtant, son écriture était encore claire et sa main ne tremblait pas.

— Que dis-tu de ce message ? grommela lord Cavendish.

Duncan lut la lettre à voix haute :

« Un nuage noir plane sur le château de Bodiam. Tous les anciens serviteurs ont été congédiés. Les visiteurs trouvent porte close. Hier soir, un garçon du village a aperçu lady Blanche à la fenêtre d'une tour. Elle l'a supplié d'envoyer quérir son père. Puis, des hommes d'armes ont chassé le garçon du parc. Venez vite, milord. Je crains que votre fille ne soit en grand danger.

Montjoy. »

— Je ne dors plus, Duncan, dit-il sombrement. Ma Blanche a besoin de moi et je suis incapable de quitter ce maudit lit.

Ulcéré, il donna un coup de poing sur l'un de ses oreillers — un coup de poing si violent qu'il transperça l'étoffe.

Il soupira et regarda lugubrement le nuage de plumes blanches qui retombait autour de lui.

— Ma chère épouse va m'arracher les yeux. C'est le cinquième depuis l'arrivée de cette lettre.

Duncan sentit sa bouche devenir sèche. A sa connaissance, Blanche n'avait jamais supplié personne. Il l'avait entendue marchander, exiger, harceler, mais supplier... Non, jamais !

Une inquiétude sourde l'envahit.

— Montjoy exagère peut-être, suggéra-t-il sans trop de conviction. Il a toujours eu tendance à voir les choses en noir.

— Je connais son humeur morose, certes, mais également son esprit d'économie. Envoyer un messager à l'autre bout du pays coûte cher et il n'aurait pas pris la peine de m'écrire s'il n'avait pas eu des soupçons vraiment fondés. Il n'y a qu'une seule solution : il faut que tu te rendes à Bodiam à ma place, afin de voir de quoi il retourne.

Duncan s'était préparé à une telle requête, mais, néanmoins, il ne put s'empêcher de frissonner. Rencontrer de nouveau Blanche... A cette pensée, sa vieille blessure au bras l'élança douloureusement.

— Sir Guy serait plus qualifié pour remplir une telle mission. C'est votre frère et, étant d'âge mûr, il...

— Ne sois pas stupide, mon garçon ! l'interrompit lord Cavendish en reprenant le ton qu'il employait avec lui quand il était son écuyer. N'as-tu donc rien remarqué quand tu galopais à travers le comté ? La moisson bat son plein. Guy doit être partout à la fois, afin de surveiller ses tenanciers et les miens. Quant à mon digne père, je te ferai écorcher vif s'il vient à apprendre un seul mot de cette histoire ! Il a soixante-dix ans passés et sa vue commence à baisser — sans parler de ses rhumatismes. Mais, en dépit de ses infirmités, il serait capable de se mettre en selle pour voler au secours de sa chère petite-fille. S'il se lançait dans une aussi folle chevauchée, ma mère ne me le pardonnerait jamais !

Un sourire narquois erra sur les lèvres de Duncan.

— Mais moi, je suis le fou dont vous avez besoin.

Son ancien suzerain lui décocha un regard perçant.

— Oui. Je n'ai personne d'autre. Francis est à Paris où il étudie le droit et la philosophie à la Sorbonne. De toute façon, ce n'est pas un homme d'armes. Il sait manier une plume et connaît le latin et le grec, mais il n'est guère habile avec une épée ou avec une arquebuse.

Duncan hocha la tête. Il n'avait pas oublié le fils aîné de lord Cavendish. A dix ans à peine, c'était déjà un jeune homme grave et sérieux, un clerc qui passait ses journées dans la bibliothèque du château.

— Certes, je sais que Blanche et toi avez eu parfois des différends dans le passé...

— « Parfois » est un euphémisme, marmonna Duncan en se massant de nouveau l'avant-bras. Depuis le moment où elle a été capable de parler, je n'ai pas cessé d'être son souffre-douleur. Je devais lui obéir au doigt et à l'œil et tous les moyens étaient bons pour m'obliger à faire ses quatre volontés.

Lord Cavendish sourit — un sourire un peu contraint.

— Tout cela est du passé. Après ton départ pour l'Irlande, elle s'est assagie pour devenir une jeune dame accomplie.

Duncan s'esclaffa.

— Permettez-moi d'en douter, milord. Ses épines m'ont laissé un souvenir fort cuisant et vous ne parviendrez pas à me faire croire qu'elle s'est métamorphosée, comme par magie, en parangon de vertu !

Gêné, son ancien suzerain regarda fixement le bout de ses doigts.

— A propos, comment s'est passé ton séjour en Irlande ? As-tu fait fortune, comme tu l'avais juré à ton départ ? Le roi t'a-t-il remercié de tes services en te donnant le vaste domaine auquel tu rêvais ?

Duncan détourna les yeux.

— Vous savez très bien que non, milord. J'ai eu de la chance, déjà, de revenir vivant — cela n'a pas été le cas de tous mes compagnons. Après sept années de sang, de sueur et de larmes, je ne possède rien, à part mon cheval et mon épée.

Lord Cavendish se pencha en avant.

— Que dirais-tu si je te donnais un domaine avec les fermes aux alentours — mille arpents de terre fertile et bien arrosée ?

Devant une proposition aussi alléchante, toutes les objections de Duncan s'évanouirent comme par enchantement. Une maison, des fermiers, les plaisirs de la chasse...

— Et, en échange, vous me demandez d'aller au secours de Blanche. C'est cela, n'est-ce pas, milord ?

Un sourire erra sur les lèvres du vieil homme.

— Tu as toujours été un garçon intelligent, Duncan. Ramène-moi Blanche saine et sauve et le manoir des Aubiers t'appartient. Tu connais sa valeur, je suppose ?

Duncan hocha la tête.

Le manoir des Aubiers. Plusieurs fois, il y avait séjourné, quand il accompagnait lord Cavendish dans ses parties de chasse. Une grosse tour, un corps de bâtiments avec des fenêtres en croisée d'ogives et de vastes dépendances au bord d'une petite rivière à truites.

« Enfin, pensa-t-il avec enthousiasme, je pourrai songer à m'établir et à fonder une famille. »

— Contre une pareille récompense, je suis prêt à chevaucher jusques en enfer ! affirma-t-il.

— Si les dires de Montjoy sont exacts, c'est ce qui t'attend, mon garçon.

Duncan balaya d'un geste de la main la mise en garde du vieux régisseur. Il craignait bien plus la réaction de Blanche lorsqu'elle apprendrait le prix que son père avait payé pour la ramener saine et sauve à Wolfstone.

— N'ayez crainte, je mènerai à bien cette mission. Jobe et moi prendrons la route demain matin à l'aube, et dans moins d'un mois, nous serons de retour avec votre fille.

Lord Cavendish lui décocha un regard inquisiteur.

— Qui est ce Jobe ?

— Mon ombre et mon ange gardien, tout à la fois. Vous le rencontrerez bientôt, milord.

Château de Bodiam, Sussex.

Le cachot, froid et sinistre, se situait au dernier étage d'une tour. Par les étroites meurtrières, les rayons pâles et blafards du soleil couchant entraient avec parcimonie et tentaient vainement de percer la pénombre.

Un pas résonna dans l'escalier. Il y eut un silence, puis la clé grinça dans la serrure de la lourde porte en chêne massif.

Blanche se redressa en soupirant et s'adossa au mur glacé. Tout tournait autour d'elle. Elle ferma brièvement les yeux et rassembla ses forces pour affronter son beau-frère, Mortimer Fletcher.

Le battant pivota lentement et la silhouette de son geôlier apparut.

Pourpoint à jupe, casaque et haut-de-chausses de velours, chemise plissée de soie, chaussures en pied d'ours et à crevés... Mortimer Fletcher entra et la salua avec une déférence ironique.

— Bonsoir, chère belle-sœur.

Délicatement, il souleva un coin du torchon recouvrant le plateau qu'il avait apporté et un délicieux arôme envahit le cachot. Un pigeon rôti entouré de légumes dorés et nappés d'une sauce onctueuse.

— Vous aimeriez peut-être goûter à ce volatile? murmura-t-il, la mine gourmande. Cela vous changerait de votre pain sec.

Blanche sentit l'eau lui venir à la bouche, mais elle se raidit et serra les poings avec violence.

— Votre seule vue me coupe l'appétit! répliqua-t-elle avec mépris. Et, même si j'avais faim, je préférerais manger du rat et lécher les murs, plutôt que d'accepter la nourriture préparée par votre cuisinier.

Une grimace de colère déforma les traits de Mortimer, mais, presque aussitôt, se mua en un sourire patelin.

Posant son plateau par terre, il s'avança vers elle — non sans prendre soin de rester hors de portée de ses ongles — des ongles qui lui avaient laissé un souvenir cuisant lors de sa dernière tentative pour l'amadouer.

— Allons, ma mie, montrez-vous un peu raisonnable...

— Je ne suis pas votre mie et je ne le serai jamais! rétorqua-t-elle en reculant.

« Il ne doit surtout pas se rendre pas compte à quel point je suis faible, se dit-elle intérieurement. Sinon, je suis perdue. »

Son geôlier émit un claquement de langue impatient.

— Votre obstination est absurde, Blanche. A quoi bon vous languir ainsi et vous laisser dépérir ? J'avais une grande affection pour Cuthbert, mon unique frère, et vous voir ainsi me désole. Vraiment.

Blanche faillit hurler.

Comment pouvait-on être aussi cynique, aussi dépourvu de sens moral ?

— Votre affection pour Cuthbert ? Quelle dérision ! Quand il est mort, vous avez dansé de joie sur sa tombe.

— Ce n'est pas vrai ! Ma sœur et moi avons éprouvé beaucoup de chagrin quand il nous a quittés — même si les convenances nous ont empêché de le montrer ouvertement. Mais trêve de bavardage... Nous parlons et votre pigeon refroidit. C'est dommage, non ?

Elle lui décocha un regard incendiaire.

— Je n'en mangerai pas une seule bouchée ! Je connais trop bien le prix que vous exigez en échange.

Son beau-frère soupira.

— Mon exigence n'est pas bien grande, répondit-il d'une voix doucereuse en tirant un vélin de son pourpoint. Quelques lignes et une signature. Ensuite, vous recouvrerez votre liberté et votre place dans ce château. Avec tous les honneurs qui sont dus à une dame de votre rang. N'est-ce pas préférable à votre situation présente ?

Il fit un pas vers elle, mais aussitôt elle se dressa, toutes griffes dehors.

— Arrière, vipère ! Votre vue m'indispose et votre odeur offense mes narines. Vous avez dû naître sur un tas de fumier pour exhaler une pareille puanteur !

Mortimer blêmit et un tremblement de fureur agita ses lèvres.

— Qu'avez-vous dit, ma chère belle-sœur ? Je ne vous ai pas très bien entendue.

— Si vous preniez plus souvent un bain, vos oreilles n'auraient pas de telles défaillances. Allez-vous en ! Je ne suis pas d'humeur à écrire aujourd'hui et je ne le serai pas davantage demain ou après-demain.

Il recula prudemment, le visage congestionné de rage.

— A votre guise, mais vous le regretterez.

— Jamais je ne renoncerai à Bodiam ! répliqua-t-elle en l'abreuvant d'injures. Ni la faim, ni la torture ne me feront céder. Je préférerais encore vendre mon âme au diable et vous entraîner avec moi en enfer !

Mortimer se signa craintivement.

— Prenez garde à votre langue, femme ! Personne ne peut invoquer impunément les forces des ténèbres. Ne dit-on pas que Satan a des yeux et des oreilles partout ?

Il jeta un regard inquiet par-dessus son épaule, comme pour s'assurer qu'une créature démoniaque n'avait pas surgi de l'étroit escalier en colimaçon.

— Crachez dans votre main et dites une prière, sinon vous serez damnée.

Un éclat de rire moqueur s'échappa des lèvres de Blanche.

— Ecoutez-moi ce poltron ! Il fait son faraud et tremble dès que l'on évoque le diable. Pourtant, la noirceur de votre âme devrait vous prémunir contre de telles angoisses. Si vous n'êtes pas Lucifer soi-même, vous êtes pour le moins son cousin. Allez, sauvez-vous ! Courez vous réfugier dans votre trou, comme les cafards qui, depuis votre arrivée, hantent la cuisine de cette malheureuse demeure. Et, au moins, mes narines ne seront plus offensées par votre puanteur.

Il se redressa, furibond.

— J'ai pris un bain aujourd'hui, madame ! Vous ne pouvez guère en dire autant et s'il y a des miasmes dans ce cachot, c'est de vous qu'ils proviennent, non de moi.

Blanche lui tourna le dos ostensiblement.

— Disparaissez et emportez avec vous votre maudit papier !

— Tant pis pour vous.

Il pivota sur les talons et se pencha pour ramasser son plateau et son bougeoir, mais, soudain, il sursauta et se signa de nouveau.

— Dieu me garde, murmura-t-il d'une voix tremblante.

Blanche pivota pour le fixer avec curiosité.

— Quelque chose ne va pas ?

— En... ensorcelé ! bredouilla-t-il. Le... le pigeon a disparu !

Il effleura le bord de l'assiette du bout de son soulier.

— Ensorcelé ! répéta-t-il d'une voix étranglée.

Blanche se réjouit intérieurement. « Oh ! Dexter, mon amour, songea-t-elle avec reconnaissance, grâce à toi, je vais pouvoir souper ! »

— Les rats l'ont peut-être emporté pour festoyer dans un coin, suggéra-t-elle. Bodiam regorge de ces charmantes bêtes, surtout depuis que vous nous avez affligés de votre présence. A moins que...

Elle fit une petite pause, pour le plaisir de le voir s'agiter désespérément comme un ver au bout de sa ligne.

— A moins qu'il ne s'agisse du fantôme qui habite cette tour. Il adore ce genre de facéties.

Son beau-frère pâlit et ses yeux jaillirent de leurs orbites.

— Quel fantôme ? Vous l'avez vu ?

Elle brandit avec délice la seule arme efficace qu'elle possédait contre son beau-frère : à l'instar de son défunt mari, Mortimer et sa sœur étaient d'une superstition maladive.

— On dit que c'est le fantôme du baron qui a bâti ce château, déclara-t-elle suavement. Un seigneur cruel et sans pitié qui a été condamné à errer jusqu'à la fin des temps dans les couloirs et les escaliers de cette forteresse.

Mortimer frissonna et ses mains se mirent à trembler.

— Parfois, il intervient dans les affaires des hommes, poursuivit Blanche en dissimulant avec peine un sourire de triomphe. Il est très ombrageux dès qu'un étranger cherche à s'emparer de ces vieux murs au détriment de ses propriétaires légitimes. L'esprit de famille... A votre place, je me méfierais, mon cher beau-frère.

Mortimer saisit le plateau fébrilement et sortit en reculant.

— S'il est en colère, c'est à cause de vous, non de moi ! jeta-t-il, les yeux remplis de terreur. Mon frère était le propriétaire de ce château et je suis son héritier naturel, que cela vous plaise ou non.

Il referma la porte, et la clé grinça dans la serrure rouillée.

Un bruit de pas précipité. Il s'enfuyait ! Comme s'il avait le diable à ses trousses.

Quand le bruit de ses pas se fut éloigné, Blanche s'accroupit et scruta la pénombre.

— Dexter ! Dexter ! appela-t-elle à voix basse. Où te caches-tu, mon mignon ?

Au bout de quelques secondes, un gros chat roux sortit de l'embrasure d'une meurtrière et s'approcha en ronronnant.

Sa maîtresse le caressa et le gratta derrière l'oreille.

— Tu as fait bonne chasse, petit fripon... On partage ?

Dexter se frotta contre elle et lâcha le pigeon sans trop se faire prier. Il avait déjà pris sa part : la tête et le croupion. Assez pour rassasier un estomac de chat.

— Oh ! merci ! chuchota Blanche. Je t'adore, tu sais !

2.

Jobe se pencha en arrière et ralentit sa monture. Intrigué, Duncan attendit son fidèle compagnon — un Africain gigantesque au visage aussi noir que l'ébène.

— Qu'y a-t-il ? questionna-t-il quand il fut à sa hauteur. Pourquoi t'arrêtes-tu ? Ce n'est pas le moment de flâner. La route est sèche et nous pouvons encore chevaucher cinq ou six miles avant la tombée de la nuit.

— Nous sommes suivis, mon ami, répondit Jobe, les yeux fixés droit devant lui.

Duncan ne regarda pas par-dessus son épaule, mais tous ses muscles se tendirent. Depuis que le roi avait confisqué les monastères et jeté dehors les mendiants qui vivaient de la charité des moines, les grands chemins étaient infestés de brigands.

— De quel côté sont-ils ? s'enquit-il dans un souffle, tout en posant la main sur la poignée de son épée.

Jobe déboutonna son pourpoint de cuir, découvrant un alignement impressionnant de dagues effilées — son arme favorite qu'il lançait avec une précision diabolique.

— Sur notre gauche. Il est seul. Il reste toujours à bonne distance, mais il ne nous a pas quittés depuis midi.

Duncan se passa la langue sur les lèvres.

— Il s'agit peut-être simplement d'un paisible voyageur. Beaucoup de gens empruntent cette route pour se rendre à Londres.

Un grognement s'échappa de la gorge de Jobe.

— Arrêtez-vous et faites semblant de vérifier les pieds de votre cheval. Je parie que votre « paisible voyageur » va s'arrêter également.

Duncan hocha la tête.

— Holà ho ! Aramis boite, déclara-t-il à voix haute. Attends-moi un instant, je vais regarder s'il n'a pas un caillou dans l'un de ses sabots.

Tout en mettant pied à terre, il jeta un coup d'œil derrière son épaule. Leur ange gardien s'écarta de la route et disparut derrière un bosquet.

— Alors ? questionna Jobe.

Duncan flatta l'encolure d'Aramis et se remit en selle lestement.

— Tu as raison, acquiesça-t-il. Mais ce malandrin s'est mis à couvert avant que j'aie eu le temps de voir son visage.

Jobe sourit — un large sourire qui découvrit deux rangées de dents d'une blancheur éclatante.

— Parfait ! approuva-t-il. Je vais enfin pouvoir me dégourdir un peu.

Duncan tempéra l'enthousiasme de son compagnon.

— Du calme, Jobe. Pas de précipitation. Aussi bien, toute une bande se cache dans la forêt, prête à accourir au moindre signal.

— Encore mieux ! approuva le géant.

Duncan secoua la tête.

— Non. Un mauvais coup est vite arrivé et nous avons une mission à accomplir. Nous allons continuer notre chemin, comme si nous ne l'avions pas vu.

Jobe se renfrogna.

— Sans nous battre ?

Duncan leva la tête et regarda le soleil qui, lentement, descendait vers l'horizon.

— S'il est encore là à la tombée de la nuit, nous... l'inviterons à dîner avec nous.

Le visage de Jobe s'éclaira de nouveau.

— D'accord, mon ami.

Deux heures plus tard, Duncan et Jobe décidèrent de faire halte pour la nuit sous les frondaisons pourpre et or d'un chêne centenaire. Leur mystérieux ange gardien ne les avait pas quittés, mais aucun signe ne laissait supposer qu'il avait l'intention de les attaquer.

Jobe mit pied à terre et dessella son grand cheval bai.

— Nous avons affaire à un vieux renard, murmura-t-il en s'esclaffant. Il attend que nous soyons endormis pour frapper.

En son for intérieur, Duncan se demanda pourquoi un brigand s'était donné la peine de les suivre pendant une journée entière. Ils voyageaient sans bagages et il était visible qu'ils ne possédaient rien, hormis leurs armes et leurs montures.

— Tu vas faire un grand feu pour attirer son attention. Pendant ce temps-là, je vais m'éloigner et tenter de le prendre à revers.

— Non. Ce serait trop dangereux.

Duncan fronça les sourcils.

— Dangereux ? Comment cela ?

Une lueur amusée brilla dans les yeux de l'Africain.

— A cause de la pâleur de votre visage. Il va briller avec autant d'éclat qu'une deuxième lune. Il faudrait que notre lascar soit aveugle pour ne pas vous voir venir. Il vaut mieux que j'y aille à votre place. Moi, je suis assez noir pour me fondre dans la nuit.

Duncan maugréa, mais, finalement, se rendit à ses raisons. Avant de le laisser partir, il lui saisit le bras et le regarda droit dans les yeux.

— Evite de le tuer. L'Angleterre est un pays civilisé et le shérif du comté pourrait être contrarié si nous lui laissons un cadavre sur les bras.

— Ne vous inquiétez pas, le rassura Jobe à voix basse. Je ne suis pas une brute sanguinaire. Je me contenterai de le maîtriser et de vous l'amener — même s'il serait plus facile de le tuer.

Duncan le regarda s'éloigner, puis, lorsque sa silhouette massive eut disparu dans la nuit, il ramassa des branches mortes et entreprit d'allumer un feu. Le bois était bien sec et, très vite, des flammes jaillirent et illuminèrent la petite clairière.

Se redressant, il s'adossa au tronc du chêne et posa la main sur la poignée de son épée.

Où diable Jobe pouvait-il bien être? Il n'entendait aucun bruit, même pas le craquement d'une brindille.

Les minutes s'écoulèrent lentement. Il songea à Blanche et au domaine que lui avait promis lord Cavendish s'il lui ramenait sa fille. Un manoir et mille arpents de belle terre arable... Son rêve le plus cher enfin réalisé.

Soudain, un cri aigu déchira la nuit. Il dégaina son épée et fit un pas en avant, prêt à courir à la rescousse de Jobe.

Cela ne fut pas nécessaire.

D'autres cris, accompagnés de grognements étranglés, suffirent à le convaincre du succès de son compagnon.

Tandis qu'il remettait son épée au fourreau, il vit réapparaître l'Africain, un fardeau sur l'épaule. Malgré les coups de pied et les jurons de son prisonnier, il riait à gorge déployée.

— Alors, Jobe, que nous rapportes-tu pour le dîner? s'enquit-il d'une voix joviale.

Le géant laissa tomber sa proie sur le sol et posa le pied sur sa poitrine.

— C'est seulement un lionceau, mais il est horriblement mal élevé et m'aurait lacéré de ses griffes si je l'avais laissé faire.

Son prisonnier l'injuria copieusement et donna des coups de poing rageurs sur sa botte.

— Lâchez-moi ! Lâchez-moi !

Un large sourire éclaira le visage de Duncan.

— Par le Christ, Jobe, tu as fait du bon travail ! s'exclama-t-il en riant. C'est une belle prise que tu me rapportes là, si je ne m'abuse.

L'Africain haussa un sourcil étonné.

— Ce gringalet ? Ce vermisseau ?

Des qualificatifs qui exacerbèrent la fureur de son prisonnier. Le visage écarlate, il se tortilla et redoubla d'efforts pour se libérer, mais le pied de Jobe le maintenait solidement cloué au sol.

— Espèce de brute ! Maraud ! Suppôt de Satan ! Laisse-moi me relever et tu vas voir si je suis un vermisseau !

Duncan s'accroupit à côté de lui et le considéra avec une lueur amusée au fond des yeux.

— Un menton dominateur, des yeux bleu pâle, un caractère exécrable... Oui, tous les ingrédients sont là. C'est un Cavendish. De la pointe des pieds, jusqu'à la racine des cheveux.

Le jeune garçon cessa de gigoter et devint brusquement silencieux.

— Il n'y a pas d'erreur possible, Jobe, poursuivit Duncan d'une voix grave. Nous avons mis la main sur l'un des membres de cette illustre famille — même s'il n'était pas présent à la table du dîner, hier soir. Sans doute parce qu'il préparait son cheval pour son escapade d'aujourd'hui.

Il se redressa et hocha la tête.

— Un Cavendish. Aide-le à se relever, mais avec tous les égards auxquels lui donne droit sa naissance. Nous sommes apparemment en présence du futur comte de Thornbury et il n'est pas convenable qu'un aussi haut personnage se roule dans la poussière devant nous.

Jobe s'esclaffa et, retirant sa botte, il saisit le jouvenceau par les revers de sa veste et le remit sur ses pieds. Puis il le fit pivoter et posa ses grosses mains noires sur ses épaules.

— Tu es bien Christopher Cavendish, n'est-ce pas ? s'enquit Duncan. Quand je suis parti en Irlande, tu étais encore au berceau, mais tu ressembles trop à ton père et à cette bonne lady Catherine pour que je puisse me tromper.

Le gamin soutint bravement son regard.

— Oui, messire. Mais tous mes amis m'appellent Kitt.

— Tu peux nous compter au nombre de tes amis, le rassura Duncan en souriant. Je m'appelle Duncan Hayward et j'ai servi ton père pendant plus de vingt ans. Quant à Jobe, c'est mon plus fidèle compagnon et il ne te fera aucun mal.

Kitt leva les yeux vers l'Africain, puis il s'aventura à toucher sa peau d'ébène.

— Vous n'êtes pas peint ? questionna-t-il d'une voix empreinte d'une crainte respectueuse.

Jobe rejeta la tête en arrière et rit aux éclats.

— Seulement par Notre Seigneur Tout-Puissant.

— C'est un véritable prodige ! commenta Kitt, très impressionné.

Duncan croisa les bras sur sa poitrine.

— A propos de prodige, comment se fait-il que tu chevauches ainsi, aussi loin de la demeure de tes parents ?

Avant que Kitt ait eu le temps de répondre, Jobe ouvrit l'un des sacs de cuir qui contenaient leurs provisions pour la route.

— Un instant, mon ami. Dans mon pays, on ne parle jamais avant de s'être restauré. Tu as faim, petit guerrier ?

Kitt se déplaça d'un pied sur l'autre.

— Je mangerais volontiers une bouchée ou deux, répondit-il avec dignité.

Un large sourire barra le visage de Jobe.

— Qu'ils soient noirs ou blancs, les garçons de cet âge sont bien tous pareils !

Dans l'heure qui suivit, Kitt dévora la plus grande partie des provisions que lady Catherine avait fait préparer pour Duncan et pour son compagnon. Puis, une fois rassasié et réchauffé par le feu de camp, il raconta en détail la façon dont il avait échappé à la surveillance des gardes du château de son père.

— Je voulais vous accompagner pour vous aider à sauver Blanche, ajouta-t-il en guise de conclusion.

Duncan leva les yeux vers le ciel étoilé, mais aucun archange ne descendit du firmament pour l'aider à résoudre son problème.

— Cette expédition n'a rien d'une visite de courtoisie, Kitt. Ton père est persuadé que nous allons devoir affronter bien des dangers, avant de réussir à délivrer ta sœur.

Les yeux du jeune garçon brillèrent d'anticipation.

— Nous allons nous battre ? Une vraie bataille ?

« Je vais l'étrangler ! » fulmina Duncan en son for intérieur.

— La guerre n'est pas un jeu, répondit-il à voix haute. Tu n'es pas assez grand pour manier une épée et je ne voudrais pas avoir ta mort sur la conscience.

Kitt se dressa sur ses ergots, comme un coq de combat.

— Avec une flèche, je suis capable de tuer un corbeau à cent pas ! Et je sais monter à cheval — mieux que la plupart des soldats de mon père.

Jobe hocha la tête.

— Là, il dit la vérité, confirma-t-il. Il nous a suivis toute la journée avec presque autant d'habileté que les guerriers de mon pays. Si je n'avais pas été là, vous ne vous seriez même pas aperçu de sa présence.

Piqué au vif, Duncan protesta, mais sans trop de conviction.

— J'aurais bien fini par le remarquer !

— Oui. Quand il serait sorti à découvert — pour vous demander à partager votre dîner et à bénéficier de votre protection. Il avait sûrement inventé une histoire pour vous apitoyer et vous obliger à le garder avec vous.

Kitt ouvrit des yeux ronds.

— C'était exactement ce que je voulais faire ! Comment avez-vous deviné mon plan ?

Jobe lui adressa un clin d'œil.

— Parce que je suis un djinn, répondit-il avec un éclat de rire.

Kitt se signa superstitieusement.

— Un... un djinn ? bredouilla-t-il.

— Tu n'as pas de crainte à avoir, le rassura Duncan en adressant un regard réprobateur au géant. Jobe devine beaucoup de choses et il est un peu sorcier, mais c'est un être de chair et de sang, comme toi et moi. Ce qui est dommage, d'ailleurs, car s'il était un djinn, cela résoudrait mon dilemme. Je formulerais un vœu et tu te retrouverais au château de ton père, couché bien sagement dans ton lit.

Kitt releva le menton et ses yeux étincelèrent.

— Je vais avec vous à Bodiam, que cela vous plaise ou non. C'est mon devoir, car, pour le moment, je suis le seul homme de la famille capable d'aller au secours de Blanche !

— Je te félicite pour ton courage, Kitt, mais je ne peux pas te laisser nous accompagner. Tes parents me feraient pendre s'il t'arrivait le moindre accident.

Il soupira et laissa échapper un juron.

— A cause de ta folie, mon garçon, nous allons perdre deux jours pour te ramener chez toi. Deux jours pendant lesquels Blanche va peut-être souffrir le martyre. As-tu seulement songé à cela, avant d'entreprendre cette expédition ?

Contrairement à ce que Duncan avait espéré, Kitt ne se laissa pas démonter par ses reproches.

— Vous perdriez votre temps inutilement, messire Hayward. Il faudrait que mon père m'attache avec des chaînes pour m'empêcher de vous suivre !

— Cela peut se faire.

En voyant que Duncan restait inflexible, le jeune garçon battit des cils et son visage prit une expression suppliante.

— Je vous en prie, mssire, emmenez-moi avec vous ! Au château, je m'ennuie mortellement et j'ai hâte de faire mes preuves. J'aime beaucoup ma mère, mais, avec elle, je n'ai rien le droit de faire. Si elle le pouvait, elle m'enfermerait dans une chambre avec des portes capitonnées, afin d'être bien sûre que je ne risque pas de me blesser.

Duncan leva sa gourde et but une longue gorgée de bière à la régalade.

— Quel âge as-tu ? questionna-t-il ensuite.

— Onze ans depuis le mois de mars.

Duncan réfléchit longuement à sa réponse. Lui-même venait d'avoir huit ans lorsque ses parents l'avaient confié à lord Cavendish en qualité de page. A l'âge de Kitt, il avait déjà voyagé en France et vécu plusieurs mois à la cour du roi où il avait appris à jouer aux cartes et s'était au moins une fois enivré. Toutefois, pouvait-il se permettre de...

La voix de Jobe interrompit le cours de ses pensées.

— Dans mon pays, ce jouvenceau aurait déjà commencé les épreuves auxquelles se soumettent tous les jeunes garçons pour devenir un homme.

L'expression de Kitt s'éclaira.

— Quelles sont-elles ?

D'un geste machinal, l'Africain appuya la pointe de l'une de ses dagues sur le bout de son doigt.

— D'abord, on lui apprend à se servir d'une lance et d'un arc. Ensuite, il suit les guerriers à la chasse et lorsqu'on estime qu'il est prêt, on le soumet à l'épreuve finale.

— Ah oui ? Et quelle est-elle ?

Jobe se pencha vers lui et sa voix se fit plus grave :

— On lui bande les yeux et on l'emmène loin, très loin dans la savane. Là, on le laisse tout seul, avec sa lance et son bouclier. Il doit débusquer et tuer un lion. Quand il y est parvenu, il arrache la peau de l'animal et boit son sang, afin d'hériter de son courage. Après, il lui faut encore retrouver son chemin pour rentrer au village. C'est seulement à son retour qu'il est considéré comme un homme. La fourrure du lion lui servira de parure pendant le restant de sa vie.

Duncan frissonna. En comparaison, ses années d'apprentissage auprès de lord Cavendish avaient presque été une partie de plaisir.

Au fur et à mesure que Jobe parlait, les yeux de Kitt s'étaient élargis de stupeur.

— Et si le lion le blesse ou s'il ne retrouve pas son chemin pour rentrer au village ?

Le visage de l'Africain resta impassible.

— Alors, il meurt et son corps est dévoré par les bêtes sauvages.

Kitt humecta nerveusement ses lèvres.

— Et sa pauvre mère ? Elle doit être désespérée.

— Bah ! ce n'est qu'une femme. Les femmes sont faibles et passent leur temps à pleurer et à gémir. Tu ne tarderas pas à t'en rendre compte toi-même.

Kitt rejeta en arrière ses longs cheveux blonds.

— Ma mère n'a jamais été faible ! affirma-t-il avec toute la conviction de ses onze ans.

« Je ne le sais que trop, songea Duncan. Je préférerais encore affronter un lion à mains nues plutôt que lady Catherine en colère. »

Jobe hocha la tête.

— Je vois cela, mon garçon. C'est d'elle, sans doute, que tu as hérité ton courage.

Kitt se redressa, les yeux étincelants.

— Tous les Cavendish sont courageux ! Depuis Guillaume le Conquérant, il n'y a pas eu une seule guerre dans laquelle l'un d'entre eux ne se soit pas illustré... Vous avez entendu, sir Hayward ? Même votre fidèle compagnon est de mon avis. Il est temps que je fasse mes preuves. Laissez-moi participer à cette expédition. J'en ai le droit ! ajouta-t-il en serrant les poings avec détermination.

Duncan resta silencieux pendant une seconde ou deux, puis il soupira.

— D'accord, je veux bien t'emmener avec nous, mais à trois conditions.

Les yeux du petit garçon s'illuminèrent.

— Tout ce que vous voudrez, messire !

— D'abord tu nous obéiras, à Jobe et à moi, et tu ne discuteras pas nos ordres, même si tu penses que nous avons tort.

— Mais je...

— Il n'y a pas de « mais », l'interrompit Duncan d'une voix impérieuse. Un jour, dans un avenir encore lointain, tu deviendras le onzième comte de Thornbury et tu seras chargé de protéger les frontières du Northumberland contre les incursions des bandes écossaises. Si tu veux que tes hommes t'obéissent, il faut d'abord que tu apprennes les vertus de la discipline. Un ordre ne se discute pas. On l'exécute. Ton père m'a appris cela quand j'étais à son service et, même encore maintenant, je lui suis reconnaissant des leçons qu'il m'a données.

Kitt réfléchit un instant, puis il hocha la tête.

— Bien, messire. Je vous obéirai.

— Deuxième condition : dorénavant, tu seras mon

page. Sais-tu quels ont les charges et les devoirs d'un page ?

Le visage de Kitt s'allongea, mais il n'émit aucune protestation.

— Oui, messire. Vous servir et panser votre cheval. Quelle est la troisième condition ?

Duncan le regarda et se demanda s'il avait eu l'air aussi jeune et aussi vulnérable quand il était entré au service de lord Cavendish.

— Rassure-toi, elle n'a rien de terrible. Comme nous allons vivre ensemble, j'aimerais que tu m'appelles simplement « Duncan ». Entre frères d'armes, les civilités sont superflues.

Un large sourire barra le visage de Kitt.

— Oui, messi... Je veux dire Duncan, se reprit-il en rougissant.

— Parfait, acquiesça Duncan.

Le sort en était jeté. César avait dû ressentir un peu la même chose quand il avait franchi le Rubicon. Sa prochaine rencontre avec lady Catherine risquait bien de lui être fatale. Sans parler de Blanche. Elle pourrait bien l'étrangler lorsqu'elle apprendrait qu'il avait entraîné son petit frère dans une aventure aussi dangereuse.

— Maintenant, mes amis, il est temps de dormir. Nous aurons une dure journée, demain. Mais, auparavant, Kitt, tu vas donner à boire et à manger aux chevaux. Il faut que tu commences tout de suite à t'habituer à tes nouvelles fonctions.

Le jeune garçon obéit avec empressement, afin de prouver qu'il serait un compagnon efficace.

Plus tard, quand ils furent tous les trois roulés dans leur couverture à côté du feu, Kitt se tourna vers Jobe, les yeux brillant de curiosité.

— Vous voulez bien me raconter comment vous avez tué votre lion ?

Un éclat de rire s'échappa de la gorge de l'Africain.

— C'était un léopard, mais mon histoire te ferait dresser les cheveux sur la tête. Il vaut mieux que je la garde pour demain, quand il fera jour.

Kitt n'insista pas. Il enfouit sa tête sous sa couverture et, quelques minutes plus tard, il dormait d'un sommeil profond. La journée avait été longue pour un garçonnet de onze ans.

Griselda Fletcher prit une pomme reinette dans la corbeille à fruits, la coupa en quatre et enleva délicatement les pépins avec la pointe de son couteau. Quand ils furent tous rassemblés au milieu de son assiette, elle entreprit de les compter :

— Marchand, Prince, Chevalier, Capitaine, Courtisan...

Mortimer la considéra avec un mépris non déguisé. Sa sœur l'horripilait — elle était tellement sotte ! Parfois, il avait envie de la secouer, ne serait-ce que pour l'obliger à revenir sur terre et à renoncer à ses rêves puérils.

— Que diable fais-tu donc là ?

Elle leva vers lui des yeux larmoyants.

— Comme tu n'as encore rien fait pour me trouver un mari, j'interroge le destin pour savoir si un jour un homme voudra bien demander ma main, répondit-elle d'une voix plaintive.

Mortimer serra les dents. Le ton geignard de sa sœur avait le don de l'exaspérer.

— Pour le moment, j'essaie d'abord de te procurer une dot, répliqua-t-il sèchement. Aurais-tu oublié la situation dans laquelle nous nous trouvons ?

Griselda soupira et une moue boudeuse enlaidit encore son visage ingrat.

— Je continue de penser que tu serais arrivé à tes fins

depuis longtemps si tu avais montré un peu plus de douceur avec Blanche. Ne t'ai-je pas toujours dit que...

Mortimer abattit son poing avec violence sur la table.

— Tais-toi ! Tu m'assommes avec tes conseils stupides.

Griselda baissa la tête, mais il en fallait plus pour la réduire au silence.

— Tu te souviens de ce que disait Cuthbert ? Elle est têtue. Je suis sûre que si tu m'avais laissée...

— J'aurais dû surtout te laisser à Londres ! l'interrompit-il en se levant brusquement. Tu ne comprends jamais rien, même quand il s'agit de tes intérêts.

Griselda continua, d'une voix toujours aussi geignarde :

— Là-bas, au moins, notre père aurait trouvé à me marier. Je vais avoir bientôt vingt-six ans et aucun homme ne viendra me courtiser dans ce château maudit.

Un flot de larmes envahit ses yeux et des sanglots déchirants secouèrent son corps disgracieux.

Mortimer haussa les épaules.

— Ce n'est pas en gémissant et en te lamentant sans cesse que tu trouveras un mari. Aucun homme n'a envie de mettre dans son lit une femme aux yeux rouges et à la mine perpétuellement maussade.

— Oh !

Les lèvres pincées, Griselda se remit à compter les pépins dans son assiette, tandis que Mortimer allait à la cheminée et rajoutait une bûche dans le feu.

— Le temps commence à se refroidir, murmura-t-il avec un ricanement cynique. Des frimas bienvenus qui ne devraient pas tarder à rendre notre chère belle-sœur beaucoup plus accessible à mes arguments.

Griselda fronça les sourcils.

— Elle est bien traitée, au moins ? Tu m'as promis que dès qu'elle serait guérie, elle pourrait reprendre sa place avec nous et...

Son frère se retourna vers elle et lui décocha un regard glacial.

— Pour l'instant, sa folie ne s'est pas apaisée. Au contraire. La dernière fois que je suis monté la voir, elle ricanait comme une démente. Tu ne voudrais pas avoir une pauvre folle à ta table, n'est-ce pas ? Elle serait capable de t'injurier ou même de te poursuivre avec un couteau.

— Non... non... bien sûr, bredouilla Griselda.

— Alors, ne te mêle de rien et, surtout, ne t'avise pas de monter la voir.

— Et cette parure de saphirs et de rubis ? questionna-t-elle avec un regard en tapinois. Tu ne l'as pas encore trouvée ? J'ai l'impression que Blanche s'est montrée plus habile que tu ne l'imaginais.

Mortimer serra les poings et s'avança vers elle, le visage écarlate.

— Si tu me parles encore une seule fois de ces joyaux, je t'étrangle ! marmonna-t-il d'une voix tremblante de fureur. Maintenant, file dans ta chambre et que je ne te revoie plus de la journée. La vision de ta mine enchifrenée suffit à me donner la nausée.

Griselda poussa un cri aigu et s'enfuit vers l'escalier.

Quand elle eut disparu, son frère donna un coup de pied rageur dans un tabouret.

— J'aurai cette parure, cria-t-il, même si pour cela je dois raser ce château et briser chacune des pierres de ses murailles !

[illegible]

— Parce que [illegible]

[illegible]

— [illegible]

— [illegible]

[illegible]

— Si la [illegible]

Quand elle [illegible]

[illegible]

3.

A la tombée de la nuit, une semaine après leur départ du château de Wolfstone, Duncan, Jobe et Kitt mirent pied à terre devant une petite maison au toit de chaume, à l'entrée du village de Hawkhurst. Après avoir attaché son cheval à un anneau, Duncan frappa discrètement à la porte de la masure. Quelques minutes s'écoulèrent, puis le battant s'entrebâilla et la tête blanche de Montjoy apparut.

Duncan s'inclina et adressa un large sourire à l'ancien régisseur.

— Tous mes respects, maître Montjoy. Vous me reconnaissez, n'est-ce pas ?

Pourvu au moins qu'il ait encore ses esprits !

Le vieil homme ouvrit la porte un peu plus grand et leva sa lanterne. Après avoir examiné le visage de son visiteur, il hocha la tête avec résignation.

— Duncan Hayward. Vous avez grandi et forci depuis la dernière fois que je vous ai vu, mais il y a toujours la même lueur malicieuse dans votre regard.

Il poursuivit son examen et ses narines frémirent légèrement.

— J'espère qu'il vous arrive de vous raser et de prendre un bain, de temps à autre ?

Duncan se gratta la barbe nerveusement.

— Pardonnez-nous notre apparence, mais nous chevauchons depuis une semaine et nous n'avons guère eu de temps à consacrer à notre toilette.

— Nous ? Vous n'êtes pas seul, messire Hayward ?

Duncan fit un pas de côté.

— Nous sommes trois.

Quand il découvrit la masse impressionnante de Jobe, le vieux régisseur faillit tomber à la renverse. L'Africain avait les bras croisés sur sa poitrine et la flamme de la lanterne se reflétait sur ses bracelets en cuivre et sur les lames de ses poignards.

— Je vois que vous tenez compagnie avec le diable, maintenant, marmonna Montjoy en se signant. Cela ne m'étonne pas. J'ai toujours été persuadé qu'un jour ou l'autre vous dévaleriez la pente qui conduit à l'enfer. Apparemment, c'est arrivé plus tôt que je ne l'avais prévu.

Duncan conserva toute sa gravité.

— Rassurez-vous, Montjoy, Jobe ne vous fera aucun mal. S'il a vu le jour dans un pays chaud, c'était en Afrique et non dans les entrailles sulfureuses de la terre. C'est un ami. Un ami sur lequel on peut compter. Quant à ce jeune insolent...

Il posa la main sur l'épaule de Kitt qui avait le plus grand mal à contenir son hilarité.

— ... c'est mon page... euh... Bertrum.

Au dernier instant, il avait décidé de ne pas révéler la véritable identité de Kitt. Si Montjoy venait à apprendre qu'il avait entraîné le fils cadet de lord Cavendish dans cette aventure, il se précipiterait sur son écritoire afin d'en avertir lady Catherine.

Kitt ouvrit la bouche pour protester, mais une pression de la main de Duncan le réduisit au silence.

— Nous avons chevauché depuis l'aube et nous sommes littéralement harassés, poursuivit Duncan après s'être éclairci la gorge. Comment va Blanche ? A-t-elle réussi à résoudre ses problèmes ?

Montjoy secoua la tête.

— Non. L'heure est grave, répondit-il, la mine lugubre. Entrez, je vais tout vous raconter.

Il s'effaça pour les laisser passer — non sans avoir jeté un nouveau regard inquiet à Jobe. Visiblement, il n'était pas encore convaincu de la nature purement humaine de l'Africain.

Duncan se réjouit en voyant qu'un bon feu de bois flambait dans la cheminée. Le vent avait tourné au nord — un vent glacial qui annonçait de la pluie pour la nuit ou même, peut-être, les premiers flocons de neige.

— Ki... Bertrum, va t'occuper des chevaux. Si mes souvenirs sont bons, l'écurie est dans la cour derrière la maison. Ensuite, tu aideras à préparer le dîner et à mettre le couvert.

Kitt battit des paupières.

Duncan sourit intérieurement. C'était probablement la première fois qu'on lui demandait d'accomplir une tâche ménagère. S'il était resté auprès de ses parents, il aurait fini par devenir un petit prince vaniteux et incapable de se débrouiller dans la vie.

Le jeune garçon jeta un regard d'envie vers le feu, mais il obéit sans rechigner.

Montjoy se tapota la joue dubitativement.

— Ce jouvenceau me rappelle quelqu'un, mais je n'arrive pas à me souvenir qui...

Il réfléchit un instant, puis il secoua la tête et se dirigea vers le feu en traînant les pieds.

— Enfin, cela n'a pas d'importance.

Tout en continuant de marmonner, il s'assit dans un vieux fauteuil et tira soigneusement un plaid élimé sur ses genoux.

— Dolly ! appela-t-il en élevant la voix. De la bière pour nos hôtes !

Duncan enleva son manteau et le posa sur le banc à côté de la porte. Jobe fit de même, puis il s'approcha de la cheminée et présenta ses grosses mains noires à la chaleur des flammes.

Quelques instants plus tard, une servante apparut, les bras chargés d'un plateau sur lequel étaient posés un pichet de bière et des chopes en grès. En apercevant Jobe, elle poussa un cri aigu et faillit lâcher son fardeau.

Duncan sauva de justesse le pichet et posa une main apaisante sur l'épaule de la jeune fille.

— Du calme, ma jolie. Ne vous affolez pas. Malgré la couleur de sa peau, Jobe est aussi doux qu'un agneau. Il ne vous fera aucun mal. Je vous le promets.

Dolly resta bouche bée, comme hypnotisée.

— Je ne suis pas un ogre, vous savez, murmura l'Africain en lui décochant un sourire d'une blancheur éclatante.

Le son de sa voix la fit sursauter.

— Doux Jésus !

Elle enfouit son visage dans ses mains et s'enfuit dans la cuisine.

Montjoy se tourna vers Duncan, la mine sévère et désapprobatrice.

— Dolly est une bonne fille, messire Hayward, et je ne tolérerai pas que vous vous serviez de votre charme pour abuser de son innocence.

Duncan prit une expression angélique.

— Oh ! Montjoy ! protesta-t-il. Comment pouvez-vous me reprocher encore les peccadilles que j'ai commises dans ma jeunesse ?

— Quand on connaît ses saints, on les honore, répliqua le vieux régisseur en se servant une chope de bière et en passant le pichet à Jobe. Mais revenons à notre affaire. Quand lord Cavendish arrivera-t-il avec son ost ?

Le terme fit sourire Duncan. Montjoy en était resté au

temps où les barons, en France comme en Angleterre, menaient encore des guerres privées les uns contre les autres.

— Il n'a pas quitté le Northumberland, dit-il, après avoir bu une gorgée de bière.

L'ancien régisseur faillit s'étrangler et ses yeux jaillirent de leurs orbites.

— Comment ? Lord Cavendish a-t-il perdu la tête ? Sa fille est en danger. En danger de mort !

Duncan soupira intérieurement et, une fois de plus, il se demanda quel était ce fameux danger qui menaçait Blanche. Elle avait toujours eu tendance à exagérer lorsque les choses ne se déroulaient pas exactement comme elle l'aurait souhaité.

— Lord Cavendish a été victime d'un accident de cheval. Il est cloué au lit et il ne sera pas remis avant plusieurs semaines. C'est pour cette raison qu'il m'a envoyé ici à sa place.

Montjoy marmonna dans sa barbe.

— Combien d'hommes avez-vous amenés avec vous ?

— Jobe et mon page.

— C'est tout ? s'écria Montjoy en levant les yeux au ciel. Mon Dieu, ayez pitié de lady Blanche !

En voyant son agitation et son visage écarlate, Duncan craignit qu'il ne succombe à une attaque d'apoplexie.

— Jobe vaut au moins dix hommes, ajouta-t-il avec précipitation. Il n'a pas son pareil dans un combat et rien ou presque ne lui résiste.

Montjoy secoua la tête.

— Des fous ! Vous êtes tous plus fous les uns que les autres, à commencer par votre seigneur et maître.

Avant de répondre, Duncan but une nouvelle gorgée de bière.

— Je suis mon propre maître, maintenant, Montjoy. Quant à Blanche, votre missive n'était pas très explicite...

Qu'a-t-elle fait encore pour se mettre dans la situation *périlleuse* à laquelle, d'après vos dires, elle se trouve confrontée ?

L'ancien régisseur de Bodiam lui jeta un regard noir.

— Elle n'a rien fait ! La pauvre enfant est retenue prisonnière contre son gré par son beau-frère, Mortimer Fletcher, une crapule capable de n'importe quelle bassesse.

Ebranlé par la véhémence de Montjoy, Duncan s'assit sur un tabouret à côté du feu.

— Comment cela ? Expliquez-nous par le détail de quelle façon une chose pareille a pu se produire.

Montjoy se pencha en avant, les doigts crispés sur sa chope en grès.

— Pendant la première année du mariage de lady Blanche, tout allait pour le mieux à Bodiam. Elle menait son mari par le bout du nez, mais Cuthbert Fletcher n'en prenait pas ombrage — au contraire. Il y a des hommes qui ne sont pas faits pour commander. Puis, l'année dernière, nous avons eu un hiver très rude. Cuthbert ne quittait pas sa chambre et on m'a raconté qu'il toussait beaucoup. Chaque semaine, cependant, lady Blanche venait me rendre visite et m'apportait des douceurs ou des petits pâtés préparés par son cuisinier. Elle a toujours été gentille avec moi et elle se souciait beaucoup de ma santé.

Duncan grimaça.

Quand je me suis cassé le bras par sa faute, elle ne m'a pas montré la moindre sollicitude.

— Ensuite, Cuthbert est mort, n'est-ce pas ?

— Oui, acquiesça le vieux régisseur. En juin. Une mauvaise fièvre l'a emporté — dans la journée. Vivant le matin, mort le soir. Cette pauvre lady Blanche a été accablée de chagrin. Cuthbert était un garçon effacé et sans personnalité, mais, malgré cela, elle l'aimait profondément.

Un pincement de jalousie s'insinua dans le cœur de Duncan.

Comment un pareil benêt avait-il pu réussir à séduire la fille de lord Cavendish ?

Il s'éclaircit la gorge.

— Et Mortimer Fletcher ? Il habitait avec eux ?

Montjoy secoua la tête.

— Non. Il vivait à Londres avec sa sœur, Griselda. Dès qu'ils ont appris la maladie de Cuthbert, ils ont fondu sur Bodiam comme des vautours sur une charogne. Ils ont dû faire leurs malles le jour même où ils ont reçu la lettre leur annonçant qu'il était au plus mal, ajouta-t-il avec un grognement méprisant.

— Ils sont venus avec beaucoup de bagages ?

— Plusieurs chariots. Ce qui, dès le départ, prouvait à l'évidence qu'ils avaient l'intention de s'installer. Dès que Cuthbert a été mis en terre, les choses ont commencé à changer.

Du coin de l'œil, Duncan vit que Kitt était rentré subrepticement dans la pièce. Il se tenait debout dans un coin et écoutait, les yeux brillant de fureur et de curiosité.

— Lady Blanche ne venait plus me voir aussi souvent et, quand elle venait, elle était plus réservée, presque lointaine.

Duncan fronça les sourcils.

Réservée ? Lointaine ? Cela ne lui ressemblait guère !

— Aurait-elle attrapé la fièvre de Cuthbert ?

Une sourde inquiétude envahit son cœur. *Etait-elle mourante ? Déjà morte, peut-être ? Non, ce n'était pas possible. Dieu ne l'aurait pas permis.*

— Lady Blanche est-elle malade ? questionna Kitt d'une petite voix angoissée.

Montjoy le regarda fixement, comme s'il venait de découvrir sa présence, puis il secoua la tête.

— Non. Elle m'a affirmé qu'elle était en parfaite santé. Elle avait seulement hâte de voir partir son beau-frère et sa belle-sœur. Puis, au début des moissons, elle a cessé de me rendre visite.

Avant de continuer, il but une gorgée de bière.

— En même temps, tous les domestiques ont été congédiés.

Il fit claquer ses doigts.

— Comme cela ! Du jour au lendemain et sans la moindre explication. Naturellement, beaucoup d'entre eux sont venus me trouver pour me raconter ce qui se passait au château — c'était moi qui les avais engagés.

— Et alors ? s'enquit Duncan, tout en surveillant Kitt du coin de l'œil.

S'il intervenait de nouveau, Montjoy allait commencer à se poser des questions.

— Ils m'ont fait un portrait sinistre de ce Mortimer Fletcher. Un homme imbu de soi-même, qui ne connaît rien à la gestion d'un domaine comme Bodiam et qui passe son temps à rudoyer lady Blanche et sa propre sœur.

— Je trouve cela difficile à croire, fit observer Duncan. L'obéissance n'a jamais été la vertu cardinale de Blanche.

Montjoy haussa les épaules.

— Je rapporte seulement ce que j'ai entendu. Une fois tous les serviteurs partis, à l'exception d'un garçon de cuisine simple d'esprit, Mortimer a fait venir des hommes à lui — recrutés, sans nul doute, dans les tavernes des bas-fonds de Londres. Depuis la mi-août, le château est devenu un repaire de brigands et de coupe-jarrets. Plus personne n'ose s'y aventurer, même pas les marchands et les colporteurs.

Un frisson parcourut l'épine dorsale de Duncan. La situation de Blanche était bien pire que tout ce qu'il avait imaginé.

— Et lady Blanche ? questionna Kitt avec un tremblement dans la voix.

Le vieux régisseur lui jeta de nouveau un regard intrigué.

— Je ne sais rien d'elle, hormis ce que j'ai écrit à lord Cavendish. Quelqu'un l'a vue à la fenêtre de l'une des tours.

— Laquelle ? s'enquit Duncan.

Ayant vécu pendant six ans à Bodiam, il en connaissait tous les coins et recoins.

— La tour du Maure. L'un des garçons du village l'a aperçue alors qu'il était en train de pêcher dans la rivière. Elle était au dernier étage, dans la chambre des lauzes.

Duncan émit un sifflement appréciateur.

— Il doit avoir une bonne vue pour l'avoir reconnue ! La fenêtre de cette pièce est à peine plus large qu'une meurtrière.

Montjoy hocha la tête.

— Elle lui a fait un signe de la main et l'a appelé. Il n'a pu saisir qu'un seul mot *...père...*, mais cela a suffi pour qu'il comprenne. Surtout lorsque Mortimer a envoyé une escouade de ses valets à sa poursuite. Il n'a dû son salut qu'à sa connaissance de la forêt.

Jobe revint brusquement à la vie.

— Je crois que nous allons bien nous amuser ! s'exclama-t-il avec un éclat de rire énorme.

Montjoy le regarda en écarquillant les yeux de stupeur.

— Il ne s'agit pas d'une partie de plaisir, mais de la vie d'une enfant douce et adorable. Ce Mortimer est un être malfaisant et dangereux.

— Encore mieux ! approuva l'Africain, le visage hilare.

Le vieux régisseur se signa superstitieusement.

— Ecoutez-moi donc, fils de Satan ! Cet homme est une véritable vipère. Je me suis moi-même aventuré à aller frapper à la porte du château et j'ai demandé à parler à lady Blanche. Il m'a ri au nez et m'a menacé de me faire jeter dans les douves !

Duncan réfléchit pendant quelques instants en silence.

— Vous m'avez dit qu'il avait une sœur ?

Là où il y a une femme, il y a toujours un moyen d'entrer, se dit-il intérieurement. Un plan commença à se former dans son esprit.

— Parlez-moi de Mlle Fletcher.

Montjoy se retourna vers la cuisine et appela :

— Dolly ! Viens ici un instant !

La fille entrebâilla la porte, mais refusa d'en franchir le seuil.

— Oui, messire ? questionna-t-elle sans oser regarder vers Jobe.

— Dolly a servi comme femme de chambre à Bodiam, expliqua Montjoy. Je l'ai recueillie après qu'elle ait été chassée avec les autres domestiques. Tu as bien connu lady Griselda, n'est-ce pas, mon enfant ?

La jeune servante grimaça.

— Oh oui ! Pour mon malheur.

Duncan se leva et s'approcha d'elle en souriant.

— Parlez-moi de Mlle Fletcher, murmura-t-il en lui prenant le menton et en l'obligeant à le regarder dans les yeux. Est-elle jolie ? Avenante ?

Dolly se détendit et lui rendit son sourire.

— Ce serait mentir si je vous disais une chose pareille, messire, répondit-elle en gloussant. Elle est plate comme une limande et toutes ses poudres ne parviendront jamais à dissimuler les boutons de son visage.

— Son caractère ?

— Elle n'arrête pas de gémir et de se plaindre.

Duncan lui caressa le menton.

— Je vois... Ce parangon de beauté est-il fiancé à un heureux soupirant ?

Dolly gloussa de nouveau.

— Non, Messire. C'est la raison de son esprit chagrin. Elle se désespère de trouver un jour un mari. La nuit, elle s'enferme dans sa chambre et murmure des incantations pour que Notre Seigneur — ou le diable — exauce ses prières. Quand j'y pense, j'en ai encore la chair de poule.

Duncan se pencha vers elle et la gratifia de son plus beau sourire.

— N'ayez crainte, ma douce enfant. Ici, vous êtes en sécurité.

Montjoy tapota avec impatience sur les accoudoirs de son fauteuil.

— Cela suffit, maintenant, Duncan. Laissez-la tranquille. Je vous interdis de vous amuser avec elle. Dolly ! Va chercher le dîner !

Duncan lâcha le menton de la jeune fille et se retourna vers Montjoy, une lueur amusée au fond des yeux. Dolly était beaucoup trop jeune et beaucoup trop innocente à son goût, mais sa fraîcheur et la douceur de sa peau lui avaient rappelé que son corps n'avait pas connu de femme depuis son départ de la Cour.

— Ne vous inquiétez pas, Montjoy. Votre servante ne court aucun danger avec moi.

— Dès que vous franchissez le seuil d'une maison, plus aucune fille n'est en sécurité, répliqua le vieux régisseur avec un grognement réprobateur.

Sauf Blanche.

Duncan se retourna vers Kitt qui, visiblement, avait été fasciné par les charmes de Dolly.

— Alors, Bertrum, tu ne vas pas rester ainsi à bayer aux corneilles ? Remue-toi un peu, que diable ! Nous sommes affamés. Cours dans la cuisine et tâche de te rendre utile. Et, attention, pas de libertinage !

— Mais... mais, je n'ai jamais eu l'intention de...

Duncan le congédia d'un geste autoritaire.

— Allez, au travail ! Disparais.

Quand il fut sorti, il se retourna vers Jobe et vers Montjoy. Une lueur joyeuse dansait dans ses pupilles.

— Je viens d'avoir une idée magnifique. Lady Blanche sera libre demain soir, avant le coucher du soleil. *Et je serai l'heureux propriétaire du manoir des Aubiers et de mille arpents de bonne terre arable,* ajouta-t-il intérieurement.

Le grincement de la clé dans la serrure rouillée arracha Blanche au sommeil agité dans lequel elle avait peu à peu sombré. Elle se redressa et se frotta les yeux. Comme le ciel était couvert, elle n'avait aucune idée de l'heure qu'il pouvait être. Sa tête résonnait douloureusement. Un battement lancinant qui lui vrillait les tempes et l'empêchait de réfléchir.

De l'autre côté de la porte, son visiteur tâtonnait maladroitement. Elle se détendit et s'adossa au mur.

— Ce n'est que ce pauvre Will, dit-elle à Dexter.

Le gros chat roux bâilla et s'étira avec nonchalance.

Au bout de quelques instants, le battant s'ouvrit et Will entra dans la chambre. Un courant d'air glacial fit voler deux ou trois brins de paille et les emporta dans l'escalier. Blanche frissonna. Sa vieille robe de laine était usée jusqu'à la trame et ne la protégeait qu'imparfaitement du vent du nord qui sifflait à travers les meurtrières. En l'espace d'une seule journée, l'automne était arrivé avec ses frimas et sa cohorte de nuages.

— Bonjour, milady.

Will posa son seau d'eau par terre et se redressa, le visage hilare, comme à son habitude.

Blanche lui sourit. Un sourire triste et empreint de lassitude.

Elle connaissait Will depuis toujours. Il avait huit

ans à peine lorsque ses parents l'avaient amené à Bodiam — des paysans qui avaient trop de bouches à nourrir. Très vite, il avait su se rendre utile, aussi bien dans la cuisine que dans le reste de la maison. Année après année, son corps avait grandi, mais son esprit était resté celui d'un enfant de huit ans. Elle était contente que Mortimer ne l'ait pas congédié avec les autres domestiques. Oh ! certes, son beau-frère ne l'avait pas gardé par simple bonté d'âme — ce n'était pas son genre ! S'il ne l'avait pas chassé, c'était simplement parce qu'il travaillait sans être payé et parce que sa compréhension limitée le rendait inoffensif.

Sans la gentillesse de Will — et l'habileté de Dexter — elle serait déjà morte de faim.

— Bonjour, Will, répondit-elle d'une voix aussi enjouée que possible. Quelles sont les nouvelles, aujourd'hui ?

Will s'accroupit devant elle — une position qu'il affectionnait.

— Vous ne devinerez jamais ! s'exclama-t-il avec un éclat de rire joyeux.

Blanche fit taire les gargouillis de son estomac vide. Will se sentirait terriblement offensé s'il croyait qu'elle était seulement intéressée par les morceaux de viande ou de fromage qu'il lui rapportait de la cuisine. Depuis le départ des autres domestiques, personne ne lui parlait — sauf pour lui donner des ordres ou pour lui lancer des insultes.

Elle se pencha en avant et prit sa main dans la sienne.

— Voyons voir... Le cuisinier serait-il tombé dans son chaudron ?

Will s'esclaffa de nouveau.

— Non, ce n'est pas cela.

— Quel dommage !

Blanche s'efforça de prendre un ton léger et badin.

— Il s'agit peut-être de Mortimer, alors ? Aurait-il découvert quelque chose sous les dalles de pierre du salon ? Les ossements d'un vieil anachorète ?

Will secoua la tête.

— Vous êtes de plus en plus froide. Allons, faites un effort !

Blanche fit semblant de réfléchir.

— Tu pourrais peut-être me donner un indice ? Un tout petit, juste pour me mettre sur la voie.

Le sourire de Will s'élargit.

— C'est à propos de lady Griselda.

Blanche fronça les sourcils. Will détestait la sœur de Mortimer.

— Elle s'en va ? Elle retourne à Londres ?

Le garçon de cuisine grimaça.

— Vous ne brûlez pas encore, mais c'est déjà un peu plus chaud.

Blanche ne réussit qu'à grand-peine à contenir son impatience. Elle avait trop faim pour avoir envie de jouer aux devinettes.

— J'ai déjà donné trois réponses.

— Et elles étaient fausses toutes les trois, répondit Will avec un regard satisfait.

— Oh ! allons, tu ne vas pas me faire languir plus longtemps ? murmura-t-elle en soupirant. Je t'en prie, dis-moi quelle est ta grande nouvelle ?

Le garçon de cuisine se gonfla de fierté.

— Mademoiselle Griselda a trouvé un soupirant !

Blanche en oublia d'un seul coup les gargouillis de son estomac.

— Tu plaisantes, je suppose ?

Il secoua la tête.

— Non, je suis très sérieux, au contraire. Il est arrivé ce matin, monté sur un grand cheval noir.

Lady Blanche fronça les sourcils.

— Comment a-t-il pu entrer ? Est-ce un ami de Mortimer ?

Will grimaça.

— Non. Messire Fletcher lui jette souvent des regards hostiles, mais il ne dit rien. L'un des gardes m'a raconté que ce chevalier s'était placé de l'autre côté des douves, en face des fenêtres de lady Griselda, et lui avait chanté une longue sérénade. C'est lady Griselda qui a ordonné l'ouverture de la herse. Depuis lors, elle sourit à tout le monde et je ne l'avais jamais vue d'une humeur aussi joyeuse.

Blanche se redressa légèrement.

— Dis-moi, à quoi ressemble ce chevalier ? Est-il sourd ? Aveugle ? Bancal ? Les trois à la fois ?

Will réfléchit longuement avant de répondre.

— Non, il est plutôt bien tourné et il ne souffre d'aucune infirmité — en apparence, du moins. Après le déjeuner, il a chanté de nouveau pour Mlle Griselda. Je l'ai entendu moi-même. Il a une voix grave et agréable. Et elle est devenue rouge comme une cerise quand il lui a baisé la main. Mais son page, par contre, est un vrai ballot, ajouta-t-il avec une pointe de satisfaction.

Une information qui rendit Blanche songeuse.

Le soupirant de Griselda avait un page... Elle parviendrait peut-être à le soudoyer, à le convaincre de l'aider à s'échapper. Jusqu'à présent, Will avait toujours fait la sourde oreille. Le pauvre garçon était terrorisé à la seule idée de désobéir aux ordres de Mortimer.

— Pourquoi dis-tu cela ?

— Il ne sait rien faire — même pas éplucher des légumes ! Il a déjà réussi à mettre en colère le cuisinier et, quand on lui a demandé de servir à table, il a tout fait de travers. Il a même renversé du vin sur la nappe ! Le sommelier était furieux. Mais avec moi, il est gentil. Il s'appelle Bertrum.

— Bertrum... Tu lui diras de venir me voir.

Ce Bertrum sera peut-être l'ange de ma liberté, se dit-elle intérieurement.

— Oui, milady.

Will se leva et alla prendre le seau vide qu'il avait apporté la veille.

— Oh ! Will, tu n'oublies rien ? questionna-t-elle, alors qu'il se dirigeait déjà vers la porte.

Il s'arrêta net et un large sourire barra son visage.

— Votre dîner ! Pardonnez-moi, milady. Je ne sais pas où j'ai la tête en ce moment.

Il ouvrit le sac en toile qu'il portait en bandoulière, en tira l'habituel quignon de pain rassis et ajouta un gros morceau de fromage qu'il avait dérobé dans le garde-manger de la cuisine.

— Merci, murmura-t-elle d'une voix pleine de reconnaissance. Que tous les anges te protègent, Will.

— Vous aussi, milady.

Il sortit et referma la porte derrière lui.

Dès qu'elle fut seule, elle mordit dans le fromage et en savoura chaque bouchée comme si c'était le mets le plus délicieux auquel elle eût jamais goûté. Assis à côté d'elle, Dexter la regardait avec envie, mais elle avait trop faim pour partager son maigre repas avec lui.

— Oh ! allons, ne me regarde pas avec ces yeux pleins de reproche ! murmura-t-elle en le grattant derrière l'oreille. Toi, tu peux aller et venir à ta guise et, quand tu ne réussis pas à voler quelque chose, il te reste les souris et les rats. Moi, je n'ai rien, à part les miettes que l'on veut bien me donner.

Le gros chat sauta dans le creux de sa robe et tourna en rond jusqu'à ce qu'il ait trouvé une place à sa convenance. Puis, il bâilla, étira ses pattes et ferma les yeux.

— Tu ne m'en veux pas, c'est déjà quelque chose, poursuivit-elle en le caressant distraitement. Que penses-tu de la nouvelle de Will ? Griselda aurait réussi à séduire un chevalier... J'en rirais volontiers, si j'en avais encore la force. Mon Dieu, quand pourrai-je rire de nouveau ?

Le chat s'était endormi. Elle soupira et s'enveloppa frileusement dans sa vieille couverture de laine.

4.

Minuit.

Dissimulé derrière un pan de mur, Duncan attendit que les gardes aient achevé leur ronde autour des murailles du château. Dès qu'ils furent rentrés dans leur quartier, il sortit de l'ombre prudemment et monta à pas de loup l'escalier en colimaçon de la tour du Maure. Il tenait une lanterne à la main, mais il ne l'avait pas allumée, de peur d'éveiller l'attention de l'un des soudards au service de Mortimer Fletcher.

En haut de l'escalier, il s'arrêta et écouta.

Aucun bruit, à part le sifflement du vent à travers les archères.

Personne ne l'avait remarqué. Tirant un morceau d'amadou et une pierre à briquet de sa poche, il alluma la lanterne et regarda autour de lui.

Il se trouvait sur un petit palier, devant une porte en chêne renforcée par des barres de fer et des clous en bronze.

La chambre des lauzes. Le cachot dans lequel était enfermée Blanche.

Ses yeux s'écarquillèrent et un sifflement s'échappa de ses lèvres.

La clé !

Mortimer l'avait laissée sur la serrure. Comment pouvait-il être assez fou pour faire une confiance aussi aveugle aux canailles qu'il avait recrutées dans les bas-fonds de Londres ?

Après avoir jeté un dernier regard derrière lui, il tourna la clé le plus doucement possible. Peine perdue. Le panneton protesta en émettant un grincement horrible — un bruit capable de réveiller un mort. Duncan frissonna et sentit des gouttes de sueur lui couler dans le dos.

Le cœur battant à se rompre, il souleva le loquet. La porte pivota avec un craquement sinistre et un souffle de vent glacial lui caressa le visage. Une caresse d'outre-tombe qui lui rappela les vieilles légendes que racontait autrefois Sondra Owens dans la cuisine de Bodiam, pendant les longues veillées hivernales. Sage-femme — et un peu sorcière, au dire de certains — la vieille nourrice de lady Catherine prenait un malin plaisir à effrayer les jeunes servantes avec ses histoires de fantômes et de vampires. Duncan avait souvent profité de l'opportunité pour « rassurer » ces âmes sensibles — en leur prodiguant moult baisers et en abusant honteusement de leur faiblesse. Un souvenir qui fit naître un sourire sur ses lèvres. C'était le bon temps, celui de la jeunesse et de l'insouciance.

Il se glissa à l'intérieur comme une ombre puis referma le battant derrière lui.

Quand il se retourna, il distingua une masse sombre à l'autre bout de la pièce.

— Blanche ? murmura-t-il en levant sa lanterne.

Deux yeux jaunes percèrent la pénombre et le regardèrent fixement — des yeux qui semblaient avoir jailli du néant.

Duncan se signa superstitieusement et posa la main sur la poignée de sa dague.

— Au nom de saint Michel, je t'ordonne de disparaître, créature du diable ! marmonna-t-il entre ses dents.

A cet instant, une silhouette se redressa et s'assit au milieu d'un tas de paille et de vieux chiffons malodorants.

— Que vous arrive-t-il donc, Mortimer ? questionna une voix moqueuse. Vous devriez être couché depuis longtemps... Auriez-vous des insomnies pour venir me rendre visite à une heure aussi tardive ?

Duncan eut de la peine à en croire ses oreilles. C'était bien la voix de Blanche — la même voix que celle qui avait si souvent hanté ses rêves —, mais la créature dont elle provenait ressemblait plus à un revenant qu'à une personne humaine.

— Blanche ? répéta-t-il en s'approchant de la paillasse.

Eblouie par la flamme orangée de la lanterne, la jeune femme cligna des yeux et grimaça.

— Doux Jésus ! murmura-t-elle en se passant la main sur le front. C'est un cauchemar...

Duncan sentit la moutarde lui monter au nez. Etre accueilli de cette façon, alors qu'il venait la sauver !

— Je vous remercie de l'opinion flatteuse que vous professez à mon égard, lady Cavendish. Après tant d'années, je pense que vous pourriez au moins me dire une parole gentille — me demander des nouvelles de ma santé, par exemple. D'autant plus que je viens de traverser toute l'Angleterre pour vous venir en aide.

Elle le regarda fixement, la main en visière pour protéger ses yeux de l'éclat de la lanterne.

— Duncan ? murmura-t-elle finalement. Vous êtes bien Duncan Hayward ?

Il s'inclina légèrement.

— En chair et en os. Pour vous servir, milady.

Le visage de Blanche s'illumina et, pendant une

seconde ou deux, l'esprit de Duncan vogua sur un nuage rose. Le retour sur terre n'en fut que plus douloureux.

Une moue moqueuse remplaça le sourire radieux et brisa d'un seul coup le rêve impossible qu'il avait un instant caressé.

— Ah ah ! je vois que vous entretenez toujours autant d'illusions, messire Hayward !

La vivacité de sa réplique lui donna envie de la secouer, de lui dire qu'il n'était pas venu pour badiner avec elle, mais, au lieu de cela, il s'agenouilla devant elle, touché jusqu'au tréfonds du cœur par sa pâleur.

— Que vous est-il arrivé, Chouchou?

Chouchou... Il ne l'avait pas appelée ainsi depuis le temps où elle apprenait à marcher.

Une lueur ironique brilla dans les yeux de la jeune femme.

— N'est-ce pas évident, même pour vous, Duncan ? Je passe mes journées allongée sur un lit de duvet et je me délecte de friandises, tandis qu'un beau troubadour me chante des ballades en s'accompagnant de son luth.

Ses lèvres frémirent, et une grimace amère déforma ses traits délicats. Manifestement, la malheureuse était épuisée...

D'un geste impulsif, Duncan lui caressa la joue. Sa peau était sèche et froide.

— Seigneur Dieu, je tuerai ce Mortimer ! marmonna-t-il entre ses dents. Si votre père était là, cela le rendrait fou de vous voir dans un état pareil.

A l'évocation de lord Cavendish, elle fit un effort pour se lever.

— Papa ? Où est-il ? Je veux le voir !

Duncan la retint avant qu'elle ne s'effondre. Elle était aussi légère qu'un sac de plume, et grelottait sous sa mince robe... De sa main libre, il ouvrit l'attache qui retenait son propre manteau.

— Calmez-vous, Blanche. Votre père est encore au château de Wolfstone.

Des larmes embuèrent les yeux de la jeune femme, mais elle les chassa stoïquement du revers de la main.

— Il n'est pas venu à mon secours ? murmura-t-elle d'une voix à peine audible.

Rapidement, il drapa son manteau autour de ses épaules graciles et la tint serrée contre son torse, afin de lui transmettre un peu de sa chaleur.

— Chuuut ! Il ne faut pas lui en vouloir, Chouchou. Une mauvaise chute de cheval l'a contraint à s'aliter.

— Sa vie est en danger ?

Duncan secoua la tête.

— Plus maintenant. Il a une solide constitution et les bons soins de lady Catherine ne tarderont pas à le remettre sur pied. S'il se tourmente encore, ce n'est pas à cause de sa blessure, mais plutôt de vous. Voilà pourquoi il m'a envoyé vous délivrer.

Blanche haussa les sourcils.

— Alors, je suppose que je devrai me contenter de vous. Dans ma situation, on ne peut guère se montrer difficile... Où sont vos soldats ?

— Je n'en ai pas, avoua Duncan. Je...

— Quoi ? s'exclama-t-elle en se raidissant brusquement dans ses bras. Vous êtes venu seul ? Vous êtes encore plus fou que vous ne l'étiez avant votre départ pour l'Irlande !

Duncan commençait à fulminer intérieurement. Son plan pour délivrer Blanche ne se déroulait pas du tout comme prévu. Malgré son état d'extrême faiblesse, la jeune femme ne semblait guère disposée à lui montrer de la gratitude — et moins encore l'admiration qu'il aurait pourtant été en droit d'espérer, après tout le mal qu'il s'était donné pour venir la délivrer.

— Vous croyez que j'ai perdu la tête ? grommela-t-il, mortifié.

— Pour cela, encore eût-il fallu que vous en ayez une ! rétorqua-t-elle en se dégageant.

Il hésita entre l'envie furieuse de l'embrasser et celle — non moins impérieuse — de la jeter sur ses genoux pour lui administrer une correction mémorable.

— Comment pouvez-vous être aussi ingrate ? Si je m'écoutais, je m'en irais et vous laisserais vous débrouiller toute seule !

Il tenta de la reprendre dans ses bras — c'était la partie la plus agréable de son plan —, mais elle le repoussa avec violence.

— Allez-vous en ! Vous vous êtes déjà assez diverti à mes dépens !

Les yeux de Duncan étincelèrent.

— Vous remarquerez, au contraire, que je suis très sérieux, Blanche. Je n'ai absolument aucune envie de m'amuser.

Il la fixa — et un étrange vertige le saisit. Sa bouche purpurine semblait une invite au baiser... Soudain, il eut l'impression d'être revenu sept ans en arrière, juste avant que la mâtine ne le fasse choir de la branche du pommier où il était monté la rejoindre.

Elle s'esclaffa, comme si elle avait deviné ses pensées.

— Ma bouche n'est pas pour vous, Duncan, et elle ne le sera jamais ! Par ma foi, je préférerais encore être embrassée par une limace !

— Une limace ? gronda-t-il. Si j'en avais une à portée de la main, je vous la ferais avaler !

Cette petite péronnelle ne changerait jamais, déplora-t-il à part lui. Son cas était désespéré.

— Oh ! je voudrais bien voir cela !

— Vous le verrez, mais, pour le moment, nous avons déjà perdu assez de temps, répliqua-t-il en la soulevant dans ses bras et en se dirigeant vers la porte.

— Lâchez-moi ! Lâchez-moi, espèce de brute !

s'exclama-t-elle en faisant pleuvoir une pluie de coups de poing sur son torse.

Ses coups n'avaient plus la force d'autrefois, mais son manque de coopération ulcéra Duncan.

— Allons, ce n'est pas le moment de me remercier, Blanche, murmura-t-il en immobilisant ses poignets. Vous aurez tout le loisir de me montrer votre gratitude plus tard, quand vous serez de retour dans votre famille.

Pour toute réponse, elle le mordit.

Il faillit la laisser tomber.

— Tudieu, essayez d'être un peu raisonnable ! J'ai pris beaucoup de plaisir à bavarder avec vous, mais ne croyez-vous pas qu'il est temps maintenant de quitter ce château maudit pour recouvrer votre liberté ?

— Non ! Lâchez-moi !

A force de se débattre, elle réussit à lui échapper et se réfugia sur sa paillasse.

Duncan se mordit la lèvre. Allait-il devoir employer la manière forte, et l'assommer ? Non. Elle ne le lui pardonnerait pas et, s'il venait à l'apprendre, lord Cavendish serait capable de l'étrangler de ses propres mains. Mieux valait se montrer patient, essayer de la convaincre.

— S'il vous plaît, expliquez-moi, en phrases simples et en peu de mots, pour quelle raison vous refusez de quitter Bodiam ?

— Parce que ce château m'appartient, répondit-elle, en chassant, d'un mouvement brusque, une mèche blonde qui retombait devant les yeux. N'est-ce pas une raison suffisante pour votre esprit obtus ?

Duncan fronça les sourcils.

— Non. Je ne comprends pas.

Elle soupira.

— Seigneur Dieu, pourquoi l'avez-vous choisi, *lui* ?

— Sans doute parce que je suis l'homme de la situation, répondit-il avec légèreté. Ne suis-je pas l'être le plus merveilleux que vous ayez jamais rencontré ?

— Le plus odieux, oui ! rétorqua-t-elle en pointant sur lui un index accusateur. Si vous espérez m'embobeliner avec vos belles paroles, vous vous trompez lourdement. Je ne suis pas l'une de ces petites sottes que vous avez honteusement séduites et abandonnées.

Un flot de sang monta au visage de Duncan.

— Je n'ai jamais pensé...

— Bien sûr ! l'interrompit-elle avec un rire sarcastique. Vous ne pensez jamais à rien. C'est à cause des hommes comme vous que ce pauvre monde est rempli d'enfants qui ne connaîtront jamais la douceur d'un vrai foyer.

Duncan, piqué au vif, se raidit.

— J'ai sans doute commis de nombreuses fautes dans le passé, Blanche, mais ce n'est pas le meilleur moment pour en parler. Si nous continuons à tarder ainsi, l'aube va nous surprendre sans que nous n'ayons rien décidé. Alors, je vous en prie, dites-moi comment je peux vous sauver, si vous refusez de quitter Bodiam ?

Pour la première fois, la jeune femme laissa entrevoir la profondeur de son désarroi.

— Je ne sais pas, avoua-t-elle. Je pensais que papa allait venir me délivrer avec son armée.

Elle prit sa main dans la sienne et la posa sur son cœur. Un geste qui émut Duncan jusqu'au plus profond de son être.

— Vous n'avez aucune idée des avanies que doit endurer une bâtarde, même quand on a, comme moi, un père qui vous adore. Et puis, il y a la loi. Une loi terrible pour les enfants illégitimes. On leur refuse même le droit de porter le nom de leur père. Moi, je ne suis rien et je ne possède rien — hormis Bodiam, car, dans sa grande bonté, ma belle-mère a bien voulu me le donner en propre, à titre viager. Aussi, jamais je n'y renoncerai... et sûrement pas pour le laisser à un beau-frère qui, depuis son arrivée ici, a cherché à me dépouiller par tous les moyens en sa possession, même les plus vils.

Elle se pencha vers Duncan, puis conclut d'une voix sourde :

— Si je m'enfuis de ma maison la nuit, comme une voleuse, Mortimer prétendra que j'ai abandonné mon bien et qu'il est donc habilité à en prendre possession, en qualité d'héritier de son frère. Par le Christ, je jure que jamais je ne quitterai ce château !

— Même si vous devez en mourir, Chouchou ?

— Oui.

Emu par sa détermination autant que par son courage, Duncan l'attira contre lui et, de nouveau, fut surpris par sa maigreur. Sa fureur contre Mortimer en fut décuplée. La mort était trop douce pour cette canaille !

— J'ai l'impression que vous allez compliquer singulièrement ma tâche, murmura-t-il sombrement.

— C'est une habitude chez moi, répondit-elle sur un ton enjoué. Vous l'avez dit vous-même — maintes fois.

Duncan préféra ignorer sa flèche.

— Si vous ne voulez pas quitter ce château, nous allons devoir trouver un moyen pour obliger Mortimer à s'en aller...

Au lieu de le repousser, elle se blottit plus étroitement contre lui et appuya sa tête contre son épaule.

— De combien d'hommes disposez-vous ?

— Un seul — c'est peu, même s'il en vaut dix dans un combat. J'ai mon page, également, ajouta-t-il après une brève hésitation.

Elle le tuerait si elle venait à apprendre qu'il avait entraîné Kitt dans cette aventure.

Un sourire erra sur les lèvres de la jeune femme.

— Votre page ne s'appellerait-il pas Bertrum, par hasard ?

— Sacrebleu ! Comment diable savez-vous... ?

Un joli rire s'échappa des lèvres de Blanche.

— Alors, vous êtes le beau chevalier qui se consume d'amour pour Griselda !

Duncan haussa les épaules.

— Je n'ai pas trouvé de meilleur moyen pour m'introduire dans ce château, mais j'avoue que je ne savais pas à quoi je m'exposais. Notre mère Nature ne s'est guère montrée généreuse envers la demoiselle Fletcher ! Sans parler de sa voix — ce serait une bénédiction si Notre Seigneur, dans sa grande bonté, voulait bien la rendre muette. Elle couine comme une truie sous le couteau du boucher.

Blanche l'observa à la dérobée.

— Mon espion m'a dit que vous lui aviez chanté des poèmes et prodigué maints compliments. Vous lui auriez même baisé la main !

Malgré lui, il ne put s'empêcher de rougir.

Pourquoi diable avait-il l'impression d'être un ver de terre empalé sur un hameçon ?

— Pure comédie ! affirma-t-il avec force. Je vous le jure. Vous pouvez avoir confiance en moi, Chouchou. J'ai fait cela pour vous, dans le seul but de vous délivrer.

Une lueur railleuse brilla dans les prunelles de Blanche.

— Des promesses, des serments... Je connais la chanson. Ce château ne serait sans doute pas assez vaste pour abriter toutes les jeunes filles innocentes qui se sont laissé berner par vos belles paroles.

Duncan se frotta le nez nerveusement.

— Vous n'imaginez tout de même pas que j'ai pris du plaisir à jouer ce rôle ?

— Ce n'est qu'un juste retour des choses, répliqua-t-elle avec un sourire malicieux. Vous méritiez bien cette punition, après avoir passé tant d'années à courir les jupons.

Il tira un mouchoir de sa manche et se moucha avant de lui répondre.

— Je pensais que cette comédie ne durerait qu'une seule journée — le temps de vous arracher à cette geôle puante.

Blanche s'esclaffa.

— Pauvre Duncan ! Je crains que votre calvaire ne soit pas terminé. Vous allez devoir supporter la compagnie de Griselda pendant quelques jours encore.

Ses narines le picotaient de nouveau, et il sentit que ses yeux commençaient à larmoyer. Etait-ce à cause de la poussière ou de l'odeur de moisi qui émanait de la paillasse ?

— Jusqu'à quand ? questionna-t-il.

— Le temps d'échafauder un plan pour mettre en fuite Mortimer et sa sœur.

— Par le Christ, vous voulez ma mort ! Il vaudrait mieux...

Une crise d'éternuements le saisit et l'empêcha de terminer sa phrase.

— Qu'y a-t-il donc dans cette chambre pour m'enchifrener de cette façon ?

En guise de réponse, Blanche souleva un coin de sa couverture. Un gros chat roux leva la tête et considéra Duncan de ses grands yeux jaunes.

— J'avais oublié que vous ne supportiez pas la présence des chats. C'est Dexter, mon seul véritable ami dans ce château.

Duncan éternua derechef.

— Est-ce qu'il habite avec vous ?

Elle hocha la tête. Puis, le soulevant dans ses bras, elle le posa sur ses genoux.

— Il me tient chaud la nuit et, chaque fois qu'il le peut, il me rapporte de la nourriture. Tout ce qu'il peut voler dans la cuisine — avec, de temps à autre, un rat ou une souris. C'est un excellent chasseur.

Duncan frissonna et dut se retenir pour arrêter une nouvelle crise d'éternuements.

— Blanche, je vous en prie, essayez de vous montrer raisonnable, pour une fois. Vous ne pouvez pas passer une nuit de plus dans cette geôle immonde, avec ce chat pour unique compagnon.

« Pour vous réchauffer, songea-t-il, je serais un compagnon de lit beaucoup plus efficace. »

Surpris par une telle pensée, il se troubla légèrement et poursuivit avec précipitation :

— Une fois en sécurité à Wolfstone, nous aurons tout le loisir de deviser un plan pour déloger Mortimer et sa sœur.

Blanche serra le chat contre sa poitrine.

— Jamais ! s'exclama-t-elle. Si vous le désirez, vous pouvez vous en aller, mais, moi, je reste ici et personne ne m'obligera à partir.

Duncan marmonna un juron et chassa machinalement un brin de paille qui était resté accroché au velours de son haut-de-chausses. Petite déjà, Blanche était têtue comme une mule. Pourquoi diable avait-il imaginé que le temps l'avait rendue plus malléable ? On lui avait dit assez souvent que, chez la plupart des gens, les défauts s'accentuaient avec l'âge.

— Très bien ! Je suis le pire des idiots, mais je ferai ce que vous me demandez, dussé-je payer le prix fort. Ce soir, après le dîner, cette dévergondée a essayé de m'entraîner dans sa chambre — alors que nous nous connaissions depuis quelques heures seulement !

— Pauvre Griselda ! murmura Blanche à l'oreille de Dexter. Elle doit être *vraiment* désespérée.

Duncan lui jeta un regard courroucé, mais s'abstint de tout commentaire.

— Alors, c'est décidé. Vous voulez rester ici ?

— Oui, acquiesça-t-elle. Maintenant, retournez dans

votre chambre et reposez-vous afin d'être en pleine forme demain pour parachever votre entreprise de séduction.

— Je devrais plutôt aller me procurer une armure ! grommela-t-il en éternuant de nouveau.

Blanche enleva son manteau et voulut le lui rendre, mais il refusa.

— Gardez-le. La nuit est froide. Il vous réchauffera plus que votre maudite boule de poils.

— Non, je ne peux pas. Mortimer me rend visite tous les jours. Il le remarquerait et devinerait immédiatement vos intentions. Ce fourbe n'est pas aussi stupide qu'il en a l'air. Méfiez-vous de lui. Un seul faux pas et vous serez perdu.

Vaincu, Duncan reprit le manteau à contrecœur.

— Dormez bien Chouchou, dit-il avec une bonne humeur un peu forcée. Je reviendrai vous voir demain soir.

— Que votre ange gardien vous protège jusque-là ! répondit-elle, tout en continuant de caresser Dexter.

Il posa la main sur le loquet, puis s'arrêta et lui jeta un coup d'œil par-dessus son épaule. Malgré son état pitoyable, elle releva la tête et soutint son regard avec la même expression défiante qu'elle avait eue le jour où elle l'avait fait tomber du pommier. Une dernière rencontre qui avait laissé un souvenir par trop cuisant dans sa mémoire.

Et soudain, une folle pensée lui vint.

Pourquoi ne pas accomplir aujourd'hui ce dont il avait rêvé jadis ?

Trois enjambées lui suffirent pour combler l'espace qui les séparait. Il se pencha vers elle et s'empara de sa bouche avant qu'elle ait eu le temps de protester ou, même, de deviner ses intentions.

Comme par magie, il oublia son bras cassé et ses sept années d'exil en Irlande. Les lèvres de Blanche avaient un goût de miel, un goût de paradis...

Hélas ! l'extase fut brève. D'une violente bourrade, la belle brisa l'enchantement.

— Auriez-vous perdu la tête ? s'écria-t-elle, rouge de colère.

Une colère si délectable...

Grisé, il lui adressa un clin d'œil espiègle.

— Voilà sept ans que j'en rêvais, mon adorable Chouchou. Pardonnez-moi, mais la tentation était trop forte.

Là-dessus, il sortit en fredonnant le refrain d'une chanson paillarde. Mais, une fois dans le corridor, il recouvra toute sa gravité. Il était dans la place, certes, mais il lui faudrait jouer serré s'il ne voulait pas être démasqué.

Il pleuvait. Une petite pluie fine et froide qui tombait avec une régularité lancinante sur les dalles de pierre devant la fenêtre.

Dexter miaula et s'étira longuement.

En sentant ses pattes sur sa joue, Blanche le repoussa.

— Si tu as faim, va chasser et laisse-moi tranquille, marmonna-t-elle en tirant sur elle les couvertures. Il doit bien y avoir encore des rats et des souris...

Les couvertures ?

Ces mots magiques dissipèrent les derniers vestiges de sommeil qui embrumaient encore son esprit. Elle ouvrit les yeux. Dexter était assis à côté d'elle et la regardait fixement. Ses longues moustaches blanches frémissaient.

Ne parvenant pas à en croire sa bonne fortune, la jeune femme compta trois couvertures là où, la veille, il n'y en avait eu qu'une seule. Celle du dessus était le vieux plaid élimé et nauséabond qui l'avait empêchée de mourir de froid les nuits précédentes. Il dissimulait deux épaisses couvertures en laine — propres et sans vermine.

— Oh ! Dexter ! Aurions-nous eu la visite d'un ange, cette nuit ?

Le baiser de Duncan brûlait encore ses lèvres. Non ! Elle bannit ce souvenir par trop troublant de sa mémoire. Le jeune homme l'avait quittée bien avant qu'elle ne s'endorme.

— D'ailleurs, il me déteste, expliqua-t-elle au chat. A cause de moi, il a failli perdre l'usage de son bras droit — un bras sans lequel un chevalier n'est plus qu'un pauvre infirme. Ce baiser a été seulement... la conclusion d'une affaire inachevée, une sorte de vengeance, en somme.

Dexter sauta du lit et entreprit de se faire les griffes sur le rebord de la paillasse. Il miaula une fois ou deux pour attirer l'attention de Blanche. Soudain, l'une de ses pattes heurta un objet qui émit un tintement cristallin.

Blanche se redressa et regarda au pied de la paillasse. Un caquelon en terre ! Il était encore tiède. Elle en souleva le couvercle et un délicieux arôme de viande et de légumes envahit ses narines.

Un cri de joie échappa à la jeune femme.

— Oh ! sois béni, mon minou !

Posant le caquelon sur ses genoux, elle en dévora avidement le contenu.

— Si elle me voyait, lady Catherine ne manquerait pas de me tancer pour mon manque de manières, mais, par le Christ, jamais je n'avais mangé un aussi bon ragoût ! Un don du ciel, sans nul doute.

Dexter se lécha les babines et la regarda avec des yeux suppliants, comme pour lui rappeler qu'il avait souvent partagé sa pitance avec elle. Emue, elle versa un peu de sauce dans le couvercle.

— Tu as bien mérité une petite récompense, murmura-t-elle en souriant.

C'est alors qu'une tache rouge attira son attention.

— Encore un miracle ?

Une rose à peine éclose, piquée dans la paille.

La tige avait été soigneusement débarrassée de ses épines.

Emerveillée, elle la prit et en huma le parfum.

La dernière floraison de l'automne...

Un don qui, plus encore que les couvertures et le ragoût, l'emplit de gratitude.

Personne ne lui avait jamais offert une fleur auparavant, pas même Cuthbert.

— Je me demande s'il n'y aurait pas du vrai dans les légendes de Sondra, dit-elle en effleurant les pétales veloutés de la rose. Le chevalier de Bodiam existe peut-être vraiment ?

Pas un seul instant, elle ne voulut croire que Duncan Hayward, le souffre-douleur de son enfance, puisse être son mystérieux bienfaiteur. Elle devait chasser cette idée folle avant qu'elle ait eu le temps de s'enraciner dans son esprit.

— Non, ce n'est pas du tout le genre de Duncan, affirma-t-elle en caressant Dexter machinalement.

5.

Le lendemain matin, Duncan se réveilla fort tard et, quand il consentit à se lever, il vit que la pluie fouettait la fenêtre de sa chambre. Une pluie qui, sans nul doute, durerait toute la journée.

Quelques instants plus tard, Kitt apparut avec une cuvette d'eau à peine tiède. Duncan ouvrit la bouche pour le renvoyer dans la cuisine, mais, en voyant sa pommette violacée, il n'eut pas le cœur de le sermonner.

— Que s'est-il passé ? Tu as eu des problèmes avec le cuisinier ?

Kitt détourna la tête.

— Ce n'est rien. Je me suis emmêlé les pieds et je suis tombé. Tout seul, sans que personne ne me pousse.

Duncan fronça les sourcils.

— C'est curieux... Je n'ai jamais vu quelqu'un se faire un bleu comme celui-là simplement en tombant.

Kitt haussa les épaules et entreprit d'aérer le lit de Duncan.

— Même s'il ne s'agissait pas d'une chute, cela ne vous regarderait pas, sir. Jobe m'a dit qu'un homme devait être capable de livrer ses propres batailles — sans l'aide de quiconque.

Tout en enduisant son menton de mousse de savon

froide, Duncan réfléchit à cet adage de la sagesse africaine.

— Tu n'es encore qu'un enfant, Kitt, objecta-t-il enfin.

Le jeune garçon secoua la tête.

— Plus maintenant. Je suis à l'âge où l'on doit faire ses preuves, montrer aux autres ce dont on est capable. C'est Jobe qui me l'a dit.

« Encore Jobe ! pensa Duncan. Il ne faudrait tout de même pas qu'il mette des idées trop extravagantes dans l'esprit exalté de ce jouvenceau. »

Kitt secoua le haut-de-chausses de son maître et le posa à plat sur le lit.

— Comment va ma sœur ? s'enquit-il d'une voix faussement nonchalante.

— Plutôt bien, étant donné les circonstances, répondit Duncan tout en rinçant son rasoir. Blanche a toujours eu horreur d'être enfermée.

Il préféra ne pas lui révéler l'état dans lequel il l'avait trouvée. Ayant hérité du caractère bouillant des Cavendish, Kitt serait capable de commettre un acte irréparable.

— Alors, pourquoi nous attardons-nous dans cet endroit pestilentiel ? Nous devrions déjà être de retour à Hawkhurst. Vous m'aviez dit que vous délivreriez Blanche cette nuit...

Duncan s'essuya le visage avec une serviette à peine aussi grande qu'un mouchoir de poche. Mortimer Fletcher traitait ses hôtes avec un souci de l'économie qui en disait long sur ses origines.

— Il va falloir changer nos plans. Ta sœur refuse de quitter Bodiam.

Les yeux de Kitt s'élargirent de stupéfaction.

— Quoi ? Elle a perdu la tête !

— Je suis d'accord avec toi, mais cela ne change rien à notre problème.

— Conduisez-moi auprès d'elle ! Je saurai bien lui faire entendre raison.

— Non.

Duncan enfila sa chemise et tendit les bras vers le jeune garçon qui les regarda fixement, sans comprendre.

— Les lacets, expliqua-t-il en indiquant les cordons qui pendaient de ses manchettes. Un bon page se doit de nouer les lacets de son maître.

Les lèvres pincées, Kitt s'acquitta de sa nouvelle tâche.

— Blanche est ma sœur, poursuivit-il à voix basse. Etant le seul membre de sa famille dans ce château, j'ai le devoir de...

Duncan le saisit par les revers de son justaucorps et le tira brutalement à lui.

— Ecoute-moi bien, mon petit. Je suis pris entre deux êtres qui ont juré de se détruire : ta sœur et Mortimer Fletcher. Si nous voulons sortir vivants de ce château, nous allons devoir agir prudemment. Ce n'est pas un jeu : un seul faux pas et ce sera un massacre. Alors, tu feras exactement ce que je te dirai. Pour le moment, Blanche ne doit pas savoir que tu es à Bodiam. Ai-je été assez clair, tête de linotte ?

Une lueur rebelle brilla dans les yeux de Kitt, mais il n'osa pas protester.

— Très clair, marmonna-t-il avec dépit. Je vous obéirai — pour le moment. Mais cela ne me plaît pas !

Sur cette dernière réplique, il sortit de la chambre en claquant la porte derrière lui.

Duncan soupira. Pourquoi fallait-il que tous les Cavendish soient aussi têtus ?

Il finit de s'habiller et descendit au rez-de-chaussée avec l'intention de grappiller un petit déjeuner tardif avant de seller son cheval pour aller rejoindre Jobe dans la forêt.

Las, il venait à peine d'arriver sur le palier que Griselda bondit sur lui.

— Ah ! sir Duncan, vous voilà enfin réveillé... Avez-vous bien dormi ?

Sa voix criarde lui perça les tympans, mais, néanmoins, il réussit à lui sourire aimablement.

— Comme un loir, ma douce enfant.

De toutes les filles auxquelles il avait conté fleurette, Griselda était, sans conteste possible, la moins attirante, mais, en même temps, la plus désireuse de l'inviter entre ses draps.

— Aurais-je enflammé vos rêves ? roucoula-t-elle en s'accrochant à son bras comme une sangsue.

— Je crains de ne pas avoir rêvé du tout, répondit-il en réprimant avec peine son agacement. La fatigue, sans doute. J'avais chevauché toute la journée.

Griselda s'appuya contre lui.

— Oh ! mon cher amour... ! murmura-t-elle. Si vous me le permettiez, je me ferais une joie et un devoir d'animer vos nuits et vos rêves...

« Quel cauchemar ! » songea Duncan, qui affirma gracieusement :

— Vous me mettez l'eau à la bouche, mon trésor.

Griselda le tira en arrière, les yeux brillant de désir.

— Pourquoi devrions-nous attendre, mon beau chevalier ? Ce ne sont pas quelques phrases prononcées devant un prêtre qui doivent mettre obstacle à notre bonheur. Nous aurons tout le temps plus tard de régulariser...

Ecœuré, Duncan résista — sans brusquerie, mais avec détermination.

— Non, mon ange adoré. Une telle précipitation ne serait guère convenable. Je dois d'abord parler à votre frère, lui demander s'il ne voit aucune objection à nos fiançailles. En vous suivant dans votre chambre, je trahirais son hospitalité et je m'exposerais à son courroux.

Griselda fit la moue. Une moue hideuse qui lui rappela l'une des gargouilles qui ornait la façade ouest de la cathédrale d'York — celle qui représentait le vice et la luxure.

— Alors, allez le trouver ! s'exclama-t-elle en le repoussant avec frustration. Car, par le Christ, je n'ai pas l'intention de me morfondre seule dans mon lit tous les soirs. Il doit être dans le cellier — occupé à surveiller je ne sais quels travaux.

Duncan ne se fit pas prier. Il s'enfuit comme s'il avait le diable à ses trousses.

Une table était dressée dans la salle à manger. Avant d'affronter Mortimer Fletcher, il avait besoin de se revigorer et de calmer les affres de son estomac vide.

Un peu d'omelette aux herbes, un petit pain croustillant, deux ou trois rasades de bière... Il se sentait déjà mieux.

Il s'apprêtait à mordre avec appétit dans un blanc de poulet rôti, lorsqu'un garçon de cuisine se précipita vers lui, le visage écarlate.

— Hé là ! c'est pour le déjeuner et il n'est pas encore midi !

Avant de lui répondre, Duncan avala posément sa bouchée.

— J'avais faim et je n'avais pas encore pris mon petit déjeuner, expliqua-t-il calmement.

Le garçon de cuisine se gratta la tête.

— Peut-être, mais si le cuisinier voit cela, il va être furieux.

— Nous ne sommes pas obligés de le lui dire, murmura Duncan d'un air comlice. Ce poulet est délicieux. Prends-en donc un morceau. Je ne te trahirai pas.

Un large sourire barra le visage du maraud. Il jeta un ultime coup d'œil par-dessus son épaule, puis se servit une copieuse portion de poulet qu'il dévora avec une évidente satisfaction.

— Je vois que tu as compris, approuva Duncan. Maintenant, si tu veux un bon conseil, essuie-toi la bouche avant de retourner dans la cuisine — à moins que tu n'aies envie de recevoir une volée de coups de bâton.

Sur ces mots, il abandonna le garçon à son destin et quitta la salle à manger pour se rendre au cellier, une vaste cave voûtée qui occupait tout le sous-sol du logis seigneurial. Avec un peu de chance, il parviendrait peut-être à surprendre son hôte au milieu de ces mystérieux travaux auxquels il était occupé.

Il s'engagea dans l'étroit escalier de pierre, mais, à mi-chemin, il se retrouva face à face avec Mortimer.

Le frère de Griselda le considéra d'un air soupçonneux.

— Il m'est avis que vous vous êtes égaré, milord, dit-il en lui barrant le passage.

— Vraiment ? feignit de s'étonner Duncan. Je croyais que cet escalier conduisait au jardin d'agrément que j'ai aperçu depuis la fenêtre de ma chambre.

— Une promenade dehors par un temps pareil ?

Mortimer monta une marche de plus, obligeant Duncan à reculer. Une fois dans le hall, il le fit entrer dans son cabinet de travail, une petite pièce grise et sinistre.

— Asseyez-vous. Nous avons à parler, tous les deux.

Tandis que Duncan prenait place sur une vieille chaise capitonnée de cuir, Mortimer fit le tour du bureau et s'assit en face de lui.

— Ma sœur est très éprise de vous, milord, commença-t-il sans autre préambule.

Il se frotta les mains, comme pour les réchauffer, et un sourire satisfait barra son visage.

— Si, de votre côté, vous êtes désireux de l'épouser, je serai très heureux de vous accueillir dans notre famille, en qualité de beau-frère.

Une boule se forma au fond de la gorge de Duncan. Il n'avait pas prévu que la comédie irait aussi loin et l'obstination de Blanche le mettait dans une situation pour le moins hasardeuse. Coucher avec une soubrette était une chose, courtiser une damoiselle issue d'une famille influente en était une autre — et il préférerait encore se passer une épée en travers du corps, plutôt que de conduire à l'autel un laideron comme Griselda.

— La bonne opinion que vous avez de moi m'honore, messire, répondit-il avec un sourire hypocrite.

Mortimer le considéra avec l'œil calculateur d'un maquignon qui s'apprête à marchander l'achat d'un cheval à un paysan. « Si je ne joue pas mon rôle à la perfection, se dit Duncan, il ne tardera pas à me faire jeter dehors ou, pis encore, dans les douves avec une pierre attachée aux chevilles. »

Il se pencha en avant et posa les coudes sur la table.

— Vous et moi, nous sommes des gens du monde et il est inutile de perdre notre temps en bavardages inutiles, déclara-t-il en regardant droit dans les yeux le tortionnaire de Blanche. Venons-en tout de suite à la seule chose qui compte vraiment : quelle dot êtes-vous prêt à m'offrir si je vous débarrasse de cette adorable enfant ?

Une lueur de satisfaction brilla dans les yeux de Mortimer.

— Voilà un langage que je comprends, acquiesça-t-il en hochant la tête. Vous êtes un homme selon mon cœur, messire Hayward.

Duncan resta impassible.

— Vous possédez un bien joli château... Avec, je n'en doute pas, un vaste domaine.

Mortimer baissa la tête.

— Oh ! pas aussi vaste qu'il y paraît ! Quelques fermes, des pâtures sans grand intérêt et une forêt pour la chasse.

En réalité, Bodiam s'étendait sur la moitié du Sussex et ses revenus eussent suffi à payer la rançon d'un prince.

— La propriété serait-elle hypothéquée ou grevée de

charges financières ? Je vous préviens que si j'épouse votre sœur, je n'ai pas l'intention de me porter garant pour aucune dette que votre famille pourrait avoir contractée.

Pour la première fois, Mortimer eut l'air mal à l'aise. Il se mit à pianoter nerveusement sur le rebord de la table.

— Aucun créancier ne peut émettre la moindre prétention sur ce château. Cependant...

Duncan haussa les sourcils.

— Vous n'en êtes pas propriétaire ?

Le front et les joues de son interlocuteur s'enflammèrent.

— Je suis le gardien légal de Bodiam et je puis vous assurer que ce que je vous offrirai vous appartiendra pleinement, sans la moindre restriction.

« Nous arrivons enfin au cœur du problème », songea Duncan.

— Qui est, exactement, le propriétaire en titre de ce château ? s'enquit-il abruptement.

Mortimer laissa échapper un soupir.

— C'est une bien triste histoire...

— Narrez-la-moi, messire. J'adore les histoires — surtout lorsqu'elles sont bien racontées.

Le maître de Bodiam affecta une mine éplorée.

— Griselda et moi, nous avions un frère bien-aimé, Cuthbert. C'était le meilleur des garçons, mais il souffrait d'un tempérament fragile et maladif. Il y a deux ans, il s'est marié au sein de la famille Cavendish. Vous avez déjà entendu ce nom, je suppose ?

Duncan hocha la tête.

— Une lignée illustre, issue du Northumberland, si je ne m'abuse ? Votre frère a eu de la chance.

Une moue méprisante déforma les traits de Mortimer.

— Une demi-chance, seulement. La fille en question était une bâtarde. C'était elle qui pouvait s'estimer heureuse d'avoir trouvé un mari convenable.

Duncan serra les poings. Comment cette crapule osait-elle parler de Blanche comme d'une vulgaire ribaude? S'il ne s'était pas retenu, il l'aurait étranglé.

— Et alors?

— Mon père avait mis en garde Cuthbert, mais il était tellement entiché de cette fille qu'il n'a pas voulu écouter ses conseils. Ils se sont donc mariés. Un an plus tard, hélas! mon frère a contracté une mauvaise fièvre. Griselda et moi sommes accourus à son chevet, mais il était trop tard. Il est mort quinze jours après notre arrivée.

Duncan dut faire un effort pour ne pas se signer — un geste de piété que le roi avait interdit après sa rupture avec l'Eglise de Rome.

— Que son âme repose en paix! dit-il sobrement.

— *Amen*, répondit Mortimer. Entre vous et moi, poursuivit-il avec précipitation, je suis persuadé que c'est elle qui a tué mon pauvre frère.

Duncan sentit une colère sourde monter en lui.

— Comment pouvez-vous affirmer une chose pareille? s'enquit-il d'une voix faussement étonnée.

— Oh! il suffit de la voir pour se rendre compte de sa cruauté et de sa duplicité!

— Vous piquez ma curiosité, murmura Duncan. Je n'ai encore jamais rencontré une meurtrière. Si ce n'est pas trop vous demander, vous accepteriez peut-être de...

Son hôte secoua la tête.

— Hélas! il ne m'est pas possible d'accéder à votre requête! Depuis la mort prématurée de son mari, elle n'a plus sa tête. Cela arrive souvent chez les criminelles. Comme si le poids de leur culpabilité était trop lourd à supporter. Faites-moi confiance. Elle est sous ma protection et je ne vois guère comment, dans son état, elle pourrait contester mes droits sur ce château.

Duncan fronça les sourcils. Sous sa protection... Le maraud! Alors qu'il la retenait prisonnière dans une geôle infâme!

— Jusqu'à quand comptez-vous lui prodiguer votre « protection » ?

Mortimer éclata de rire.

— Ah ah ! dès le début j'ai su que nous étions faits du même bois.

Ses paroles et sa brusque hilarité mirent Duncan mal à l'aise.

— Comment cela ? Seriez-vous un sorcier ? questionna-t-il avec une feinte légèreté.

— D'une manière toute simple et sans avoir recours à aucune sorcellerie. Sans vouloir vous offenser, nous avons de nombreux points communs et je peux lire dans vos pensées à livre ouvert — comme si c'étaient les miennes.

Duncan se mordit la lèvre.

« Tu serais bien étonné si tu savais à quoi je pense en ce moment, scélérat ! » pensa-t-il avec rage.

— Et qu'y avez-vous donc lu ? s'enquit-il suavement.

Mortimer se pencha vers lui et prit une mine de conspirateur.

— Vous aimeriez que cette bâtarde repose dans sa tombe et que ce château revienne à des hommes avisés comme vous et moi, je suppose ?

Duncan retint son souffle et un frisson glacé lui parcourut la colonne vertébrale. Ce suppôt de Satan avait-il décidé de tuer Blanche ?

— Ses jours seraient-ils en danger ? s'enquit-il avec prudence.

Mortimer s'esclaffa de nouveau. Un éclat de rire diabolique.

— Qui sait ?

Duncan s'obligea à se gausser lui aussi. « Dieu nous protège, Blanche ! se dit-il. J'espère que tu as conçu un plan assez subtil pour nous tirer de ce mauvais pas, car, sinon, nous pourrions bien aller nourrir les corbeaux avant la fin de la semaine. »

*
**

Au déjeuner, Duncan grignota sans appétit. S'étant levé tard, il n'avait pas faim et le seul fait de voir Mortimer et sa sœur dévorer sans la moindre retenue aurait suffi à dégoûter un moine affamé par quarante jours de carême.

Et dire que pendant que son beau-frère et sa belle-sœur festoyaient à ses frais, Blanche mourait quasiment de faim dans sa geôle immonde !

Cette pensée lui déchira le cœur.

La nuit prochaine, il lui apporterait un vrai repas — et il essaierait de lui faire entendre raison. A force de s'obstiner, elle finirait par tout perdre, son château et les années qui lui restaient à vivre.

Dès que les dernières pommes au four eurent été dévorées par l'insatiable Griselda, il repoussa sa chaise et se leva.

Aussitôt, la sœur de Mortimer se cramponna à son bras.

— Aimeriez-vous m'entendre chanter, messire Hayward ? A moins que vous ne songiez à d'autres divertissements pour tromper les longues heures de l'après-midi ? ajouta-t-elle avec un petit rire de gorge.

« Une hétaïre doublée d'une sorcière, se dit-il avec ironie. Beau programme, en vérité ! »

Après avoir pourchassé le beau sexe pendant plus de dix ans, il découvrait soudain que le rôle du gibier n'avait rien d'agréable.

— Pardonnez-moi, mais j'ai besoin d'air. Je souffre d'horribles migraines quand je reste trop longtemps confiné à l'intérieur.

— Oh ! mon pauvre chéri ! Je vais vous masser les tempes...

Non sans mal, il réussit à repousser ses doigts crochus.

— Merci, mon trésor, mais une bonne chevauchée sera plus efficace pour me guérir de mes maux.

Griselda jeta un coup d'œil aux fenêtres dont les arches gothiques dominaient l'immense salle à manger. La pluie battait sans relâche contre les vitraux.

— Il pleut à verse, messire. Vous allez attraper la mort par un temps pareil.

« Je préfère encore affronter la pire des tempêtes, songea-t-il, plutôt que de rester une minute de plus dans cette antichambre de l'enfer. »

Il se dégagea sans brutalité, mais avec fermeté.

— Au contraire. Rien ne vaut un peu d'eau et une bonne bouffée de vent frais pour chasser les mauvaises humeurs. Bertrum ! cria-t-il en se retournant vers le fond de la salle. Arrête de baguenauder et va seller nos chevaux à l'écurie !

Les yeux bleus de Kitt s'élargirent de stupéfaction.

— Maintenant, messire ?

Duncan fit un pas de côté pour éviter un nouvel accès de tendresse de Griselda.

— Depuis quand discutes-tu mes ordres, maraud ? File immédiatement si tu ne veux pas que je t'écorche vif !

Kitt marmonna quelque chose entre ses dents, mais il obéit et sortit en courant de la salle à manger. Duncan dut se retenir pour ne pas l'imiter.

Moins d'une demi-heure plus tard, ils franchissaient le pont-levis et s'engageaient sous les frondaisons de la vaste forêt qui entourait le château de Bodiam.

La pluie lui fouettait le visage et transperçait l'étoffe de son manteau, mais, pour la première fois depuis vingt-quatre heures, Duncan se sentait libre et joyeux. Si Blanche ne s'était pas montrée aussi têtue, ils seraient loin — peut-être déjà à Londres.

Cette pensée suffit à assombrir son humeur. Blanche détestait être cloîtrée. Une horreur presque maladive. Il se souvint qu'un jour, alors qu'elle était petite, lady Catherine l'avait enfermée dans une pièce noire afin de la punir pour l'une de ses nombreuses bêtises. Elle avait crié et donné des coups de pied dans la porte pendant plusieurs heures d'affilée. Quand lady Catherine l'avait libérée, elle avait été horrifiée à la vue de ses mains et de ses pieds en sang, mais la fillette n'avait pas versé une seule larme de douleur. La tête haute, elle avait monté l'escalier en boitillant et s'était réfugiée au grenier, dans le recoin dont elle avait fait son sanctuaire. Ensuite, plus personne n'avait parlé de l'incident et jamais plus elle n'avait été enfermée contre son gré — jusqu'à maintenant. Elle dépérissait lentement à l'intérieur des murs de sa prison et, pourtant, elle avait refusé la liberté offerte.

Les doigts de Duncan se crispèrent sur ses rênes. Pendant sa chevauchée vers le sud, son esprit avait été accaparé par la récompense promise par lord Cavendish. Ce manoir des Aubiers et ces mille arpents de terre arable qui lui appartiendraient s'il lui ramenait sa fille saine et sauve. Maintenant, depuis qu'il avait vu l'état pitoyable de Blanche et rencontré son infâme geôlier, il n'avait plus qu'une seule idée en tête : châtier Mortimer et rendre Bodiam à sa légitime propriétaire.

« Patience ! s'exhorta-t-il en se penchant en avant pour éviter une branche basse. Nous sommes trop peu nombreux pour une attaque frontale, mais ce fourbe ne perd rien pour attendre. Nous trouverons bien une ruse pour le chasser de Bodiam. »

Duncan s'était imaginé trouver Jobe tremblant de froid et d'une humeur exécrable. Au lieu de cela, un délicieux arôme de viande grillée les accueillit lorsqu'ils mirent pied à terre devant la cabane de bûcheron où l'Africain avait établi son quartier général. A l'intérieur, un feu de bois crépitait joyeusement dans l'âtre et plusieurs lapins grillaient lentement, empalés sur une broche de fortune.

— Bienvenue, mon ami ! s'exclama Jobe de sa voix tonitruante. Je vous attendais... Le dîner est prêt.

Kitt secoua son chapeau trempé.

— Comment saviez-vous que nous allions venir ? questionna-t-il, médusé.

— Notre ami a le don de seconde vue, expliqua Duncan en dégrafant son manteau. Je ne sais pas comment il s'y prend, mais il a une perception intuitive de l'avenir.

Kitt considéra l'Africain avec une crainte respectueuse.

— C'est merveilleux ! Vous pourriez m'apprendre ?

— Ce n'est pas une chose que l'on peut apprendre, répondit Jobe avec un nouvel éclat de rire. Pour recevoir ce don, il faut être le septième fils d'un sorcier et être né, comme moi, par une nuit sans lune.

Le jeune garçon soupira.

— Oh ! je ne suis que le troisième enfant de mes parents, et mon père n'est qu'un simple chevalier !

Duncan s'approcha du feu et tendit ses mains vers les flammes pour les réchauffer.

— Dis-moi, fils de sorcier, saurais-tu par hasard si cette folle entreprise dans laquelle nous nous sommes lancés aura une fin heureuse ou malheureuse ?

Jobe ne répondit pas tout de suite. Il retira les lapins de la broche, les posa sur une planche et entreprit de les découper.

— Je vois beaucoup de choses, commença-t-il d'une voix profonde après avoir donné un gros morceau de râble à Kitt. Un ciel d'un noir d'encre et, soudain, une grande lumière qui illumine le firmament. Des malheurs, des souffrances terribles, l'avidité insatiable des hommes, mais aussi des rires et...

Il s'interrompit et regarda fixement Duncan.

— Quoi donc ? questionna Duncan en sentant ses cheveux se dresser sur la tête.

Dans son for intérieur, il murmura une prière pour que Jobe ne l'ait pas vu mort ou blessé.

Un large sourire transfigura l'Africain.

— L'amour, mon ami ! murmura-t-il gaiement. Oui, la déesse de l'Amour vous capturera dans ses rets d'or et d'argent.

Duncan secoua la tête.

— Pour une fois, ta prophétie ne se réalisera pas. Je n'ai aucunement l'intention de me marier. Il y a encore trop de fleurs savoureuses à butiner dans le jardin de ma vie.

Jobe rit de nouveau, puis il se retourna vers Kitt.

— Tu verras, jeune guerrier, je ne me trompe jamais. N'oublie pas mes prédictions.

— Et... et moi ? questionna Kitt en avalant avec peine. Pouvez-vous lire dans mon avenir, Jobe ?

Le géant posa sa large main sur sa tête blonde et sonda le regard bleu de son jeune compagnon.

— Oui, murmura-t-il finalement. Tu voyageras dans beaucoup de pays et connaîtras de nombreuses aventures. La gloire, les honneurs... Une vie rude, mais bien remplie.

Kitt rosit de satisfaction, mais il n'osa pas poser d'autres questions.

Duncan but une gorgée de bière à la régalade et passa son aiguière à Kitt.

— Ne fais pas semblant d'avoir compris ce que Jobe vient de raconter, dit-il avec un large sourire. Pour ma part, le plus souvent, je n'entends rien à ses prophéties, mais, étrangement, certaines d'entre elles se réalisent. Pas toutes, cependant... Jamais je ne me laisserai prendre au piège de l'amour ! Il n'y a aucun risque.

Une lueur amusée brilla dans les yeux noirs de l'Africain.

— Il est trop tard, mon ami. La flèche de Cupidon a déjà touché sa cible.

6.

La journée s'était écoulée avec une lenteur désespérante et, depuis le coucher du soleil, le temps semblait s'être arrêté.

Une véritable torture.

Si seulement elle n'avait pas aussi faim ! Son estomac gargouillait et se crispait douloureusement.

Lasse d'attendre, Blanche s'enveloppa dans ses précieuses couvertures. Son pauvre corps décharné tremblait de froid. Dexter bâilla et se blottit contre elle en ronronnant. La jeune femme sourit et un soupir s'échappa de ses lèvres.

— Tu ne peux pas savoir combien je t'envie, murmura-t-elle en le caressant. Le ventre plein, une fourrure bien chaude et aucun souci du lendemain. La béatitude, en somme.

La mort de Cuthbert avait sonné le glas de son bonheur — en quelques jours, avant même qu'elle eût le temps de comprendre ce qui lui arrivait. Maintenant, il ne lui restait plus rien, hormis sa haine envers son beau-frère.

Son estomac, de nouveau, se rappela à elle.

Will avait oublié de lui apporter son seau d'eau fraîche et elle n'avait aucune nouvelle de Duncan.

— Où diable a bien pu passer ce maudit coureur de

jupons ? se demanda-t-elle à voix haute. Il doit être en train de faire le joli cœur — ou de profiter de sa nouvelle conquête. Connaissant Griselda, il n'avait sans doute pas eu beaucoup de mal à la séduire.

Elle ferma les yeux et se recroquevilla sous ses couvertures.

Tout en fustigeant le lâche abandon du chevalier, elle se laissa glisser lentement dans un sommeil réparateur.

Le grincement de la clé dans la serrure la réveilla en sursaut. Elle se redressa. Une haute silhouette s'avançait vers elle.

Duncan...

Il posa sa lanterne par terre, puis s'accroupit à côté de la paillasse.

— Bonsoir, gente dame.

Le cœur de Blanche se mit à battre la chamade, comme la veille, quand, tout d'un coup, Duncan était réapparu dans sa vie. Elle se souvenait d'un adolescent maigre et moqueur, un jeune loup prêt à tout dévorer. Ses années en Irlande l'avaient métamorphosé, faisant de lui l'homme le plus séduisant qu'elle ait jamais rencontré. Ses yeux noirs l'avaient si souvent défiée au temps béni de son enfance — des yeux qui brillaient maintenant comme une promesse sensuelle dans la flamme orangée de la lanterne. Elle sentit sa bouche devenir sèche. Quand il était au service de son père, aucune fille n'avait résisté longtemps à son sourire ravageur. Et elle ne doutait guère qu'il ait poursuivi en Irlande sa carrière de bourreau des cœurs.

Ces petites sottes avaient toutes succombé, mais pas elle !

Elle bâilla intentionnellement, afin de se prouver à elle-même qu'elle se moquait bien des aventures qu'il avait pu avoir au cours de ses pérégrinations à travers la verte Erin.

— J'ai un plan, lui annonça-t-elle de but en blanc, sans prendre la peine de lui dire bonsoir ou de s'enquérir de sa santé.

Duncan haussa un sourcil étonné.

— Comment, ma douce amie ? Même pas un mot gentil pour m'accueillir ?

— Au cas où vous ne l'auriez pas remarqué, Duncan, répliqua-t-elle sèchement, nous ne sommes pas dans un salon ou à la Cour. Je suis retenue prisonnière par une crapule de la pire espèce et je ne vois guère comment j'aurais pu garder mes belles manières dans cette geôle infecte.

Le sourire de Duncan s'élargit. Il posa le sac de toile qu'il avait apporté et en dénoua les cordons. Aussitôt, un délicieux arôme de pain chaud caressa les narines de la jeune femme. Dexter dressa la tête et se leva, les moustaches frémissantes.

— Il n'y a rien pour toi, mon gros matou, marmonna Duncan en lui jetant un regard dépourvu d'aménité.

Il fouilla dans le sac et tendit à Blanche un paquet enveloppé dans un torchon.

— Un pâté en croûte, Chouchou. Je vous suggère de le manger tout de suite, avant que votre fauve ne s'en empare.

Blanche faillit le remercier, mais elle préféra se taire, par crainte qu'il ne se méprenne sur ses sentiments. Son baiser de la veille était encore par trop présent dans sa mémoire.

Le pâté était garni de viandes épicées — un mélange succulent. Quand elle eut terminé, Duncan lui tendit une tranche de pain beurrée et un gros morceau de fromage.

Elle poussa un soupir de contentement. Mortimer était peut-être un ladre, mais ses cuisines étaient toujours aussi bien approvisionnées.

Pendant qu'elle se rassasiait, Duncan s'assit sur la paillasse et étira ses jambes. Le haut-de-chausses moulait ses cuisses musclées — une vision par trop virile et... troublante.

La jeune femme détourna les yeux et choisit le sarcasme pour masquer son embarras.

— Vous allez abîmer vos beaux atours, mon cher. Vous ne vous en êtes peut-être pas rendu compte, mais vous n'êtes pas assis sur les draps parfumés d'une dame du monde.

— Ne vous inquiétez pas pour mes vêtements. Votre paillasse est presque propre en comparaison des bauges pleines de fange dans lesquelles j'ai été contraint de dormir en Irlande. Tenez, buvez ceci, ajouta-t-il en lui tendant une chope.

— Qu'est-ce que c'est ? questionna-t-elle avec curiosité.

Elle souleva le couvercle et huma la fragrance sucrée du breuvage.

— Du lait chaud ? J'aurais préféré de la bière ou un verre de vin. Je ne suis plus une petite fille, Duncan !

Il secoua la tête.

— C'est une potion, à base de jaunes d'œufs et d'épices — une préparation fortifiante que j'ai confectionnée moi-même à partir d'une vieille recette de ma mère. J'ai réussi à me brûler les doigts en mélangeant les ingrédients. Buvez, Chouchou. C'est bon pour vous.

Elle obéit docilement.

Tandis qu'elle buvait, il la contempla avec une indulgence presque paternelle. La préparation était délicieuse et elle la savoura jusqu'à la dernière goutte, mais, néanmoins, elle s'abstint de lui dire combien elle appréciait cette attention aussi exquise qu'inattendue. Si elle baissait sa garde, ne serait-ce qu'un instant, elle serait perdue.

Il croisa les jambes.

— Maintenant que vous avez fini de vous restaurer, vous pourriez peut-être m'exposer les détails de votre plan. J'ai hâte de savoir ce que vous avez bien pu imaginer.

Ignorant les miaulements de protestation de Dexter, la jeune femme se lécha les doigts avec délice avant de lui répondre.

— Ce sera plus amusant que d'écouter les roucoulements de Griselda, murmura-t-elle avec un sourire narquois. Je vous le garantis !

Duncan grimaça.

— Après le dîner, elle a voulu absolument chanter une ballade. Mes dents en grincent encore. Elle a assassiné la musique et massacré les paroles.

Une lueur moqueuse brilla dans les yeux de Blanche.

— Un juste châtiment pour vos fautes passées, Duncan. Mais revenons-en à notre affaire. Avez-vous remarqué combien les Fletcher étaient superstitieux ?

Il hocha la tête.

— Pendant le repas, quand Griselda a renversé la salière, j'ai cru que leurs yeux allaient jaillir de leurs orbites ! Ils ont aussitôt jeté une pincée de sel par-dessus leur épaule gauche et m'ont enjoint de faire de même. Jamais je ne m'étais senti aussi stupide.

Un sourire erra sur les lèvres de Blanche.

— Une superstition que j'ai l'intention d'exploiter. Au fait, quel jour sommes-nous, aujourd'hui ? Depuis que Mortimer m'a enfermée ici, j'ai perdu la notion du temps.

Duncan se gratta la tête pensivement.

— Vous savez, je ne voyage pas avec un calendrier... Cependant, nous sommes un jeudi et je me souviens que Mortimer a dit que nous étions à quinze jours de la Toussaint.

— C'est parfait !

Un courant d'air glacial entra par la fenêtre et fit voler quelques brins de paille autour de la jeune femme. En la voyant frissonner, Duncan dégrafa son épais manteau de laine.

— Venez vous réchauffer contre moi, Blanche, murmura-t-il en lui tendant les bras.

Son ton suggestif et l'éclat de son regard suffirent à mettre Blanche sur la défensive. Céder à une pareille invitation serait par trop dangereux — pour s'en convaincre, il lui suffisait d'écouter les battements désordonnés de son cœur.

— Allons, mon cher, pas avec moi ! Je vous connais trop bien pour me laisser prendre à vos paroles mièvres et sucrées.

Duncan poussa un soupir d'exaspération.

— Ne soyez pas ridicule, Blanche ! Votre précieuse vertu ne risque rien avec moi. Je vous propose seulement la chaleur de mon manteau, car je vois que mes couvertures ne sont pas suffisantes pour vous protéger contre le froid glacial de ce cachot.

Ses couvertures.

L'idée lui en avait bien effleuré l'esprit, mais elle l'avait aussitôt rejetée. Tant de prévenance ne ressemblait pas du tout à Duncan ! Quand il était au service de son père, jamais, ou presque, il n'avait montré la moindre gentillesse à son égard — sauf lorsque lord Cavendish le regardait.

Il ne lui avait pas apporté seulement des couvertures.

La rose... A cette pensée, une légère rougeur envahit son front.

« Il mijote quelque chose ! » se dit-elle intérieurement.

— Je vous remercie, répondit-elle posément. Je croyais que c'était une attention de Will. Si ce pauvre garçon n'avait pas été là pour m'apporter de la nourriture en cachette, je serais déjà morte depuis longtemps.

Duncan hocha la tête.

— Bertrum m'a parlé de lui. C'est un sot, mais il a bon cœur. Allons, Blanche, ne soyez pas aussi têtue. Venez vous asseoir à côté de moi et racontez-moi ce plan ingénieux qui a germé dans votre esprit.

Elle frissonna de nouveau — de froid, certes, mais également à cause d'une émotion inattendue qu'elle préféra ne pas analyser. Après une dernière hésitation, elle se blottit contre le jeune homme qui referma sur elle les plis de son manteau.

— Voilà... N'êtes-vous pas mieux ainsi ?

Il passa un bras autour de ses épaules et la serra contre lui.

— Seigneur Dieu, vous êtes aussi maigre qu'une biche à la sortie de l'hiver !

— Je vois que vous gardez tous vos compliments pour votre chère Griselda ! répliqua-t-elle d'une voix mordante.

Il éclata de rire.

— Jamais je ne prendrais le risque de l'inviter dans mon manteau !

Elle rit également. Pour la première fois depuis longtemps, elle se sentait en sécurité. D'instinct, elle posa la tête au creux de son épaule et se détendit.

— Alors, Chouchou ? insista-t-il. Quel mauvais tour avez-vous concocté pour mettre en échec les noirs desseins de cette crapule de Mortimer ?

Blanche résista, non sans peine, à la tentation de fermer les yeux et de s'abandonner à une exquise torpeur.

— Mon plan est tout simple, Duncan. Effrayer les Fletcher, leur faire perdre la tête suffisamment pour qu'ils s'enfuient en courant de Bodiam. Ensuite, tout redeviendra comme avant.

— Hum... C'est bien joli, mais comment comptez-vous vous y prendre ? Je ne vois guère de quelle façon nous pourrions les contraindre à quitter un nid aussi douillet.

— Vous souvenez-vous de la légende du Chevalier Noir ?

Duncan s'esclaffa.

— Comment aurais-je pu l'oublier ? J'entends encore lady Owens — sa voix d'outre-tombe, les portes qui grincent, le vent qui siffle dans les meurtrières... Elle savait vraiment créer une atmosphère. Toutes les soubrettes de lady Catherine en avaient la chair de poule !

— Oui, et vous vous y entendiez pour consoler ces pauvrettes ! Je préfère ne pas penser au nombre de fois où je vous ai surpris avec l'une d'entre elles dans le grenier ou derrière une tenture.

Les rires ravis de ses conquêtes résonnaient encore dans sa mémoire en feu.

Elle l'avait détesté, alors, mais, en même temps, elle eût aimé être à la place de ces petites sottes.

— Personne ne vous obligeait à m'espionner, Blanche, répondit-il, blessé. En outre, je n'étais pas l'horrible séducteur que vous imaginez. La plupart de ces filles étaient innocentes et je les ai respectées. Des caresses, quelques baisers... Je n'ai commis aucun crime. D'autant plus qu'elles étaient consentantes — presque trop, parfois. Je...

Blanche ignora ses protestations.

— Arrêtez de parler et écoutez-moi ! L'heure tourne et nous n'avons pas de temps à perdre en bavardages inutiles. Quand Mortimer viendra me rendre visite, je m'arrangerai pour lui mettre dans la tête cette histoire de fantôme. Ne dit-on pas que le Chevalier Noir revient chaque année à Bodiam, dans la nuit de Halloween, et que quiconque l'a mis en colère meurt dans la semaine suivante ?

Duncan hocha la tête.

— Jusqu'ici, c'est parfait. De mon côté, je m'occuperai de Griselda et je lui raconterai une ou deux fables de mon cru — de quoi lui glacer le sang et la tenir éveillée la moitié de la nuit. Mais, ensuite ?

Elle lui décocha un sourire malicieux.

— Vous jouerez le rôle du fantôme. Autrefois, vous aviez un véritable don pour la mystification. Vous n'avez plus quinze ans, mais je crois pouvoir vous faire confiance : vous parviendrez à offrir un spectacle assez convaincant pour terroriser notre duo infernal.

Il la serra tendrement contre lui.

— Je commence déjà à avoir deux ou trois petites idées, murmura-t-il d'une voix mystérieuse — et un peu trop charmeuse.

Un charme auquel Blanche, malgré elle, faillit succomber.

Elle comprenait mieux maintenant pourquoi autant de soubrettes avaient fondu, telle de la cire, entre ses bras !

Mortifiée, elle se rebella.

— Quelle sorte d'idées, exactement, Duncan ? questionna-t-elle avec sévérité.

— Vous êtes une véritable harpie, Blanche ! Je traverse toute l'Angleterre pour voler à votre secours et voilà ce que je reçois en guise de récompense : une œillade assassine. Comme si je m'étais donné tout ce mal dans le seul but de vous dévoyer !

— On ne prête qu'aux riches ! répliqua-t-elle sans se laisser démonter par son indignation.

***

Griselda serra les pans de sa robe de chambre autour d'elle et écouta le vent qui hurlait dans la cour — mais était-ce le vent ou les âmes en peine qui gémissaient et réclamaient justice aux vivants ?

Levant sa bougie un peu plus haut, elle marmonna une prière à l'intention de son ange gardien et espéra qu'il n'était pas assoupi sur un nuage. Elle jeta ensuite un coup d'œil par-dessus son épaule, mais le couloir semblait désert. La porte de la chambre de Mortimer était fermée et aucune lumière ne filtrait sous le battant. Néanmoins, oppressée, elle avança sur la pointe des pieds.

Si son frère venait à apprendre quelles étaient ses intentions, il la battrait comme plâtre. Les Fletcher n'étaient peut-être pas d'une très haute lignée, mais ils portaient un nom honorable et Mortimer ne tolérerait pas qu'elle le souille par une conduite aussi honteuse.

Une catin.

Oui, seule une catin pouvait envisager de se glisser dans le lit d'un homme aux seules fins de le séduire.

Elle poursuivit toutefois son chemin à petits pas précipités.

Sir Hayward n'était pas n'importe quel homme, se dit-elle tout en gravissant les marches de l'escalier de la tour de la Poterne. Sa mâle beauté dépassait tout ce qu'elle avait pu imaginer dans ses rêves les plus fous. Son corps était celui d'un dieu, et, quand il parlait, c'était pure poésie qui jaillissait de ses lèvres.

Un frisson d'anticipation la parcourut. Elle avait tellement envie de le toucher, de l'embrasser, de se blottir dans ses bras...

Pourquoi attendrait-elle ?

Il lui appartenait. Enfin, presque.

Le destin lui avait enfin souri — au moment où elle s'y attendait le moins. Un matin, son prince charmant avait franchi le pont-levis de Bodiam et un seul regard avait suffi pour qu'elle soit conquise. Mortimer pouvait bien grommeler dans sa barbe et jouer au protecteur sourcilleux, elle savait qu'il se réjouissait intérieurement de l'arrivée providentielle de sir Hayward. Jamais il n'aurait pu trouver un aussi beau parti pour sa sœur. La prestance de Duncan, la finesse de ses vêtements et la qualité du harnachement de son cheval — une bête magnifique — laissaient supposer qu'il était tout à la fois riche et noble.

Devant la porte de la chambre de son soupirant, elle éprouva une brève hésitation. Son cœur battait la chamade et elle avait la tête qui tournait légèrement. Elle posa une main tremblante sur le loquet.

« Il sera endormi, se dit-elle avec ravissement, et ne se rendra pas compte de ma présence avant que je sois allongée toute nue à côté de lui — ensuite, ses derniers scrupules seront étouffés par l'ardeur de ses désirs charnels. »

Une boule se forma dans sa gorge.

Toute nue — dans *son* lit ! Jamais elle n'aurait cru être capable d'une pareille hardiesse. Cette pensée fit naître en elle une sensation étrange, grisante.

Sans bruit, elle se glissa à l'intérieur de la chambre.

Le grand lit à baldaquin était enveloppé dans d'épaisses tentures de velours. Elle avança lentement, en regardant à ses pieds, de peur de buter sur une botte ou sur un ceinturon.

Retenant sa respiration, elle souleva un coin des tentures.

Le lit était vide.

Elle fronça les sourcils. Non, elle ne s'était pas trompé de chambre. D'ailleurs, les draps étaient soigneusement tirés et, visiblement, ils attendaient leur occupant.

Où Duncan pouvait-il bien être ?

Brusquement, elle se souvint l'avoir entendu dire qu'il avait parfois du mal à s'endormir — surtout après un repas copieux et bien arrosé.

« Il a dû aller se promener pour dissiper les vapeurs du vin, songea-t-elle. Quand il reviendra, il me trouvera dans son lit. Quelle surprise ce sera ! »

Elle souffla sa bougie, se déshabilla et se glissa entre les draps.

Les minutes s'écoulèrent, lentement.

Dehors, les âmes des défunts continuaient de gémir au gré des rafales du vent du nord.

Puis, alors qu'elle commençait à s'assoupir, elle entendit un craquement. Etait-ce une souris sortie de son trou pour partir à la recherche de sa nourriture ? A moins que ce ne soit sir Hayward qui rentrait sur la pointe des pieds de sa promenade nocturne ?

Incapable de rester allongée sans bouger, elle souleva un coin du rideau, le cœur battant à se rompre.

Mais, au lieu de la vision tant attendue, ses yeux découvrirent une silhouette mince et pâle, nue jusqu'à la taille et couronnée par une toison de cheveux argentés.

Elle poussa un cri de terreur et enfouit son visage dans ses couvertures.

Un bourdonnement remplit ses oreilles. Son lit tanguait et roulait, comme si elle se trouvait sur un bateau au milieu d'une tempête.

Qui pouvait bien être cette créature surgie à la place de son bien-aimé ?

Un elfe, un lutin... un satyre ?

Il y eut un bruit étrange. Une sorte d'éclat de rire cristallin.

Un gémissement rauque s'échappa des lèvres de la malheureuse, qui, aussitôt, sombra dans le néant.

⁂

Blanche s'était endormie.

Très doucement, Duncan l'allongea sur la paillasse et l'enveloppa dans ses couvertures. Puis, pendant un long moment, il regarda son visage pâle et émacié.

Elle avait l'air tellement fragile, tellement vulnérable.

S'il possédait un minimum de bon sens, il l'eût prise dans ses bras et arrachée à cette geôle malodorante. Il n'aurait eu aucune peine à la dissimuler dans son manteau, tant elle était maigre. Et comme les gardes avaient l'habitude de ses promenades nocturnes, ils lèveraient la herse et abaisseraient le pont-levis sans même lui accorder un regard. Montjoy leur donnerait l'hospitalité pour le reste de la nuit et, dans moins d'une semaine, ils seraient en sécurité derrière les hautes murailles de Wolfstone.

Peut-être, mais ce n'était pas envisageable, car Blanche se réveillerait avant même qu'ils aient franchi la porte. Il préférait ne pas penser aux hurlements qu'elle pousserait lorsqu'elle comprendrait ses intentions.

Il jura intérieurement.

Comment pouvait-elle être à la fois aussi têtue et aussi adorable ?

Sur un dernier regard, il sortit et referma la porte sans bruit derrière lui.

Les couloirs du château étaient plongés dans l'obscurité et il réussit à se faufiler jusqu'à sa chambre sans attirer l'attention des séides de Mortimer.

Il avait déjà la main sur le loquet, lorsque, soudain, il entendit un bruit derrière lui.

— Psitt !

Tirant sa dague, il se retourna d'un bloc — pour se trouver face à face avec Kitt, les cheveux en bataille et le visage blême.

— Il est un peu tôt pour ce genre de plaisanteries, mon garçon, marmonna-t-il en rengainant sa dague.

Le jeune page posa un doigt sur ses lèvres.

— Chut ! Venez, lui enjoignit-il à voix basse.

Duncan le suivit en silence.

— Qu'y a-t-il ? Pourquoi n'es-tu pas couché ? questionna-t-il quand ils furent un peu à l'écart.

— C'est à cause de Mlle Griselda, expliqua-t-il. Il fallait que je vous prévienne. Elle est dans votre lit — aussi nue que le jour de sa naissance. Du moins, c'est l'impression que j'ai eue, car, par ma foi, dès que je l'ai aperçue, je me suis sauvé en courant.

Un sourire barra le visage de Duncan.

— Je vois... cette chère Griselda voudrait me forcer la main, m'obliger à l'épouser avant que je ne change d'avis.

— Qu'allez-vous faire ? questionna Kitt d'une voix inquiète.

Duncan réfléchit un instant avant de répondre :

— Je vais aller dormir à l'écurie. Demain matin, quand les palefreniers me trouveront, je leur dirai que mon cheval était effrayé par le vent et que j'ai passé la nuit dans la paille avec lui afin de le rassurer. Ensuite, je ferai ma toilette à l'abreuvoir en bavardant et plaisantant avec eux — assez fort pour que tout le monde au château sache que je n'ai pas passé la nuit dans mon lit. Quant à Griselda, je suis sûr qu'elle trouvera un moyen pour rentrer dans sa chambre sans que personne ne la remarque.

Il eut un rire bref.

— Jamais encore je n'avais été chassé de mon lit par une femme nue ! Enfin, il faut un commencement à tout.

Il baissa les yeux et considéra d'un œil critique les jambes de Kitt.

— Où est passé ton haut-de-chausses ?

Le jeune garçon grimaça.

— Il est resté dans la chambre, avec Mlle Griselda. Quand elle est entrée, je me trouvais au petit coin, derrière le paravent. J'ai eu tellement peur que j'ai oublié de le remettre.

Duncan jura entre ses dents.

— Il va falloir en emprunter un à l'un des garçons d'écurie. Tu ne peux tout de même pas chevaucher par monts et par vaux le postérieur à l'air !

L'expression de Kitt s'illumina.

— Nous partons ? Nous rentrons au Northumberland ? Vous avez réussi à convaincre Blanche ?

— Pas encore, hélas ! Ta sœur est toujours aussi têtue. Mais nous avons imaginé un plan pour mettre en fuite Mortimer et Griselda. Si tout se passe bien, ils devraient regretter d'avoir jamais mis les pieds à Bodiam !

Une lueur d'excitation brilla dans les yeux de Kitt.

— On commence tout de suite ?

— Non, répliqua Duncan en l'enveloppant dans son manteau. Auparavant, il faut d'abord que je te trouve un haut-de-chausses. Même à ton âge, on ne se promène pas dans une tenue aussi légère dans les couloirs d'un auguste château !

7.

Pour la première fois depuis le jour où elle avait perdu sa liberté, Blanche attendait avec impatience la visite de son geôlier. Elle n'avait pas de temps à perdre. Dans quelques jours, ce serait Halloween, la veille de la Toussaint, quand, selon la tradition des Celtes, les esprits des morts viendraient rendre visite aux vivants. D'ici là, il lui fallait « préparer » Mortimer, exacerber ses craintes superstitieuses. La réussite de leur entreprise — la fuite du duo infernal — dépendait de cette mise en condition.

Le dos appuyé contre le mur, elle inspira profondément l'air vif et pur qui entrait par l'étroite fenêtre de sa prison. Un air chargé de toutes les senteurs automnales de la campagne et de la forêt.

Elle refusait de l'admettre, mais elle devenait un peu plus faible chaque jour, en dépit des attentions de Duncan et de la nourriture qu'il lui apportait.

Finalement, elle ferait peut-être mieux de céder à ses instances. Si elle le lui demandait, il pourrait la faire évader — dès cette nuit. Elle songea à son père et à lady Catherine. Revoir sa famille, coucher dans un vrai lit, manger à sa faim...

Des larmes envahirent ses yeux, mais elle les chassa avec détermination.

Bodiam lui appartenait. Elle était sincère lorsqu'elle

avait dit à Duncan qu'elle préférerait mourir plutôt que d'abandonner son château. Ses vieilles pierres dorées et ses fenêtres à meneaux faisaient partie d'elle et ce serait un véritable déchirement que de ne plus les revoir.

— Oh ! papa, j'aimerais tant que tu sois ici !

Elle savait que lord Cavendish l'aurait comprise.

Un bruit de sabots sur le pont-levis l'arracha à sa mélancolie. Elle s'accroupit dans l'embrasure de la fenêtre et sortit la tête à l'extérieur.

Qui pouvait donc bien quitter le repaire des Fletcher ?

— C'est cet infâme coureur de jupons ! s'exclama-t-elle en reconnaissant le plus grand des cavaliers. Il m'abandonne. Le traître !

« Je n'aurais pas dû le traiter d'une façon aussi hautaine », se reprocha-t-elle toutefois intérieurement.

— Regarde, Dexter ! poursuivit-elle en prenant son chat à témoin. Vois comment il s'enfuit ! Duncan a toujours été un poltron. Autrefois déjà, il ne tenait jamais ses promesses. Et dire que je lui ai fait confiance, que j'ai cru dans sa parole...

Juste avant d'atteindre la lisière de la forêt, Duncan arrêta sa monture et leva les yeux vers la tour du maure. Blanche sortit de nouveau la tête, afin de bien lui montrer qu'elle avait assisté à sa dérobade.

Mais, au lieu de prendre une attitude honteuse et déconfite, il fit volter son cheval, puis lui fit effectuer deux ou trois pas de danse.

— De la poudre aux yeux ! maugréa Blanche. Tu ne grandiras donc jamais, mon pauvre Duncan !

Ensuite, il mit ses doigts entre ses lèvres et un sifflement perçant déchira les airs. Un sifflement que Blanche reconnut immédiatement — le signal de ralliement que son grand-père employait pour rameuter ses chiens.

Un énorme poids quitta les épaules de la jeune femme.

— Je m'étais trompée, Dexter, murmura-t-elle. Il ne m'abandonne pas. Il va seulement chercher de l'aide.

Elle se pencha dehors et agita la main. Duncan lui répondit en soulevant son chapeau, tandis que son page lui envoyait un baiser.

Emue, Blanche sourit. Bertrum était déjà bien hardi pour son âge ! Et avec Duncan comme maître, elle ne lui donnait pas un an pour devenir un bourreau des cœurs.

Elle regarda les deux cavaliers s'enfoncer dans la forêt, puis retourna s'asseoir sur sa paillasse. Elle eût tellement aimé être avec eux, galoper librement sous les frondaisons des arbres...

La clé grinça dans la serrure rouillée.

Aussitôt, elle se redressa et dirigea vers la porte un regard plein de mépris.

Le lourd battant pivota et Mortimer apparut. Comme les fois précédentes, il tenait un plateau.

Blanche prit son chat dans ses bras et l'installa sur ses genoux.

— Regarde qui vient nous rendre visite, Dexter. Un serpent à la langue fourchue.

Une lueur sournoise brilla dans les yeux de Mortimer.

— A un moment, j'avais espéré que nous deviendrions amis, murmura-t-il d'une voix suave. Cela aurait été tellement plus agréable pour nous deux, si vous aviez accepté que je remplace mon frère dans votre lit.

— Je préférerais encore aller me noyer dans les eaux noires des douves, répliqua-t-elle avec une moue de dégoût. La seule idée que vous puissiez me toucher me rend malade. D'ailleurs, si je puis vous donner un conseil, vous feriez mieux de me laisser tranquille si vous ne voulez pas mettre en colère l'esprit qui veille sur les murailles de ce château.

La main de Mortimer se mit à trembler légèrement.

— De quel esprit veux-tu parler, sorcière ?

Blanche dissimula sa joie derrière un masque d'indifférence.

— Du Chevalier Noir de Bodiam, bien sûr ! Je suis certaine que vous avez déjà entendu parler de lui. A mon avis, vous devriez vous montrer plus prudent quand vous vous adressez à moi. Halloween approche dangereusement, vous savez...

Il pâlit et ses lèvres frémirent.

— Pourquoi devrais-je craindre particulièrement ce chevalier ?

Blanche caressa longuement le poil doux et soyeux de Dexter.

— Les gens qui habitent aux alentours de ce château affirment que la veille de la Toussaint, il sort de son sommeil annuel et galope à travers les couloirs et sur les murailles. Cette nuit-là, il visite toutes les chambres de Bodiam et répand ses bénédictions sur les membres de la famille qui dorment sous sa protection. Mais malheur à ceux qui veulent du mal à ses descendants ! poursuivit-elle en baissant la voix. La mort l'accompagne et elle fauche tous ceux qu'il lui désigne.

La pomme d'Adam de Mortimer eut un tressaillement.

— Un conte de bonne femme !

— Peut-être, mais à votre place, je resterais sur mes gardes. Et, surtout, je surveillerais les signes annonçant son arrivée.

Le coup porta : Mortimer s'humecta nerveusement les lèvres.

— Quel genre de signes ?

Blanche fit semblant de réfléchir.

— Oh ! les choses habituelles, je suppose ! Des chandelles qui s'éteignent sans raison, des rideaux qui volent alors que les fenêtres sont fermées et, la nuit, des bruits étranges et des lumières qui apparaissent et disparaissent comme par magie.

Un gargouillis étranglé sortit de la gorge de Mortimer.

— Mes hommes ont affirmé avoir vu une lumière à votre fenêtre, la nuit dernière...

« Le Christ nous protège ! pensa Blanche. Je n'avais même pas imaginé qu'ils pouvaient voir la lanterne de Duncan. Grâce au ciel, cette erreur semble nous être profitable. »

Elle écarquilla les yeux et prit un air stupéfait.

— La nuit dernière, dites-vous ? Je ne me souviens pas avoir vu la moindre lumière... Cependant, j'ai encore un assez bon sommeil, malgré vos mauvais traitements — sans doute parce que moi, au moins, j'ai la conscience tranquille. Et, comme votre générosité ne va pas jusqu'à me fournir des chandelles pour éclairer mes *appartements*, ajouta-t-elle avec une ironie mordante, vos séides avaient dû boire un peu trop de bière — à moins qu'ils n'aient eu des hallucinations.

Mortimer secoua la tête.

— Ils ont juré avoir vu une lumière briller à votre fenêtre pendant plusieurs heures.

— C'est vrai ? murmura-t-elle avec un sourire plein d'espoir. Alors, cela veut peut-être dire que le Chevalier Noir est déjà réveillé. Naturellement, il est normal que je sois la première à recevoir sa visite. Après tout, je suis la seule personne qui appartienne à sa lignée dans cette demeure.

— Griselda et moi, nous faisons partie également de votre famille, objecta Mortimer en fronçant les sourcils.

— Seulement par alliance, répliqua-t-elle avec une moue méprisante. Pas par les liens du sang, et encore moins par ceux du cœur. Si vous avez quelque chose à vous reprocher, vous feriez mieux de vous repentir et de faire amende honorable, sinon vous risquez d'en pâtir douloureusement.

Le visage de Mortimer se durcit. Elle avait poussé son avantage un peu trop loin.

— Maudite ribaude ! Il n'y a pas un mot de vrai dans tes paroles.

Il pivota sur les talons pour s'en aller, mais s'arrêta avant d'avoir atteint la porte.

— Avec tous vos bavardages, j'ai failli oublier. Tenez.

Il posa son plateau par terre et le poussa vers elle avec la pointe de sa chaussure.

Blanche ne réussit pas à dissimuler sa surprise devant une générosité aussi inattendue.

— Que vous arrive-t-il, mon beau-frère ? Quelle est cette nouvelle plaisanterie ?

— C'est votre dîner, ma chère, répondit-il d'une voix très calme.

Malgré sa faim, Blanche ne fit pas un geste pour prendre le plateau.

— Remportez-le avec vous, Mortimer. Ce n'est pas avec deux ou trois morceaux de ragoût que vous réussirez à obtenir cette signature que vous voulez m'extorquer.

Il s'esclaffa.

— Je ne vous demande rien en échange. Il s'agit d'un cadeau. Je me sens d'humeur particulièrement bienveillante aujourd'hui.

Blanche le considéra d'un air soupçonneux.

— Il doit bien y avoir une raison.

— Oui, acquiesça-t-il en se frottant les mains. Le ciel a envoyé à Griselda un soupirant jeune et riche.

« Ah ah ! se dit-elle. Duncan est riche de belle paroles et de fausses promesses, mais il n'a pas un sou vaillant. »

— Vous féliciterez Griselda de ma part, dit-elle tout haut.

Mortimer hocha la tête et sortit sur le palier.

— Je n'y manquerai pas. Bon appétit, ajouta-t-il en refermant la porte derrière lui.

Il rit — un rire démoniaque — puis ses pas s'éloignèrent dans l'escalier.

Blanche s'approcha du plateau et souleva le torchon qui le recouvrait. Un magret de canard entouré de petits légumes, une miche de pain dorée et croustillante...

L'eau lui vint à la bouche, mais, avant qu'elle ait pu saisir le plateau, Dexter bondit vers l'assiette.

— Va-t'en, sale bête ! s'exclama-t-elle avec colère.

Elle n'eut pas besoin de le chasser. De lui-même, il se mit à reculer en crachant et en secouant la tête.

Intriguée par un comportement aussi étrange, elle le regarda tourner prudemment autour du plateau, puis se dérober de nouveau, le poil hérissé.

Elle fronça les sourcils.

Qu'est-ce que cela signifiait ? Dexter n'était pas le seul à avoir un comportement étrange. L'attitude de Mortimer avait eu aussi de quoi surprendre. Son air sournois, sa fausse bienveillance...

Elle détacha un petit morceau du magret et le goûta du bout des lèvres. La sauce était très épicée, mais elle détecta également une légère amertume.

Du poison !

Aussitôt, elle recracha et se lava la bouche.

C'était donc cela. Ne parvenant pas à la faire céder, Mortimer avait décidé de se débarrasser d'elle — de la façon la plus ignoble !

Elle prit l'assiette et en jeta le contenu par la fenêtre — dans les douves qui baignaient le pied de la tour.

— Dieu nous protège, Dexter ! s'exclama-t-elle en prenant le chat dans ses bras.

Les jambes tremblantes, elle se laissa tomber sur sa paillasse et enfouit son visage dans la fourrure tiède et soyeuse du félin.

— Tu es mon meilleur ami, murmura-t-elle en frissonnant. Je te dois la vie. Si, un jour, je réussis à m'échapper de cette prison, je te promets que je te donnerai tous les mets que tu aimes — des filets de hareng, du pigeon rôti, des...

Dexter ferma les yeux et ronronna de plaisir, comme s'il se régalait à l'avance des plats délicieux qu'elle énumérait dans le creux de son oreille.

*
**

Duncan et Kitt firent une brève halte dans la forêt — Jobe les attendait, son cheval sellé et harnaché, comme s'il avait deviné qu'ils allaient venir le chercher. Il les suivit en silence et, après avoir chevauché à travers bois et à travers champs, ils contournèrent Hawkhurst pour rejoindre la masure de Montjoy. Le vieux régisseur leur ouvrit la porte avant même que Duncan ait eu le loisir de frapper.

— Ah ! vous voilà enfin, sir Hayward ! s'écria-t-il en s'effaçant pour les laisser entrer. Je vois que le fils de Satan est là également...

L'Africain laissa échapper un éclat de rire amusé.

— Salut à toi, vieux renard !

Montjoy eut l'air un peu surpris, mais il ne se formalisa pas et un vague sourire erra même sur ses lèvres. Lorsque Kitt franchit le seuil de sa maison, il haussa l'un de ses sourcils blancs et broussailleux.

— Détrompez-moi si je m'abuse, mais je ne serais pas étonné si ce jouvenceau était le jeune Christopher, le fils puîné de lord et lady Cavendish.

Kitt jeta un coup d'œil à Duncan qui grimaça et écarta les bras.

La mémoire de Montjoy n'était pas aussi défaillante qu'il l'avait espéré. Il avait reconnu Kitt. Pourtant, cela faisait presque cinq ans que les Cavendish avaient quitté le Sussex pour aller s'installer dans leur fief du Northumberland.

— Vous avez raison, Montjoy, acquiesça-t-il en soupirant. Cependant, il vaudrait mieux ne pas trop ébruiter la nouvelle. Kitt m'a accompagné sans me demander mon accord — ni celui de ses parents, d'ailleurs.

Le régisseur cligna des yeux comme une vieille chouette aveuglée par la lumière du jour.

— Je m'en doutais, dit-il en s'asseyant à sa place habituelle, devant le feu. Dès que j'ai compris qui était ce jeune homme, j'ai envoyé une lettre à ses parents afin de les rassurer sur son état de santé.

Kitt se laissa tomber sur un tabouret en gémissant.

— Gare à moi lorsque je me présenterai de nouveau devant ma chère mère !

— Tu n'as aucune raison de t'inquiéter, mon garçon, marmonna Duncan. Elle te pardonnera. Une mère pardonne toujours à son enfant. Par contre, elle m'arrachera les yeux et me fera brûler vif— si, toutefois, je sors vivant de cette aventure.

« Quant au manoir des Aubiers et aux mille arpents de belle terre, je peux déjà leur dire adieu », ajouta-t-il intérieurement.

— Quand avez-vous envoyé ce funeste message, Montjoy ?

Le vieux régisseur croisa ses mains décharnées sur son estomac.

— Avant-hier. Il faudra au moins deux semaines avant qu'il parvienne à lady Catherine. Plus qu'il n'en faut pour mener à bien votre mission. A propos, où est lady Blanche ?

Duncan s'assit à côté de son hôte.

— Toujours dans sa prison. Il y a eu des... complications.

Montjoy n'eut pas l'air étonné.

— Il y a souvent des complications avec les Cavendish, acquiesça-t-il en regardant Kitt avec une insistance qui le fit se trémousser sur sa chaise. Ils sont tous plus imprévisibles et plus têtus les uns que les autres.

Duncan émit un grognement approbateur.

— Blanche refuse de quitter Bodiam. Elle dit qu'elle préfère mourir plutôt que de devoir abandonner son château.

Le vieux régisseur soupira.

— C'est bien ce que je craignais. Lady Blanche en est tombée amoureuse dès le premier jour — avant même d'en avoir franchi le pont-levis.

Il baissa les yeux et un sourire erra sur ses lèvres.

— Un lien presque surnaturel l'unit à ces vieilles pierres. Cela ne s'explique pas. Et puis, elle y a tellement de souvenirs — sans parler de ses mésaventures ! Un jour, elle a failli se noyer dans les douves en essayant d'attraper un cygne.

Kitt laissa échapper un sifflement admiratif.

— Elle a plus de courage que moi. Jamais je ne prendrais le risque de m'approcher de l'un de ces volatiles orgueilleux et agressifs !

Une lueur amusée brilla dans les yeux de Duncan. Alors qu'il commençait à peine à marcher, Kitt avait essayé de chevaucher l'une de ces arrogantes créatures et elle l'avait poursuivi jusqu'au bas de l'escalier d'honneur en poussant des cris outragés. Apparemment, la leçon avait porté.

Montjoy hocha la tête.

— Je me souviens de l'incident, messire Christopher.

Kitt détourna les yeux, le visage écarlate. A côté de lui, Jobe sourit, mais ne fit aucun commentaire. Duncan fit un effort pour revenir à la réalité.

— Blanche et moi, nous avons conçu un plan pour chasser définitivement les Fletcher de Bodiam.

— De quelle façon comptez-vous vous y prendre ? s'enquit Montroy. En plaçant un tonneau de poudre sous leur lit ? Cela ferait un joli feu d'artifice...

— Vous n'êtes pas si loin que vous le croyez. Nous avons l'intention de les divertir avec un spectacle de fantômes.

L'ancien régisseur de Bodiam se passa la langue sur les lèvres.

— Je suppose que les histoires de lady Owens figurent en bonne place dans ce spectacle ?

Duncan ouvrit la bouche pour répondre, mais il fut interrompu par un éclat de rire homérique.

— Tu vois, Kitt ? s'exclama Jobe. Je t'avais dit que ce grand-père était aussi rusé qu'un renard. Il y a beaucoup de sagesse dans sa tête. Maintenant, tu comprends mieux pourquoi dans mon pays nous respectons autant les cheveux blancs de nos anciens.

Montjoy accepta le compliment sans aucune fausse modestie.

— Je suis heureux de voir qu'il y a au moins une personne intelligente dans cette maison. Je brûle de connaître le programme de ce spectacle, sir Hayward... ?

Duncan se gratta le menton.

— Nous n'avons pas encore mis au point tous les détails, mais vous ne tarderez pas à entendre qu'il se passe des choses étranges derrière les murailles de Bodiam — des bruits de cavalcades au milieu de la nuit, des feux follets...

Montjoy hocha la tête.

— Un début qui promet. Quel sera mon rôle dans cette mascarade — car j'en aurai un, je suppose ? Sinon, vous ne seriez pas venu me rendre visite aujourd'hui.

— Oui, acquiesça Duncan, mais auparavant j'aimerais avoir un vélin, de l'encre et une plume afin d'envoyer un message urgent à sir Andrew Fotheringeay.

Le visage de Kitt s'illumina.

— Oncle Andrew ? Je crains qu'il ne soit trop vieux pour participer à une pareille aventure, même si c'est pour délivrer Blanche.

Montjoy s'éclaircit la gorge.

— Je suis beaucoup plus vieux que lord Fotheringeay et pourtant sir Hayward n'a pas hésité à me me donner un rôle dans cette comédie. Apprenez donc une chose, mon jeune ami. L'âge est seulement un état d'esprit.

Le rire de Jobe résonna de nouveau.

— Décidément, vous me plaisez de plus en plus, grand-père renard !

Lorsque l'hilarité de l'Africain se fut apaisée, Montjoy se leva et alla chercher son écritoire. Duncan se mit aussitôt au travail. Tandis qu'il écrivait, seul le grattement de sa plume d'oie troubla le silence de la pièce.

— Voilà, déclara-t-il en paraphant sa missive d'un geste ample et majestueux. Nous n'avons plus qu'à attendre. J'espère seulement que sir Andrew m'enverra au plus vite tout ce dont j'ai besoin.

— Des feux d'artifice ! s'exclama Kitt, les yeux brillant d'excitation. Mon oncle Andrew est un véritable maître dans l'art de fabriquer des feux d'artifice, expliqua-t-il à Jobe. Chaque année, pour la veille des Rois, il enchante toute la famille avec ses fusées multicolores. C'est un véritable magicien !

Un sourire éclatant barra le visage de Jobe.

— Excellent ! C'est un spectacle que j'aimerais voir.

— Tu le verras, affirma Duncan en pliant le message et en le scellant avec un cachet de cire. Et je suis sûr que pour délivrer Blanche, lord Fotheringeay se surpassera.

Jamais Mortimer n'avait savouré son déjeuner avec autant d'appétit, mais Griselda ne s'en rendit même pas compte tant elle était accaparée par la présence de sir Hayward.

Lorsqu'un serviteur posa sur la table le plat de canard en sauce, le maître de Bodiam eut même de la peine à ne pas laisser éclater sa joie. Il saisit un manchon à pleine main et le dévora avec satisfaction.

C'était là le mets succulent qu'il avait apporté à sa belle-sœur — avec un ingrédient supplémentaire. Après deux mois de jeûne, au pain sec et à l'eau, la petite sotte avait dû finir son assiette sans laisser une seule goutte de sauce ! Et maintenant, elle dormait... d'un sommeil dont elle ne se réveillerait jamais.

Exactement comme Cuthbert.

Il aurait dû agir plus tôt, mais il s'était laissé séduire par la beauté de Blanche et avait rêvé à une impossible union. Maintenant, l'affaire était réglée.

Il prit sa coupe et la vida d'un seul trait.

Ses yeux brillèrent. Un véritable nectar, ce bordeaux ! Rond, bien charpenté, gouleyant...

Il jeta un coup d'œil en direction de sir Hayward et éprouva presque de l'affection à son égard. Un aventurier et une fripouille — comme lui. En ce moment, il souriait à Griselda et la complimentait sur la couleur de sa robe — un vert amande qui ne faisait rien pour atténuer son teint maladif. Elle avait une main sous la table et, à son expression, il n'eut aucune peine à deviner à quelle occupation elle était employée. Parfois, la hardiesse de sa sœur le choquait... Enfin, il ne pourrait que remercier le ciel si sir Hayward voulait bien l'en débarrasser.

Après le déjeuner, Mortimer résista avec peine à l'envie de monter rendre visite à Blanche. Un tel changement dans ses habitudes pourrait attirer l'attention de Griselda. Et puis, il y avait sir Hayward. Un coquin n'avait pas d'amis et il valait mieux ne lui accorder aucune confiance. S'il y trouvait le moindre intérêt, il n'hésiterait pas à aller le dénoncer aux autorités. Il valait donc mieux ne pas éveiller ses soupçons.

Lorsqu'il aperçut Will qui se dirigeait vers la tour du Maure, son seau d'eau d'une main et sa miche de pain de l'autre, il traversa la cour avec précipitation.

— Lady Blanche est malade et je crains que sa maladie ne soit contagieuse, déclara-t-il en lui barrant le passage. Je m'occuperai d'elle moi-même. File dans la cuisine.

Will ouvrit des yeux ronds, mais il obéit sans poser de questions.

Mortimer poussa un soupir de soulagement.

Il n'avait pas la moindre idée du temps qu'il faudrait pour que le poison fasse son effet. Avec son frère, il avait employé des doses beaucoup plus faibles, afin qu'il s'éteigne lentement et que sa mort ait l'air naturelle ; la conclusion normale d'une longue maladie. Il fallait que Blanche soit froide et raide quand on la découvrirait. S'il en croyait l'apothicaire qui lui avait vendu le poison, vingt-quatre heures devraient suffire.

Bodiam lui appartenait, maintenant. Demain matin, il irait constater la mort de sa belle-sœur, puis se rendrait à Hawkhurst afin d'annoncer au pasteur que lady Blanche Fletcher-Cavendish s'était consumée de chagrin après son veuvage. Il avait tout tenté pour la retenir en ce monde, mais la malheureuse avait finalement rejoint son époux au paradis.

Il respecterait les formes et affecterait une profonde tristesse. Les funérailles seraient solennelles et, pour une fois, il ne lésinerait pas sur la dépense. Il ne laisserait rien au hasard. Les Cavendish ne devaient surtout pas soupçonner qu'il était pour quelque chose dans la disparition de leur fille bien-aimée.

Ensuite, quand il serait enfin seul — il espérait bien que sir Hayward emmènerait sa sœur avec lui — il se mettrait au travail et ferait fouiller le château de la cave au grenier en quête de la parure de saphirs et de rubis. Il la trouverait, même si pour cela il devait arracher les boiseries et sonder tous les murs.

Une parure de reine... Il ne l'avait vue qu'une seule fois, le jour du mariage de Cuthbert, mais l'éclat de ces pierres était resté gravé à jamais dans sa mémoire.

Il se frotta les mains de plaisir anticipé et descendit à la cave rejoindre ses sbires.

8.

Lorsque Duncan apprit la nouvelle turpitude de Mortimer, il prit Blanche dans ses bras et la serra impulsivement contre son cœur. Sans l'intervention du ciel — et sans le merveilleux instinct de Dexter — il aurait trouvé un cadavre sans vie. Blanche croyait que son beau-frère avait voulu simplement l'affaiblir afin de la contraindre à signer sa renonciation, mais Duncan ne partageait pas son opinion. Tout laissait supposer que Mortimer avait eu l'intention de se débarrasser d'elle — définitivement.

A cette pensée, une fureur froide l'envahit. C'était donc pour cela que ce maraud était d'aussi bonne humeur au déjeuner. Il pensait qu'elle était morte !

Au lieu de le repousser, Blanche posa la tête sur son épaule. Pendant un long moment, ils restèrent ainsi enlacés, puis Duncan s'écarta et prit le visage de la jeune femme entre ses paumes.

Elle avait l'air tellement frêle et vulnérable dans la lumière argentée de la lune !

— C'est décidé, déclara-t-il. Vous ne resterez pas une minute de plus dans cette geôle infecte !

Elle tenta de protester, mais il posa un doigt sur ses lèvres.

— Pour une fois, vous allez m'écouter, Blanche. Si vous persistez à vouloir rester ici, votre sort est réglé.

Mortimer ne vous donnera pas une deuxième chance. Quand il vous trouvera encore en vie, il vous étranglera de ses propres mains.

Elle avala avec peine.

— Jamais je n'abandonnerai ma maison !

Duncan lui caressa la joue. Sa peau avait la douceur satinée d'un pétale de rose.

— Je ne vous demande rien de tel. Je pense simplement que le moment est venu de subir une petite métamorphose. Vous serez une compagne idéale pour l'illustre Chevalier Noir.

Une lueur malicieuse se mit à danser dans les yeux de la jeune femme.

— Dites-m'en plus ! Que devrai-je faire ?

— Un peu de patience, Chouchou, répondit-il en effleurant ses lèvres de l'index.

Sur ces mots, il la souleva dans ses bras et se dirigea vers la porte.

— Que faites-vous, Duncan ? s'exclama-t-elle, déconcertée.

— Ce que j'aurais dû faire depuis longtemps. Je prends les choses en main. Essayez de vous imaginer en fantôme et taisez-vous.

Il se glissa à l'extérieur de la chambre, Dexter sur les talons. Puis, après avoir refermé la porte à clé, il enveloppa la jeune femme dans son grand manteau et s'engagea dans l'escalier.

— Où m'emmenez-vous ? murmura-t-elle d'une voix à demi étouffée par l'épaisse étoffe de laine.

Il s'esclaffa.

— Au pays des ombres, ma douce enfant.

— Je peux marcher ! protesta-t-elle.

— Sans doute, mais, en cas de nécessité, je courrai beaucoup plus vite que vous — surtout dans l'état où vous êtes. Maintenant, je vous en prie, plus un mot ! Le silence et l'obscurité sont encore nos meilleurs alliés contre une rencontre imprévue — et imprévisible.

Elle marmonna un juron en français, mais se tint immobile dans ses bras. Une fois encore, Duncan fut surpris par sa légèreté. Il ferait payer à Mortimer les mauvais traitements qu'il lui avait infligés !

Un peu plus tôt dans la journée, il avait exploré les parties du château qui, étant plus ou moins laissées à l'abandon, pourraient abriter leur complot. Au cours de ses conversations à bâton rompu avec Mortimer, il s'était en effet rendu compte que le nouveau maître de Bodiam n'avait qu'une connaissance très imparfaite de son domaine, en particulier des bâtiments ayant hébergé les domestiques dont il s'était débarrassé après la mort de son frère.

Son précieux fardeau serré contre lui, il longea le mur nord de la cour centrale — grâce à Dieu, la lune était cachée par un nuage et il faisait aussi noir que dans un four. La porte de la réserve était fermée pour la nuit, mais il connaissait l'existence d'une fente par laquelle on pouvait manœuvrer le verrou.

Il tira son poignard et chercha à tâtons. Une seconde ou deux lui suffirent. Le battant pivota sans bruit. Ils étaient dans la place.

Après avoir gravi un étroit escalier qui conduisait à un entrepôt au-dessus de la cuisine, il resta un moment silencieux, tous ses sens en alerte. Les paillasses du cuisinier et de ses aides se trouvaient quelque part, tout au fond de l'immense salle voûtée.

Aucun bruit, à part le ronflement régulier des trois hommes.

La voie était libre, mais il n'y avait pas de temps à perdre. Si l'un d'entre eux venait à se réveiller, il donnerait l'alarme et, malgré sa connaissance des lieux, Duncan aurait peine à échapper aux séides de Mortimer.

Il avança sur la pointe des pieds, en prenant soin de ne pas heurter les caisses et les sacs de provisions diverses.

Le passage se trouvait sur la droite, dans un renfoncement au fond duquel était tendue une immense tapisserie. Il se glissa derrière l'étoffe poussiéreuse et chercha le loquet de la porte qu'elle dissimulait. Le battant s'ouvrit en grinçant.

« Il va falloir graisser ces gonds », songea-t-il.

Se faufilant entre les jambes de Duncan, Dexter entra dans la pièce et partit à la découverte de son nouveau royaume — l'ancien quartier général de Montjoy, au temps où il régnait sur la vie quotidienne de Bodiam.

Duncan déposa Blanche au sol.

— Vous êtes chez vous, murmura-t-il en refermant la porte aussi doucement que possible. Pardonnez-moi, mais je n'escomptais pas vous amener ici aussi tôt et je n'ai pas eu le temps de vous préparer un accueil digne d'une dame de votre rang.

Blanche cligna des yeux puis regarda autour d'elle.

— C'est parfait ! affirma-t-elle avec un large sourire.

— Vraiment ?

Duncan éprouva un sentiment de fierté. En vérité, il était plutôt satisfait de sa trouvaille. Aucun être vivant dans l'enceinte du château — à part, peut-être, ce pauvre Will — ne connaissait l'existence de cette chambre.

— Le lit n'est peut-être pas très confortable, mais je l'ai aéré et les draps son propres. Quant au reste, je...

— Oh ! Duncan, c'est le paradis !

Elle se jeta impulsivement dans ses bras.

— Cela faisait plus de deux mois que je dormais sur une paillasse pourrie avec des dalles de pierre froides et humides en guise de sommier. Vous êtes merveilleux ! Merci.

Le cœur de Duncan se mit à battre plus vite, mais l'étreinte de la jeune femme fut trop fugitive pour lui permettre de tester la profondeur de sa gratitude. Elle s'approcha de la cheminée et laissa courir ses doigts distraitement sur l'accoudoir du fauteuil qui, pendant tant d'années, avait accueilli le corps perclus de rhumatismes de l'ancien régisseur de Bodiam.

— Je peux remercier également le sens du confort de Montjoy, murmura-t-elle avec un rire léger. Comme il ne supportait ni le froid ni l'humidité, il s'était installé juste au-dessus de l'âtre de la cuisine. Même sans feu dans la cheminée, c'est la chambre la plus chaude de tout le château.

Duncan hocha la tête.

— Et grâce à cette tapisserie qu'il avait fait tendre pour arrêter les courants d'air, vous êtes à l'abri des menées sournoises de Mortimer. Jamais il ne songera à venir vous chercher ici !

Il s'approcha d'elle lentement. Les rayons blafards de la lune éclairaient son visage et la faisaient ressembler par trop au fantôme qu'elle allait bientôt incarner.

— L'aube n'est plus très loin et le cuisinier ne va pas tarder à se réveiller. J'ai encore beaucoup de choses à faire auparavant. Donnez-moi votre robe.

Blanche le considéra d'un air soupçonneux, les paupières mi-closes.

— Si vous imaginez que je vais accepter de coucher avec vous pour...

Elle n'eut pas le loisir d'achever sa phrase. Duncan se pencha vers elle et s'empara de sa bouche. Par là, il avait simplement l'intention de la faire taire, mais le feu qui couvait depuis si longtemps dans ses veines le consuma instantanément. N'y tenant plus, il butina du bout de la langue les douces lèvres roses. Blanche se raidit un instant, puis, à sa grande surprise, s'abandonna à son baiser. Un baiser délectable dont il s'enivra goulûment — voilà si longtemps qu'il en rêvait ! Plus de huit ans...

Ce fut lui qui, cependant, s'écarta le premier.

— Ah ! ma petite sirène adorée, tu es toujours la même. Aguicheuse, provocante...

Les joues de Blanche s'enflammèrent.

— Je n'ai jamais...

Sa bouche la bâillonna de nouveau.

— Chut ! murmura-t-il entre deux baisers dévastateurs. Ne vous a-t-on jamais dit que vous parliez trop ?

Elle le repoussa, les yeux étincelant de colère.

— Lâchez-moi ! Je préférerais encore embrasser votre cheval !

Il s'esclaffa.

— Cela peut s'arranger, mais il faudra attendre quelques jours. Maintenant, Chouchou, assez bavardé. Donnez-moi votre robe.

Elle jura et tapa du pied avec dépit.

— Espèce de... !

Il leva les mains pour se protéger, au cas où il lui viendrait l'envie d'utiliser ses griffes.

— Calmez-vous, Blanche ! Ce n'est pas ce que vous croyez : j'ai seulement besoin de votre robe pour mon spectacle.

Elle lui décocha un regard torve.

— Vraiment ? Vous me le jurez sur le peu d'honneur que vous possédez encore ?

— Je vous le jure. Déshabillez-vous et couchez-vous. Vous êtes épuisée. Pendant que vous dormirez, j'irai mettre en scène le premier tableau de ma fantasmagorie.

Vaincue, elle lui tourna le dos, dénoua les rubans de sa robe et la laissa tomber en corolle à ses pieds. Puis, vêtue d'une simple camisole de lin, elle se glissa dans le lit et remonta la courtepointe sous son menton.

— J'attendrai votre retour...

Elle enfouit son visage dans l'oreiller. Dexter sauta sur le lit et se coucha en rond à côté d'elle.

Duncan se pencha pour ramasser la robe.

— Un jour ou l'autre, il faudra que tu me cèdes ta place, mon minou, murmura-t-il entre ses dents. Pour cette nuit, tâche de faire bonne garde. Je te tiendrai pour responsable s'il lui arrive quoi que ce soit, et, à la broche, le chat est aussi bon que du lapin !

Sur cet avertissement, il quitta la chambre sans bruit, laissant Blanche dormir au chaud dans un bon lit.

De retour dans sa propre chambre, il secoua Kitt.

— Que se passe-t-il encore ? protesta le jeune garçon. C'est déjà le matin ?

— Non, répondit Duncan en s'agenouillant devant le foyer de la cheminée. Il est minuit. Le bal des sorciers va commencer. Lève-toi et enfile tes vêtements les plus sombres.

— Nous allons jouer aux fantômes ? questionna Kitt en s'étirant.

Duncan étala la vieille robe de Blanche, la remplit de cendre froide et noua les quatre coins comme un baluchon.

— Oui. Dépêche-toi, mon garçon ! Nous devons être de retour dans notre lit avant le chant du coq.

Mortimer rêvait. La dernière pelletée de terre venait d'être jetée sur le cercueil de Blanche Cavendish-Fletcher et il était enfin le maître incontesté de Bodiam et de tous les biens que son frère avait possédés, y compris une certaine parure qui...

Soudain des cris s'insinuèrent dans sa douce chimère. Il se retourna en grognant.

— Qui va là ?

— Il est ici !

— Là-bas !

— Il est parti !

Le frère de Griselda souleva péniblement ses paupières encore alourdies par ses abondantes libations de la veille. Qui diable se permettait de troubler ainsi son repos ? Il tourna la tête et aperçut des flammes orangées qui dansaient à travers derrière l'étroite fenêtre de sa chambre.

Le château était en feu !

D'un bond, il se précipita à la fenêtre.

Une douzaine d'hommes d'armes couraient en tous sens dans la cour d'honneur, tandis que des domestiques hébétés sortaient en titubant des communs.

Mortimer se pencha et appela l'un des gardes.

— Hé ! toi, viens par ici ! Que faites-vous tous debout à cette heure de la nuit ?

L'homme ne l'entendit pas et continua de fouiller les recoins sombres avec sa torche — derrière les portes, à l'intérieur des tonneaux placés sous les gouttières pour recueillir l'eau de pluie et dans les petits bâtiments de bois qui abritaient les animaux domestiques.

D'autres cris, suivis de clameurs désordonnées, achevèrent de convaincre Mortimer qu'il était temps de mettre de l'ordre dans cette bacchanale avant qu'un imprudent réussisse à bouter le feu au château tout entier. Il alluma son chandelier, enfila sa robe de chambre et sortit en courant. A son passage, Griselda entrebâilla sa porte, le visage effaré.

— Seigneur Jésus, que se passe-t-il ? s'enquit-elle d'une voix apeurée.

— Reste dans ta chambre ! ordonna-t-il par-dessus son épaule. Ce n'est vraiment pas le moment pour une crise de nerfs.

Au bas de l'escalier d'honneur, il faillit entrer en collision avec le capitaine de sa garnison.

— Ah ! te voilà, Fowler ! Que diable signifie ce vacarme ?

Le soldat se gratta la barbe avec embarras.

— Que je sois damné, messire, si j'y comprends quelque chose ! Voilà une demi-heure, les hommes en faction à la barbacane ont entendu un bruit de sabots.

Mortimer fronça les sourcils.

— A cette heure de la nuit ?

— Oui, acquiesça le capitaine. Il leur a semblé que le cavalier galopait sur la rampe d'accès et traversait le pont-levis.

— Comment cela ? s'exclama Mortimer. Le pont était baissé ? J'ai pourtant donné des ordres stricts pour qu'il reste levé pendant toute la nuit !

L'officier hocha la tête.

— Vos consignes ont été respectées, messire. Cependant, le pont était levé et l'est encore. En outre, la herse était baissée et les portes fermées — j'ai vérifié moi-même les barres avant d'aller me coucher. Pourtant, mes hommes ont affirmé que les planches du pont-levis avaient vibré et qu'un mystérieux cavalier avait parcouru la cour au grand galop.

La gorge de Mortimer devint aussi sèche que du parchemin.

— Que s'est-il passé ensuite ?

— De petites lumières se sont mises à s'allumer et à s'éteindre un peu partout. Comme ces feux follets qui hantent les cimetières et les marais, ajouta-t-il en baissant la voix.

Mortimer sentit des gouttes de sueur couler le long de sa colonne vertébrale.

— Le diable t'emporte ! Tu t'es laissé abuser par les sornettes d'un homme qui a bu trop de bière hier soir.

Fowler secoua la tête lentement.

— Je n'ai pas entendu le bruit des sabots, messire, mais je vous jure avoir vu les lumières de mes propres yeux.

Les doigts de Mortimer se crispèrent sur son chandelier.

— Où étaient-elles ? questionna-t-il d'une voix rauque.

— Dans la tour du Maure, répondit Fowler. Elles montaient l'escalier — je les ai aperçues à travers les meurtrières.

Mortimer eut l'impression que ses tempes allaient éclater.

— As-tu trouvé quelque chose quand tu es allé voir ce dont il retournait ?

Fowler détourna les yeux.

— Personne n'a osé s'approcher de la tour, messire.

— Quoi ? Voilà donc les courageux guerriers que je paie pour défendre ma maison ! Deux ou trois malheureux feux follets, et les voilà qui se transforment en une bande de poules mouillées !

Les yeux de Fowler étincelèrent.

— Je suis prêt à me battre, l'épée à la main, contre n'importe quel être de chair et de sang, grommela-t-il. Mais de là à aller affronter les forces des ténèbres... Il faudrait être saint ou fou, et je ne suis ni l'un ni l'autre.

L'un des gardes courut vers eux avant que Mortimer ait eu le temps de trouver une réplique.

— Messire ! Messire ! La lumière est de nouveau là. Je l'ai vue à une fenêtre, tout en haut de la tour du Maure. Elle brille comme un phare !

La prison de Blanche...

Un vertige saisit Mortimer, qui dut faire un effort pour ne pas crier.

— Holà, quel est donc tout ce tintamarre ? On ne peut donc même plus dormir, dans ce château ?

Sir Hayward ! Il ne manquait plus que lui.

Mortimer fit face à son hôte.

— Par le Christ, serions-nous attaqués ? s'enquit Duncan en bâillant.

Il était pieds nus et vêtu seulement de sa chemise de nuit.

Ulcéré, le maître de Bodiam réprima un juron bien senti.

— Ce n'est rien, messire, répondit-il en s'efforçant de rester calme. Une fausse alerte. Quelques-uns de mes hommes ont bu plus qu'ils n'auraient dû et le moindre bruit fait galoper leur imagination ! Pardonnez-nous de vous avoir dérangé et retournez vous coucher tranquillement. Je me chargerai de les châtier comme ils le méritent.

Sir Hayward bâilla de nouveau.

— Je le voudrais bien, messire Fletcher, mais c'était la première fois depuis longtemps que je dormais aussi bien. Maintenant que je suis réveillé, je vais avoir toutes les peines du monde à retourner dans les bras de Morphée.

Un éclat de rire s'échappa de ses lèvres et il adressa un clin d'œil égrillard à son hôte.

— Au fait, j'ai une meilleure idée. Je vais aller apaiser mes angoisses auprès de cette délicieuse créature que j'ai croisée dans le hall...

Mortimer se sentit devenir très pâle.

— Quelle créature ? questionna-t-il d'une voix presque inaudible.

A part Griselda, il n'y avait aucune autre femme à Bodiam, maintenant que Blanche était... partie vers un monde meilleur.

Le chevalier s'esclaffa.

— Une nymphe. Une fée. Des yeux bleus, de longs cheveux blonds qui flottent dans le vent et une silhouette de rêve. Honte à vous, mon cher amphitryon. Quand on possède un pareil joyau, on ne le garde pas pour soi tout seul.

Mortimer se mit à bredouiller. Il avait l'impression d'étouffer.

— Je... par... pardonnez-moi, messire. L'air co... commence à fraîchir et je dois m'occuper de mes hommes. Remontez vous coucher.

Sur ces mots, il lui tourna le dos et se précipita vers la cour, comme s'il avait le diable à ses trousses. Fowler le suivit, mais avec une prudente lenteur.

Les pensées s'entrechoquaient dans la tête de Mortimer. Il traversa la cour à grands pas, suivi par deux ou trois gardes complètement terrorisés.

Devant la porte de la tour, il s'arrêta et se retourna. Toutes les fenêtres du logis seigneurial étaient plongées dans l'obscurité la plus totale.

— Est-ce là que vous avez vu des lumières ! questionna-t-il en indiquant l'une des archères de l'escalier.

Les gardes répondirent en chœur.

— Oui, messire.

— Et il y en a une qui brille encore au dernier étage, ajouta l'un d'entre eux d'une voix mal assurée. Si on se penche au-dessus du parapet du chemin de ronde, on la voit qui se reflète dans l'eau des douves.

Plusieurs de ses compagnons — même parmi les plus endurcis — marmonnèrent des prières et se signèrent pour chasser les mauvais esprits. Pas un seul ne se porta volontaire pour effectuer une reconnaissance et vérifier la nature de cette mystérieuse lumière.

Mortimer se mordit la lèvre. Il était le seul à connaître le nom de la prisonnière de la tour du Maure. Et, à part Will, personne ne s'y était aventuré depuis le jour où il avait emprisonné Blanche.

Il prit une profonde inspiration.

— Très bien. Puisque vous avez tous du sang de navet dans les veines, je vais aller me rendre compte moi-même de ce prodige.

Il souleva le loquet et poussa le battant avec le pied.

Derrière lui, personne ne bougea. « Les pleutres ! » pesta-t-il avant de commencer à gravir les marches, tout en marmonnant des formules magiques afin d'éloigner les esprits tapis dans l'ombre.

Aucun bruit.

La flamme de sa chandelle vacillait à chaque courant d'air et se reflétait en ombres chinoises menaçantes sur les murs de pierre.

Il franchit le palier du premier étage, puis celui du second. Un silence de mort l'environnait, troublé seulement par ses propres battements de cœur.

Tout en haut, un mince ruban de lumière filtrait sous la porte de la prison de Blanche. La clé était toujours dans la serrure. Mortimer la saisit d'une main tremblante — heureusement, personne ne pouvait le voir. Il regrettait maintenant de ne pas avoir demandé à sir Hayward de l'accompagner.

La porte était toujours fermée. La clé tourna en grinçant. Lorsque le battant pivota, il laissa échapper son chandelier tant il fut surpris par le tableau sinistre qui l'accueillit.

Une bougie était fixée avec de la cire à cacheter sur le crâne d'une bête à cornes. Le vent du nord, glacial et chargé d'humidité, sifflait à travers l'étroite fenêtre et, à chacune de ses rafales, la flamme de la bougie dansait une infernale sarabande.

Mortimer s'avança avec prudence.

La chambre était vide.

Un frisson lui parcourut le dos et il dut faire un terrible effort sur lui-même pour ne pas s'enfuir en courant. La vieille paillasse qui avait servi de lit à Blanche pendant deux mois était toujours là, appuyée contre le mur du fond, avec sa vieille couverture marron soigneusement pliée en quatre.

La robe de la jeune femme était étalée au milieu de la

pièce, comme si elle venait de se déshabiller. Un petit tas d'une matière grisâtre occupait le centre du cercle qu'elle décrivait.

Finalement, la curiosité réussit à vaincre les angoisses du maître de Bodiam.

Il s'approcha d'un pas hésitant et s'accroupit. Ce qu'il découvrit le laissa bouche bée et les yeux exorbités.

Des os racornis piqués dans de la cendre figuraient, approximativement, les restes d'un squelette humain.

— Sainte Mère de Dieu ! s'exclama-t-il en se signant fébrilement.

Le corps de Blanche s'était désagrégé et il ne restait plus que ce petit tas de cendres pour témoigner de son passage dans l'au-delà.

Comment allait-il pouvoir expliquer un phénomène aussi étrange ? Jamais les Cavendish n'accepteraient qu'on enterre leur fille sans qu'ils aient pu l'embrasser une dernière fois... Que pouvait-il leur dire ? Que le corps de Blanche avait été consumé par les feux de l'enfer ?

A cet instant, une rafale plus forte que les autres souffla la bougie et plongea la chambre dans une obscurité totale.

C'en était trop.

Il poussa un hurlement et s'enfuit en claquant la porte derrière lui, de peur qu'un mauvais esprit ne le poursuive. Entre le troisième et le second étage, il entendit — ou crut entendre ? — un ricanement sourd. Rendu fou de terreur, il précipita sa course et faillit plusieurs fois tomber la tête la première dans l'étroit escalier en colimaçon.

Derrière lui, le ricanement enfla et se mua en un éclat de rire strident, démoniaque. Jamais auparavant il n'avait entendu quelque chose de semblable.

A bout de nerfs, il s'effondra sans connaissance au bas de l'escalier.

⁂

La chute de Mortimer fit naître un sourire satisfait sur le visage d'ébène de Jobe. Il lança un dernier éclat de rire, puis recula sans bruit dans l'étroit passage secret qui, au troisième étage, reliait la tour du Maure à l'aile ouest du logis seigneurial. Là, il rassembla son sac de couchage, ses provisions et son matériel de campement.

Quand il entendit la porte se refermer en bas de la tour, il jeta son baluchon sur son épaule et gravit tranquillement l'ultime étage de l'escalier. L'ancienne prison de Blanche était le dernier endroit où Mortimer songerait à aller chercher le mystérieux invité qui envisageait de hanter le château de Bodiam pendant les prochains jours.

Profitant de la lumière blafarde de la lune, l'Africain jeta par la fenêtre la paillasse moisie et la robe maculée de cendre, puis, à l'aide de deux ou trois clous en bronze, il obstrua l'ouverture avec la vieille couverture marron.

Maintenant, il était chez lui. Il ne lui restait plus qu'à s'installer.

Il alluma une bougie et se frotta les mains joyeusement.

— Excellent ! murmura-t-il. L'esprit des Anciens est très puissant dans ce château. Leurs énergies sont bénéfiques, je les sens tout autour de moi.

Il se recueillit un instant puis, tout haut, déclama :

— Noble Chevalier, je ne te demande qu'une chose : aide-moi à protéger la vie de mon ami et à payer la dette que j'ai envers lui. Duncan Hayward est bien trop téméraire pour parvenir un jour à l'âge béni de la vieillesse.

9.

Blanche gémit et repoussa la main qui lui secouait les épaules.

— Laisse-moi tranquille, Kitt ! marmonna-t-elle en ouvrant les yeux à demi. Il est trop tôt pour se lever.

Son petit frère s'esclaffa.

— Allons, Blanche, il est bientôt midi !

Le son de sa voix la fit sursauter.

Kitt ! Pourquoi n'était-il pas à Wolfstone en train d'étudier sa grammaire latine ?

Elle se redressa brusquement, les yeux grands ouverts.

— Par la Sainte Mère du Christ, que fais-tu ici ? Oh non ! Tu es Bertrum, n'est-ce pas ? Le page de Duncan.

Kitt gonfla sa poitrine avec fierté. Il avait grandi depuis la dernière fois qu'elle l'avait vu. Un large sourire envahit son visage — le sourire de son père, lord Cavendish.

— Non, tu ne t'étais pas trompée. Je suis venu te délivrer, annonça-t-il en posant un plateau sur ses genoux. Sang du Christ, tu es aussi maigre qu'un chat écorché, ajouta-t-il en l'examinant d'un œil critique.

Malgré sa joie de le revoir, elle ne put s'empêcher de se rebiffer.

— Je vois que tu as appris à flatter les filles, mon petit lionceau !

— Je ne suis plus un lionceau, s'insurgea-t-il gravement. Je suis un lion, maintenant. C'est Jobe qui me l'a dit.

La jeune femme porta à ses lèvres l'un des pâtés en croûte encore tièdes qu'il lui avait apportés.

— Très bien, concéda-t-elle entre deux bouchées. Mais, dis-moi, comment as-tu réussi à convaincre papa et lady Catherine de te laisser partir ? Tu ignores dans quel nid de vipères tu es tombé, mon pauvre Kitt !

Il s'assit sur le lit à côté d'elle.

— J'en suis parfaitement conscient, Blanche, affirma-t-il avec une expression pleine de détermination. Duncan m'a raconté comment ce scélérat, cette immonde ordure, a essayé de t'empoisonner après t'avoir laissée croupir pendant deux mois dans la plus infecte des geôles. Par la Sainte Croix, je jure que je te vengerai !

La jeune femme ouvrit des yeux ronds. Jamais elle n'avait entendu son frère parler de cette façon.

— Qui donc t'a appris un pareil vocabulaire ? Duncan, je suppose. A la première occasion, je lui arracherai la langue ! Est-ce lui également qui t'a poussé à l'accompagner dans cette aventure insensée ? Jamais tu n'aurais dû quitter la maison ! Je...

— Duncan n'y est pour rien. Je suis parti de mon propre chef et il était aussi furieux que toi quand il s'est rendu compte que je l'avais suivi... Il lui a fallu une journée entière pour s'en apercevoir ! ajouta-t-il avec fierté. Jobe m'a dit que je ferais un excellent traqueur de gibier.

Blanche but une gorgée de lait.

— Qui donc est ce Jobe que tu admires tant ? questionna-t-elle ensuite.

— Tu ne tarderas pas à le rencontrer. Il ne ressemble à aucun autre homme sur cette terre et c'est le guerrier le plus valeureux de toute l'Angleterre — à l'exception de papa et de l'oncle Guy, bien sûr.

— Il a intérêt ! marmonna Blanche plus pour elle-même que pour son frère. Sinon, je crois bien que je l'étrillerai pour t'avoir entraîné dans cette folle entreprise.

En plus d'un copieux déjeuner, Kitt avait apporté du bois pour la cheminée, ainsi qu'un broc d'eau chaude pour sa toilette. Il avait même pensé au savon !

— Je... je l'ai emprunté à Mlle Griselda, expliqua-t-il en rougissant légèrement.

— Ah bon ?

Occupée à présent à se laver les cheveux, Blanche releva la tête brièvement.

— Duncan t'aurait-il appris à voler, également ?

— Non. C'est Jobe. Il m'a dit que j'avais un véritable don pour entrer et sortir des appartements d'une dame sans me faire remarquer.

Blanche rinça ses cheveux et les tordit pour les égoutter.

— Vraiment ? ironisa-t-elle. Je brûle de rencontrer ce parangon de vertu !

Malgré son peu d'enthousiasme pour les nouveaux talents de Kitt, elle accepta avec reconnaissance les sous-vêtements et la robe « empruntés » dans les coffres de Griselda. C'était si bon d'avoir des vêtements propres après deux mois de captivité. A cette seule évocation de son calvaire, des larmes embuèrent ses yeux, mais elle les chassa avant que Kitt puisse les voir.

Pendant qu'elle s'habillait et finissait sa toilette, Kitt s'activait dans la chambre. Il tira les draps et les couvertures du lit, alluma du feu dans la cheminée, vida l'eau sale de la cuvette avec une efficacité qui surprit la jeune femme. Le Kitt dont elle se souvenait n'avait jamais effectué la moindre corvée pendant toute sa brève existence de petit prince choyé. Finalement, il aurait au moins appris quelque chose d'utile au contact de Duncan...

Elle s'éclaircit la gorge.

— Où est Duncan, ce matin ? Toujours dans son lit ?

Kitt grimaça.

— Il préférerait sans doute ne pas l'avoir quitté. Avant de venir ici, je l'ai aperçu dans le jardin, en compagnie de Mlle Griselda.

— Parfait ! Cela rabattra un peu le caquet de ce coureur de jupons. Si je ne le connaissais pas aussi bien, j'aurais presque pitié de lui.

— Moi aussi, acquiesça son frère. Je n'aimerais pas être à sa place. Griselda est prête à tout pour l'accaparer. Hier soir, elle a même osé se glisser dans son lit.

Une bouffée de jalousie envahit le cœur de la jeune femme.

— Comment Duncan a-t-il réagi ? s'enquit-elle avec une feinte indifférence.

Une lueur malicieuse brilla dans les yeux de Kitt.

— Je ne sais pas. Il était avec toi à ce moment-là. C'est moi qui ai rencontré cette ribaude.

— Co... comment ?

Kitt éclata de rire.

— Elle était nue comme un ver. Un sac d'os ! La servante de Montjoy est beaucoup plus jolie et elle, au moins...

Blanche le saisit par les épaules.

— Arrête ta description, Kitt ! Je ne veux pas entendre un mot de plus sur... sur ce nouvel intérêt que tu portes aux femmes. C'est... c'est inconvenant. Tu es encore un enfant !

Il se dégagea, courroucé.

— Je ne suis plus un bébé, Blanche ! protesta-t-il avec véhémence. Il serait temps que maman, papa et toi, vous vous en aperceviez. Avec Francis à Paris et papa cloué sur son lit, j'étais le seul à pouvoir venir à ton secours.

— Et Duncan ? N'est-ce pas lui qui était censé venir me délivrer ?

— Ce n'est pas pareil, affirma Kitt en lui tendant une

serviette. D'après Jobe, ce sont les liens du sang qui sont les plus forts. Je suis venu de moi-même, sans rien demander. Duncan, lui, recevra une récompense princière s'il réussit à te ramener saine et sauve au sein de la famille.

Blanche faillit s'étrangler de fureur. Le fourbe ! Le traître ! L'infâme profiteur ! Dire qu'elle s'était imaginé qu'il avait volé à son secours dans un esprit purement chevaleresque.

Elle avait bien failli se laisser prendre à son charme et à ses belles paroles.

— Il ne perd rien pour attendre, murmura-t-elle d'une voix tremblante.

Quand ce cauchemar serait terminé et que Bodiam lui appartiendrait de nouveau, elle lui ferait regretter d'avoir accepté — ou même demandé, peut-être ? — cette « récompense princière » promise par lord Cavendish.

— Il ne tardera pas à découvrir que je ne suis pas un objet que l'on achète ou échange, comme une pièce de butin !

— Jobe dit que les femmes sont toujours achetées ou vendues d'une façon ou d'une autre, que ce soit contre une dot ou des têtes de bétail comme...

— Il suffit ! s'emporta Blanche. Je me moque des opinions de ce Jobe que tu n'arrêtes pas de citer à tort et à travers ! Souviens-toi seulement d'une chose : jamais je n'accepterai de devenir la propriété d'un homme — et surtout pas celle de Duncan Hayward !

Assis à son bureau, dans la petite alcôve contiguë à sa chambre, Mortimer contemplait d'un air sombre le parchemin posé devant lui.

Ce matin, il n'avait pas touché à son petit déjeuner et, bien qu'il fût midi passé, son estomac se révulsait à la seule pensée du repas qui l'attendait dans la salle à manger.

Il grimaça et se passa nerveusement la main dans les cheveux.

Qu'allait-il bien pouvoir écrire à ces maudits Cavendish ? Son plan lui semblait pourtant tellement simple vingt-quatre heures auparavant. Sa belle-sœur s'était consumée de chagrin après la mort de son mari — son visage émacié et ses joues creuses auraient suffi à convaincre le plus incrédule. Un bel enterrement, les condoléances éplorées de la famille et il serait devenu le propriétaire incontestable — et incontesté — de Bodiam et de son trésor. Mais maintenant... ?

En se souvenant du petit tas de cendre et des os racornis, il ne put s'empêcher de frissonner. Une chose était certaine : il ne mettrait plus jamais les pieds dans cette tour. Il la ferait murer ; comme cela, il serait tranquille.

Mais ses problèmes ne s'arrêtaient pas là : les Cavendish n'étaient pas les seules personnes auprès desquelles il lui faudrait s'expliquer. Il y avait également Griselda, le pasteur, le prévôt du roi, les gens du village... Quelle excuse leur fournir pour justifier la disparition de sa belle-sœur ? Une mauvaise fièvre ? Les autorités exigeraient de voir le corps, afin de le faire brûler dans de la chaux vive au cas où il y aurait un risque d'épidémie. Une noyade accidentelle dans les douves ? Là aussi, on chercherait le cadavre et, comme on ne trouverait rien, il aurait bien du mal à échapper à l'inquisition du prévôt.

Il frissonna.

Restait une troisième solution : le suicide. Un acte impie qui suffisait à glacer le sang de tous les braves gens. Le roi avait certes rompu avec le pape et chassé les moines des monastères, mais la condamnation du suicide était toujours aussi universelle. Attenter à ses jours était considéré comme un véritable sacrilège et celui qui osait défier Dieu en faisant fi du bien le plus précieux qu'Il lui avait offert méritait de brûler éternellement dans les feux de l'enfer.

Un suicidé ne pouvait pas recevoir une sépulture chrétienne, sa famille n'avait pas le droit de le pleurer et son nom ne devait plus jamais être prononcé. Pas de corps, pas d'enterrement — et aucune question indiscrète. La solution idéale !

Mortimer plongea la pointe de sa plume dans l'encrier et commença à écrire. Les mots venaient tout seuls. Des mots chargés d'une indignation aussi vertueuse que factice — avec une pointe de chagrin, pour respecter les convenances. Lord et lady Cavendish étaient de trop bons croyants pour traverser l'Angleterre dans le seul but de dire un dernier adieu à une bâtarde qui s'était rendue coupable d'un crime aussi abominable. Ils l'oublieraient — tireraient un trait sur elle, comme si elle n'avait jamais existé.

Suivait une ultime formule de politesse — aussi hypocrite que le reste. Il ne lui restait plus qu'à plier sa lettre et à la cacheter.

Un éclat de rire s'échappa de ses lèvres.

Bodiam lui appartenait. Il laisserait passer une quinzaine de jours, le temps que sa missive parvienne au Northumberland, puis il ferait entreprendre des fouilles systématiques.

Il trouverait cette parure ! Même si, pour cela, il devait mettre en pièces cette maudite forteresse.

Duncan ralentit le pas et jeta un coup d'œil par-dessus son épaule. Pas une âme en vue. Il prenait un risque en venant rendre visite à Blanche en plein jour, mais il n'avait pas le choix. Il fallait agir vite, s'il voulait faire échouer la dernière manœuvre de Mortimer. Il se glissa derrière l'épaisse tapisserie et gratta à la porte.

— C'est Duncan...

Sans attendre l'autorisation de Blanche, il entra et referma le battant derrière lui.

— Nous avons un problème. Mor...

La vision qu'il découvrit le laissa bouche bée.

Assise au pied de son lit, à l'instar d'une nymphe antique, Blanche était occupée à brosser ses cheveux — une cascade dorée qui chatoyait dans les derniers rayons du soleil couchant. Après une bonne nuit de sommeil, ses joues avaient repris un peu de couleur, et sa longue robe bleue soulignait les charmes de son corps de déesse. Jamais métamorphose n'avait été plus complète ! En l'espace d'une nuit, la chrysalide s'était transformée en papillon.

Il sentit une vague de chaleur monter dans ses reins. Par Jupiter, jamais il n'avait imaginé qu'elle deviendrait une pareille beauté !

La lueur belliqueuse qui brillait dans les yeux de la jeune femme le fit toutefois redescendre sur terre — beaucoup trop brutalement à son goût.

— Quel est le montant de la récompense que mon père vous a promise si vous me rameniez saine et sauve à Wolfstone ? questionna-t-elle d'une voix dure.

Duncan soupira. Comment diable avait-elle pu apprendre... Kitt ! Le galopin avait dû venir la voir pendant qu'il était entre les griffes de Griselda.

Il enleva son chapeau et s'inclina profondément.

— Je suis confus, Chouchou... Un accueil aussi charmant ! Est-ce ainsi que vous récompensez tous vos chevaliers servants ?

Elle pinça les lèvres et lui décocha un regard glacial.

— Répondez à ma question ! Que vous a-t-on promis pour que vous acceptiez de voler à mon secours ?

Duncan avala avec peine. Il n'avait pas prévu de la mettre au courant de ses tractations avec lord Cavendish.

Enfin, maintenant, le mal était fait — et il savait que l'attaque était la meilleure défense lorsqu'elle montait sur ses grands chevaux.

— Ce n'est vraiment pas cher payé, comparé à la peine que je me donne ! répondit-il avec une pointe de dédain.

Les yeux de Blanche s'étrécirent dangereusement.

— Soyez précis. Je veux savoir exactement à combien ma vie a été estimée.

— Votre père aurait sacrifié toute sa fortune pour vous tirer de ce mauvais pas, mais comme je suis raisonnable, je me suis contenté des Aubiers et de mille arpents de bonne terre.

La jeune femme s'empourpra.

— Un joli prix — pour une fille, je veux dire. Surtout si l'on considère que je suis une vulgaire bâtarde.

« Ah ! songea Duncan. Voilà donc quelle était la raison profonde de sa fureur »

Son expression se radoucit.

— Vous valez au moins deux fois plus, Chouchou.

Elle rejeta ses cheveux en arrière et releva le menton avec défi.

— Et que comptez-vous faire de votre trophée — si cela n'est pas trop indiscret ?

Duncan fit un pas de plus.

— *C'est* indiscret, mais, néanmoins, je veux bien vous répondre : bâtir un joli manoir — l'actuel n'est qu'un pavillon de chasse humide et inconfortable —, puis épouser une riche héritière et engendrer une longue lignée de petits Hayward.

Elle haussa un sourcil ironique.

— Bien sûr ! J'avais oublié. Vous êtes issu d'une illustre famille, même si, souvent, votre conduite est fort éloignée de l'idéal chevaleresque. Enfin, peu importe. Après tout, vous n'êtes pas pire que la plupart de ces beaux aristocrates qui se glorifient des faits d'armes de leurs ancêtres. Je suppose que votre héritière pourra être affreuse, bossue et idiote, pourvu qu'elle soit assez riche et sache tenir sa place dans la bonne société. Comme Ann Boleyn, par exemple, qui avait, paraît-il, trois seins et onze doigts... avant que son royal époux lui fasse couper la tête.

L'hostilité défensive de Duncan se changea en compassion. Pour tenir pareils propos, Blanche avait dû beaucoup souffrir pendant son séjour à la Cour. Lui-même connaissait trop bien la perfidie et la vacuité des proches du tyran qui, à cette époque, gouvernait l'Angleterre. Une fois connu le secret de sa naissance, combien de remarques mesquines, combien d'affronts, la jeune femme avait-elle dû endurer ?

Il se rapprocha encore un peu, assez pour percevoir le subtil parfum de lavande qui émanait de ses cheveux.

— Si vous pensez cela, c'est que vous ne me connaissez guère. J'ai ma fierté, tout de même ! Si je l'aime, je préférerais épouser une fille des rues, pauvre et sans dot, plutôt que de passer le restant de mes jours auprès d'un laideron titré et fortuné.

Comme elle haussait les épaules, il se pencha vers elle et plongea son regard perçant dans le sien.

— A propos, Chouchou, pourquoi Cuthbert Fletcher vous a-t-il épousée ?

Elle détourna la tête, signe qu'il avait touché un point sensible.

Avant qu'elle ait pu se dérober, il passa un bras autour de sa taille et l'attira vers lui.

— Tous ces imbéciles de la Cour avaient des écailles devant les yeux pour ne pas voir la perle rare que vous êtes devenue.

La jeune femme se raidit, mais ne chercha pas à lui échapper.

— Non, murmura-t-elle avec un petit rire sarcastique. Ils voyaient très clair, au contraire. Pour eux, j'étais une fille du peuple déguisée en grande dame. Mon séjour au palais de Greenwich s'est révélé très instructif. Je ne pouvais pas faire un pas sans être aussitôt assaillie par un essaim de jeunes galants qui, tous, voulaient me montrer quelle était ma place dans la société : à l'horizontale, dans leur lit.

Duncan jura intérieurement. S'il s'était trouvé à la Cour à ce moment-là, il aurait défié ces faquins, l'épée à la main, et les aurait châtiés jusqu'au dernier. Blanche serait capable de lasser la patience d'un saint, mais elle n'avait rien de commun avec une ribaude.

— Tous, sauf Cuthbert, n'est-ce pas ?

— Oui, acquiesça-t-elle à voix basse. Il était gentil et peu lui importait que ma mère ait été une... une...

Elle ne finit pas sa phrase. Ses lèvres s'étaient mises à trembler.

— Ainsi, vous l'avez épousé.

Par reconnaissance, sans doute. Pauvre Blanche...

— Vous l'aimiez ? insista-t-il doucement.

Elle s'arracha brusquement à son étreinte.

— Comment osez-vous me poser une question aussi personnelle ? s'exclama-t-elle avec colère.

Duncan sourit, le cœur brusquement plus léger. Elle n'avait pas aimé Cuthbert.

— Vous me connaissez, Blanche. Je suis capable d'oser beaucoup de choses, si j'en ai envie. Dites-moi : Cuthbert vous aimait-il, lui ?

— Je n'en ai jamais douté !

Se sentant plus sûr de lui-même, il l'attira de nouveau dans ses bras et la serra contre son torse.

— Et ses étreintes ? murmura-t-il d'une voix basse, suggestive. Ressemblaient-elles aux miennes ?

Elle frissonna et se blottit contre lui.

— Ce n'est pas bien de dire du mal d'un mort.

Une lueur espiègle dansa dans les yeux de Duncan. Il caressa la joue de Blanche et suivit du pouce la courbe de son petit menton buté.

— Ce cher Cuthbert vous a-t-il jamais caressée de cette façon ?

— Je ne sais pas. Je ne sais plus... Vous me brouillez l'esprit !

Emu, il se pencha vers elle et effleura ses lèvres des siennes, aussi doucement qu'un papillon effleure les pétales d'une rose. Elle lui répondit en se dressant sur la pointe des pieds pour mieux accueillir son baiser. Sa bouche avait un goût de miel... Grisée, elle jeta les bras autour de son cou et ferma les yeux. C'était trop délicieux ! Il lui semblait flotter, flotter... à la dérive vers un univers enchanté.

Duncan, lui aussi, sentait l'aiguillon du désir lui fouailler les reins. Le lit se trouvait juste derrière eux. Souple, moelleux, dangereusement attirant... mais c'était là une tentation à laquelle il se devait de résister — du moins pour l'instant.

A regret, il la repoussa, non sans questionner de nouveau :

— Cuthbert vous a-t-il jamais embrassée de cette façon, Chouchou ?

— Non, avoua-t-elle humblement. Du moins, je ne pense pas.

Elle ramassa la brosse qui lui avait échappé des mains et reprit le démêlage de ses longs cheveux souples.

— Comment pourrais-je m'en souvenir ? reprit-elle tout bas. Il y a bien longtemps que personne ne m'avait embrassée.

Duncan n'était plus du tout jaloux de ce pauvre Cuthbert. Toutefois, il s'interdit de montrer sa joie. Ce n'était pas le moment de fanfaronner !

— Vous aviez parlé d'un problème ? questionna Blanche après un long silence.

— Oui, acquiesça-t-il. Pendant le déjeuner, votre charmant beau-frère m'a susurré à l'oreille que, lasse de pleurer et de désespérer, vous aviez mis fin à vos jours afin de rejoindre votre mari dans le ciel.

La jeune femme blêmit.

— Un suicide ? Sainte Vierge, ayez pitié de moi !

Duncan lui prit les mains et s'agenouilla devant elle.

— Avant demain, la nouvelle aura fait le tour du comté. Montjoy l'apprendra, naturellement, et si elle ne le tue pas, il écrira immédiatement à vos parents.

— Que pouvons-nous faire ? murmura-t-elle d'une voix blanche.

— Avant tout, il faut penser à vos parents, Chouchou, répondit-il en sortant un petit paquet de sa manche. Je vous ai apporté du papier, de l'encre et une plume. Vous allez écrire à votre père pour lui dire que vous êtes en bonne santé et avez réussi à échapper à Mortimer.

Elle hocha la tête.

— Vous avez raison.

Tandis qu'elle écrivait, Duncan rajouta une bûche dans la cheminée. Comme son conduit rejoignait celui de la cuisine, juste en dessous, sa fumée ne pouvait pas être détectée par les séides de Mortimer.

Blanche roula le parchemin, qu'elle lui tendit.

— Voilà qui est fait. Inutile de vous demander de ne pas la lire, n'est-ce pas ? ajouta-t-elle avec une pointe de défi. Je vous connais trop bien et ce n'est pas un mensonge de plus qui vous étoufferait.

Il soupira. Décidément, elle ne changerait jamais !

— Vous me blessez profondément, ma chérie. Je n'ai jamais trahi la confiance de vos parents pendant toutes les années où j'ai été à leur service. C'est votre père lui-même qui m'a enseigné cette vertu — en me confiant la charge redoutable de changer vos couches.

Elle resta bouche bée et il en profita pour pousser son avantage :

— Naturellement, je n'avais que dix ans alors et cette occupation ne m'a procuré aucun plaisir. A vrai dire, j'ai même été plutôt dégoûté... Mais aujourd'hui, je n'aurais sans doute pas la même répulsion à défaire vos linges ! ajouta-t-il avec un clin d'œil complice.

Comme il l'avait prévu, la jeune femme se troubla et ses yeux étincelèrent.

— Si je n'avais pas autant besoin de vous, je vous étranglerais volontiers ! Disparaissez de ma vue, immédiatement, sinon, je vous jure que vous allez vous en repentir. Jamais je n'ai rencontré un pareil maraud ! Impudent, insolent, menteur, fourbe...

Duncan s'esclaffa.

— Vous êtes adorable... J'espère que je ne vous manquerai pas trop.

Il ouvrit la porte et lui envoya un baiser.

— Allez au diable ! répliqua-t-elle juste avant que le battant se referme derrière lui.

10.

Lorsque Duncan revint de sa visite à Montjoy, les ombres pourpres du crépuscule s'allongeaient sur l'eau dormante des douves de Bodiam. Comme il l'avait craint, la nouvelle du suicide de Blanche s'était répandue comme une traînée de poudre et il avait trouvé le vieux régisseur dans un état proche du désespoir. Après l'avoir rassuré, il avait dû subir une longue diatribe dénonçant la folie du plan conçu par Blanche. Jamais elle ne réussirait ! Cela aurait été tellement plus simple si elle avait accepté de quitter Bodiam.

Duncan l'avait écouté en silence — en se gardant bien de lui dire qu'il était entièrement d'accord avec lui.

Après lui avoir confié la lettre de la jeune femme, il s'était remis en selle — non sans avoir eu droit à ses ultimes recommandations. Il était la seule personne responsable dans cette affaire et il devait veiller coûte que coûte sur la vie de lady Blanche et de son jeune frère.

Seigneur Dieu, comment les Cavendish pouvaient-ils réussir à se mettre dans des situations aussi périlleuses ?

Pendant le trajet, il mit au point dans sa tête les derniers détails de sa prochaine « animation » nocturne.

Il venait de desseller Aramis et s'apprêtait à le bouchonner quand un bruit de voix attira son attention. Reculant dans l'ombre de la stalle, il s'accroupit et écouta. Il s'agissait d'une conversation entre deux jeunes palefreniers. Ils étaient aussi terrorisés l'un que l'autre.

— Tu devrais voir Barney. Il a vieilli de dix ans ! Il m'a avoué avoir eu la peur de sa vie, et moi-même je n'avais jamais rien vu ni entendu de semblable. Passe-moi une autre chope, Dick. Tiens, regarde mes mains... Elles tremblent encore !

Le palefrenier but une longue gorgée, puis il poursuivit son histoire :

— Tu te souviens que messire Fletcher a été très affecté par ce qui s'est passé dans cette maudite tour du Maure la nuit dernière ?

— Bien sûr ! acquiesça Dick. J'étais dans la cour quand il a perdu connaissance.

— Aussi, ce matin, il a envoyé chercher Barney et lui a ordonné de murer la porte de la chambre du dernier étage.

Duncan pesta intérieurement. Sans le vouloir, il avait mis Jobe dans une situation pour le moins délicate.

— Barney m'a demandé de l'aider et nous avons passé toute la matinée à charrier des pierres dans ce p... d'escalier. Il n'y avait pas un bruit et la porte était aussi fermée que le visage d'une sœur tourière. Après le déjeuner, nous avons mélangé de la chaux et du sable et nous avons commencé à bâtir le mur.

Il baissa la voix et Duncan dut coller son oreille contre le bat-flanc pour entendre la suite.

— Chaque fois que nous descendions chercher des seaux de mortier, le mur se défaisait — de lui-même, sans que personne n'y ait touché !

— Par le sang du Christ ! marmonna Dick d'une voix très impressionnée.

— Tu peux le dire. La deuxième fois, la moitié des pierres avait disparu — comme cela !

Il fit claquer ses doigts.

— Il ne restait plus que quelques fragments de mortier et cette f... porte était toujours fermée à clé.

— Comment Barney s'est-il assommé ? questionna Dick.

— J'y arrive.

Le palefrenier s'interrompit pour boire une autre gorgée de bière.

— Je commençais à ne pas être tranquille, mais tu connais Barney : il n'est pas du genre à se laisser impressionner par un simple fantôme. Il m'a dit que nous n'avions qu'à nous contenter d'empiler les pierres. Plus tôt ce serait terminé, et mieux cela vaudrait. Nous avons donc monté le mur, en calant solidement les blocs — c'était presque aussi solide qu'avec du mortier. Tu peux me croire. Aucun homme n'aurait pu le détruire, à moins d'employer une pioche ou une masse.

« Sauf Jobe », pensa Duncan, ravi.

— Une fois notre travail terminé, nous avons ramassé nos seaux et nos truelles, et nous avons commencé à redescendre l'escalier. Nous venions à peine d'arriver au second palier, lorsque, brusquement, toutes les pierres ont dévalé derrière nous. Un bruit à réveiller les morts ! Mes cheveux se sont dressés sur ma tête. Je te le jure !

Duncan se couvrit la bouche de sa main pour réprimer un éclat de rire.

— Mais ce n'est pas cela qui nous a le plus terrifiés.

— Ah bon ? s'étonna Dick. Moi, je me serais enfui en courant — tellement vite que je serais peut-être déjà arrivé à Hawkhurst !

— Continue, intervint une troisième voix. Arrête de nous faire languir, Bob !

Le jeune palefrenier prit une profonde inspiration.

— Quand le dernier bloc s'est arrêté de rouler, un bruit effroyable a résonné au-dessus de nous. Jamais je n'avais entendu quelque chose de semblable ! Un hurlement rauque. Démoniaque, inhumain. Mon sang s'est glacé dans mes veines.

— Seigneur Jésus ! murmura Dick en se signant.

— Je ne te dis pas à quelle vitesse j'ai dévalé l'escalier ! Barney me suivait, mais, en arrivant au palier du premier étage, il a buté sur l'une des pierres et il a continué, la tête la première. C'est comme cela qu'il s'est assommé. Quand nous sommes arrivés en bas, le cri résonnait encore derrière nous.

Duncan en avait assez entendu. Il flatta l'encolure d'Aramis et se glissa subrepticement vers l'autre bout de l'écurie. Une fois dans la cour, il s'arrêta et fit semblant d'inspecter l'état de ses bottes. Puis, quand il fut sûr que personne ne le regardait, il se dirigea avec nonchalance vers la tour du Maure et gravit l'escalier en colimaçon.

Comme Bob l'avait raconté, un certain nombre de blocs de pierre grossièrement taillés parsemaient les marches étroites et glissantes. Au palier du premier étage, il dut contourner également deux seaux de mortier renversés — preuve supplémentaire de la véracité du récit du palefrenier. Dans leur effroi, les deux « maçons » avaient même perdu leurs bonnets et rien sans doute n'aurait su les convaincre d'aller les rechercher.

Il monta encore deux étages et gratta à la porte de l'ancienne prison de Blanche.

— C'est moi, Duncan, dit-il à voix basse.

L'Africain l'accueillit avec un large sourire. Il le fit entrer puis referma soigneusement la porte derrière lui.

Duncan lui tapa familièrement sur l'épaule.

— Alors, Jobe, j'en ai appris de belles sur ton compte ! Tu t'amuses à faire peur aux braves gens, maintenant ?

Un joyeux éclat de rire secoua le corps du géant.

— Je suppose que ma réputation a déjà fait le tour du château.

— Tu es trop modeste, mon ami. Dès demain matin,

tout le comté saura qu'un étrange esprit hurleur hante la tour du Maure du château de Bodiam. Dis-moi, quel cri as-tu poussé pour réussir à effrayer autant ces deux malheureux palefreniers ?

Jobe haussa les épaules.

— Oh ! je me suis contenté d'imiter les cris des singes de mon pays natal au moment de la saison des amours ! Les murs de pierre ont fait le reste — il y a un écho vraiment fantastique dans cet escalier.

Duncan joignit ses rires aux siens.

— Il faudra que tu me fasses entendre cela ! Mais pas maintenant. Nous avons autre chose de plus urgent à faire.

L'Africain hocha la tête.

— Quelles nouvelles réjouissances avcz-vous prévues pour ce soir ?

Duncan se gratta le menton.

— En prélude, un joli galop, bien entendu.

— Une tâche dont s'acquittera volontiers le jeune Kitt, acquiesça Jobe. Il s'est très bien débrouillé la nuit dernière.

— Oui, mais, cette fois-ci, tu veilleras à le faire changer de place fréquemment. Et, surtout, ne le laisse pas s'enivrer de sa musique. S'il venait à être pris, tout serait perdu.

Le géant hocha de nouveau la tête.

— Et moi, quel sera mon rôle ?

Duncan s'esclaffa.

— Lady Sondra Owens nous a souvent parlé du Chevalier Noir de Bodiam. Dans l'ancien temps, il avait l'habitude de se promener sur les remparts en jouant du tambour afin de mettre en fuite les soupirants de sa veuve.

Jobe ramassa le seau dont Will s'était servi pour monter de l'eau à Blanche et l'examina attentivement.

— Pour la caisse, le problème est réglé. Il me faudrait une pièce de cuir souple et légère.

Duncan se gratta la nuque dubitativement.

— Si mes souvenirs sont exacts, tu devrais trouver ton bonheur dans l'un des coffres du grenier.

— C'est parfait. Je monterai y faire un tour après le dîner. Autre chose ?

— Deux ou trois cris de singe, si l'occasion se présente. Mais, surtout, j'ai un service à te demander, ajouta-t-il d'une voix grave.

— Tout ce que vous voudrez, répondit Jobe. Vous savez bien que je ne peux rien vous refuser.

Duncan soupira intérieurement. Plusieurs fois, il avait essayé de lui faire comprendre qu'il ne lui devait rien, mais l'Africain était trop fier pour accepter de l'écouter. Une vie pour une vie. Il resterait à ses côtés tant qu'il n'aurait pas remboursé sa dette.

— Telle que je la connais, lady Blanche va très vite se lasser de son nouveau logis. Elle a horreur d'être enfermée et son esprit d'aventure pourrait bien l'inciter à hanter à sa façon les couloirs du château. Un vieux drap, des bruits de chaîne... Elle n'a jamais manqué d'imagination et adore jouer avec le feu.

Le sourire de Jobe s'élargit.

— Alors, il y aura une autre ombre derrière elle. Une ombre massive et aussi noire que les ténèbres de l'enfer.

— Méfie-toi, le mit en garde Duncan. Ne te laisse pas abuser par son air fragile. Notre chère lady Blanche est plus fuyante qu'une anguille et deux fois plus maligne que toutes les créatures que tu as pu rencontrer dans ton pays.

— Tant mieux ! Je vais enfin pouvoir m'amuser un peu !

Duncan lui saisit le bras et le regarda droit dans les yeux.

— Sois gentil avec elle, même si elle crache et griffe comme un chat sauvage. Elle a été maltraitée et on ne peut guère lui en vouloir si elle réagit parfois avec une certaine vivacité.

Jobe se redressa de toute la hauteur de ses six pieds sept pouces et se frappa le torse.

— Je jure de la choyer comme si elle était issue de ma chair et de mon sang. Vous pensez peut-être que je ne sais pas comment gagner le cœur d'une femme ? ajouta-t-il avec un éclat de rire.

— Tu n'as pas besoin de chercher à gagner son cœur, répliqua Duncan. Empêche-la simplement de faire des bêtises. Tu auras déjà bien assez de travail comme cela, tu peux me croire.

L'Africain rit.

— A la bonne heure ! J'aime les défis.

Mal à l'aise, Duncan lui souhaita bonne chance et le laissa à la fabrication de son tambour.

Pourquoi diable avait-il réagi de cette façon quand Jobe avait parlé de conquérir le cœur de Blanche ? Après tout, il désirait seulement la ramener saine et sauve au château de Wolfstone. Si Jobe éprouvait l'envie de courtiser un chat sauvage, grand bien lui fasse ! Il ne tarderait pas à découvrir qu'elle n'était pas le genre de femme qu'un homme pouvait dompter aisément.

Les sourcils froncés, il gravit l'escalier d'honneur et se dirigea vers sa chambre, dans la tour de la poterne. Il était 18 heures et il avait juste le temps de se changer pour le dîner. Un dîner et une soirée à faire la roue devant l'horrible Griselda. Et de cela, aucun trésor, pas même le manoir des Aubiers et ses mille arpents, ne pourrait jamais le dédommager...

*
**

De l'autre côté des douves, au-dessus des frondaisons de la forêt, le soleil jetait ses derniers feux, à demi dissimulé derrière une barre de nuages gris. Depuis un moment déjà, Blanche tournait en rond comme une lionne en cage. Cette chambre était à peine plus grande que le cachot dans lequel elle avait été enfermée pendant deux mois. Kitt lui avait rendu visite deux fois aujourd'hui, mais, la deuxième, il n'était resté que quelques instants — juste le temps de poser son dîner sur la table.

— Attendre ! Attendre ! C'est horripilant, à la fin ! dit-elle à Dexter qui ronronnait au pied de son lit. J'en ai vraiment assez ! Pourquoi ne jouerais-je pas un peu au fantôme, moi aussi ? Ce sont toujours les mêmes qui s'amusent. Ce n'est pas juste !

Puisqu'elle était morte, il était naturel qu'elle revienne hanter le château où elle avait vécu. Surtout après un suicide ! Ne disait-on pas que les âmes des suicidés étaient condamnées à errer sur terre pour toujours ?

Sa robe était bleue, mais d'un bleu assez sombre pour se fondre dans la pénombre des couloirs. Certes, il y avait ses cheveux... La moindre lumière se refléterait sur leur couronne dorée.

Avec un peu de chance, on les confondrait avec une auréole. Oui, mais seuls les saints et les anges avaient droit à une pareille distinction... Sûrement pas les mortels qui avaient mis fin volontairement à leurs jours !

« Enfin, se dit-elle, cela n'a pas d'importance. Je resterai invisible et, si tout se passe bien, personne ne me remarquera. »

Elle souleva le loquet de la porte et se glissa sans bruit derrière la tapisserie. Au moment où elle s'apprêtait à refermer le battant, Dexter fila entre ses jambes et partit se promener. Lui, il ne courait aucun danger.

Elle retint sa respiration et écouta. Il n'y avait aucun bruit à part les battements désordonnés de son cœur.

Le dos plaqué contre le mur, elle se rapprocha du bord de la tapisserie et jeta un coup d'œil à l'extérieur.

Personne. La voie était libre.

Elle sortit du renfoncement et traversa la réserve sur la pointe des pieds. Un murmure assourdi lui parvenait à travers le plancher — la cuisine était juste en dessous. Des torches éclairaient la cour d'honneur et leurs flammes vacillantes se reflétaient sur les vitres des fenêtres en croisée d'ogives.

Libre. Elle était libre !

Voilà si longtemps qu'elle était enfermée entre quatre murs... L'impression était merveilleuse, enivrante.

Elle sortit de la réserve et rejoignit la grande galerie qui conduisait au logis seigneurial. Elle connaissait tous les recoins de Bodiam et elle aurait pu s'y promener les yeux fermés.

Que risquait-elle ? Mortimer et Griselda étaient à table et tous les domestiques s'activaient dans la cuisine ou à l'office. Quant aux gardes, ceux qui n'étaient pas en train de manger se trouvaient en faction sur les remparts ou dans les postes de guet.

Non, elle ne courait aucun danger.

Elle venait de parvenir au milieu de la galerie, lorsque, soudain, une masse sombre surgie de nulle part fondit sur elle et l'enveloppa dans une grande cape noire. Pendant un bref instant, elle crut avoir été attaquée par un vrai fantôme. Puis une main énorme lui couvrit la bouche et étouffa son cri de surprise. Elle se débattit et essaya de se dégager, mais son agresseur la tenait solidement. D'un mouvement rapide, il lui immobilisa les bras et la plaqua contre lui. Elle n'avait rien pris pour se défendre, même pas un couteau de cuisine...

Une rage impuissante l'envahit et elle mordit à pleines dents la main qui la bâillonnait.

Son ravisseur jura dans une langue gutturale, mais ne relâcha pas son étreinte. Ses efforts restant vains, la jeune femme cessa de se débattre. Il valait mieux qu'elle garde ses forces pour le moment où elle aurait une opportunité de lui échapper.

Elle entendit une porte s'ouvrir. Il la tira en arrière et referma sans bruit le battant. Un parfum de lavande, auquel se mêlait une vague odeur de camphre, lui parvint à travers l'épaisse étoffe de laine de la cape. Ils se trouvaient dans un placard — l'un de ceux qu'elle avait fait aménager dans l'épaisseur des murs de la galerie.

— N'ayez pas peur, lady Blanche, murmura une voix grave dans le creux de son oreille. Je suis un ami de sir Duncan Hayward et de votre jeune frère, Kitt.

Le mystérieux étranger enleva la cape dont il l'avait enveloppée, mais la pénombre était trop profonde pour qu'elle puisse distinguer ses traits. Cependant, si elle en jugeait au bras qui lui enserrait la taille, elle avait affaire à un homme d'une stature et d'une corpulence exceptionnelles.

— Comment avez-vous osé vous jeter sur moi d'une façon aussi brutale ? protesta-t-elle avec indignation. Sans même m'avoir prévenue ! Si j'avais eu un couteau, je vous l'aurais planté dans le ventre.

Il rit. Un rire grave et profond.

— J'aime vivre dangereusement, répondit-il avec un accent chantant qu'elle ne réussit pas à identifier.

— Je vois ! marmonna-t-elle. Un coquin de plus. J'aurais dû m'y attendre. Duncan a toujours eu une attirance malsaine pour les fripons et les coureurs de jupons.

Sa pique réussit seulement à provoquer un nouvel éclat de rire.

— Je suis l'un et l'autre, acquiesça-t-il. Et je m'en honore.

Elle essaya de s'écarter de lui, mais le placard était étroit et son « ravisseur » prenait presque toute la place.

— Aurez-vous au moins l'obligeance de me dire comment vous vous appelez ?

— J'ai un nom très long, milady, et vous seriez sans doute incapable de le prononcer. Certains Anglais pensent que je suis un Maure, alors que d'autres sont prêts à jurer que je suis le fils du diable, en personne. Vous pouvez m'appeler Jobe.

La jeune femme laissa échapper un petit cri aigu.

— C'est vous qui avez corrompu mon frère et lui avez appris à jurer et à voler !

— A mentir, également, ajouta Jobe en s'esclaffant. Mais il a encore beaucoup de progrès à accomplir dans ce domaine.

— Si je le pouvais, je vous arracherais les yeux ! C'est encore un enfant, un bébé !

— Non, milady. Kitt est presque un homme. Il a besoin de connaître les usages du monde — un monde cruel et sans pitié où les puissants piétinent allègrement les faibles et les pauvres.

— Et vous comptez les lui apprendre ? jeta-t-elle avec une moue méprisante.

— Pourquoi pas ? Je suis un excellent professeur, vous savez. Mais chuut !

Il posa de nouveau sa main sur sa bouche.

— Si vous vous avisez de me mordre, tigresse, la prévint-il, je vous mordrai moi aussi et mes dents sont plus grandes et plus pointues que les vôtres !

Blanche marmonna une protestation étouffée, mais, soudain, elle entendit un bruit de pas, accompagné d'un cliquetis d'éperons sur le parquet en chêne. Aussitôt, elle se tut et retint sa respiration. Quelqu'un marchait dans la galerie... Quand l'inconnu s'arrêta devant leur placard, le cœur de la jeune femme cessa de battre. Jobe retira sa main très doucement et elle sentit qu'il tirait une dague de son fourreau.

Après deux ou trois minutes d'un suspense horrible, l'inconnu poursuivit son chemin.

Quelques pas plus loin, il fit une nouvelle halte.

— Oh ! le gentil chat ! Tu m'as l'air bien aimable... Aurais-tu faim, par hasard ? Non, tu m'as l'air gras et bien nourri.

Une voix grave et agréable. Blanche n'aurait su dire à qui elle appartenait. Un clerc ? Mortimer avait peut-être appelé un prêtre pour chasser les mauvais esprits qui étaient censés hanter une maison après un suicide.

Les pas s'éloignèrent de nouveau. Un claquement de porte — et le silence retomba sur la galerie.

Jobe rengaina sa dague.

— Dites-moi, ma jolie, questionna-t-il, où seriez-vous maintenant si cet homme vous avait rencontrée dans le vestibule ou dans l'escalier ?

Blanche déglutit plusieurs fois avant de se hasarder à lui répondre.

— Je me serais esquivée bien avant qu'il ait eu le temps de m'apercevoir. Je connais toutes les cachettes de ce château.

— Hum... Si nous allions visiter ces fameuses cachettes ? suggéra Jobe après une seconde de silence. Avec un peu de chance, l'une d'entre elles pourra servir de refuge aux esprits de la nuit.

Après s'être assurés que la galerie était déserte, Jobe et Blanche se glissèrent hors du placard. Lorsqu'ils passèrent devant une fenêtre éclairée par les torches de la cour, la jeune femme put enfin voir le visage de son compagnon. Elle ne retint qu'à grand-peine un cri de stupeur.

— Vous... vous êtes noir ! bredouilla-t-elle quand elle recouvra sa voix.

L'Africain s'inclina profondément.

— Comme mes honorables ancêtres avant moi. Je viens d'un monde différent du vôtre.

Elle avala avec peine.

— Le monde des ténèbres, sous la terre ?

Elle le regarda fixement, fascinée par sa peau d'ébène et les anneaux d'or qui pendaient à ses oreilles.

Un large sourire barra le visage de Jobe.

— Non. Je parlais seulement de l'Afrique et de ses immensités brûlées par le soleil. Mon cœur est resté là-bas, dans la savane et les petits villages en terre séchée de mes compatriotes.

— Vous parlez bien notre langue, fit-elle observer.

Il s'inclina de nouveau.

— Je remercie le Tout-Puissant de m'avoir donné une bonne oreille. J'ai appris l'espagnol en écoutant parler les marauds qui prétendaient faire de moi un esclave, puis le gaélique quand leur bateau a fait naufrage en Irlande et, enfin, l'anglais pendant les trois années que j'ai passées en compagnie de sir Duncan Hayward. Nous continuons, milady ? Plus nous nous attardons, et plus nous risquons de faire une mauvaise rencontre.

Blanche hocha la tête.

— Suivez-moi.

Elle l'entraîna au fond de la galerie et, s'arrêtant devant un panneau de bois sculpté, fit pivoter le bas-relief. Il y eut un déclic et une porte secrète s'ouvrit devant eux.

Jobe lui rendit son sourire et pénétra avec elle dans un réduit à peine plus grand que le placard dans lequel ils s'étaient cachés. Une fois la porte refermée derrière eux, il y faisait aussi noir que dans un four.

— Le premier propriétaire de Bodiam était un brigand de la pire espèce, expliqua-t-elle à voix basse. Il a gagné son titre et sa fortune en assiégeant les châteaux de ses voisins et en pillant leurs terres — quand il ne guerroyait pas en France, un pays dont il a rapporté la plus grande partie de ses richesses. Naturellement, comme toutes les canailles, il n'avait confiance en personne, pas même dans les membres de sa famille. Aussi, il a fait construire un certain nombre de cachettes comme celle-ci dans les murs, afin de pouvoir espionner ses gens et savoir ce qu'ils disaient de lui. Regardez maintenant.

Tout en parlant, la jeune femme cherchait à tâtons sur le mur en face d'elle. Soudain, il y eut un nouveau déclic et une longue fente lumineuse apparut. Jobe regarda à travers et découvrit qu'ils se trouvaient au-dessus de la salle à manger.

— Parfait ! murmura-t-il. Vous êtes sûre que personne ne peut nous voir ?

— Oui. La fente est dissimulée dans les sculptures du plafond.

Elle jeta un coup d'œil à travers l'étroite meurtrière et un juron s'échappa de ses lèvres.

— Regardez-moi cette catin ! Si elle le pouvait, elle se jucherait sur les genoux de Duncan ! Et, en plus, elle parade dans *ma* maison en robe de soie — une robe qu'elle a prise dans *ma* penderie ! L'infâme voleuse !

Le dîner était encore plus lugubre que d'habitude. Et, en plus, le cuisinier n'avait pas eu la tête à son affaire. Le potage n'était pas assez relevé, les rôtis étaient trop cuits et, au lieu d'être fondants, les légumes croquaient sous la dent.

Il n'y avait même pas de musique pour détendre l'atmosphère.

Aux tables du fond, les convives parlaient à voix basse, la mine apeurée et craintive. Il n'était pas difficile de deviner le sujet de leur conversation : les événements de la nuit précédente et les choses terrifiantes qui s'étaient passées dans la tour du Maure. Avec, pour couronner le tout, le *suicide* de lady Blanche Fletcher. Pour sûr, son esprit ne devait pas être loin... Au milieu d'eux, peut-être ?

Griselda s'appuya contre l'épaule de Duncan. Ses yeux brillaient et son haleine empestait le vin.

— Vous l'avez entendue, vous aussi ?

Duncan se redressa avec nonchalance.

— Quoi donc, m'amie ? s'enquit-il à voix haute.

Griselda poussa un petit cri étranglé et jeta un coup d'œil furtif par-dessus son épaule, comme si elle craignait qu'un fantôme ne surgisse brusquement derrière elle.

— La nuit dernière, murmura-t-elle. Cette sarabande infernale...

A l'autre bout de la table, Kitt était occupé à servir l'entremets, des blancs d'œufs battus en neige qui flottaient dans une crème grisâtre. Il les écoutait et Duncan vit qu'il ne parvenait qu'à grand-peine à contenir son hilarité.

« S'il n'apprend pas à mieux se contrôler, il va finir par tout gâcher », songea Duncan, contrarié.

— A dire vrai, mon trésor, je venais de m'endormir quand j'ai été réveillé par une agitation inhabituelle dans la cour. Sur le moment, j'ai pensé à un visiteur tardif pour votre frère.

Mortimer décocha un regard incendiaire à sa sœur.

— Je l'aurais cent fois préféré. Mais, comme je vous l'ai déjà dit, messire, il s'agissait d'une fausse alerte. Mes hommes avaient trop bu.

Duncan hocha la tête.

— J'en suis convaincu, moi aussi, mais, cependant, quand je suis retourné à ma chambre, j'ai trouvé mon coffre ouvert et mes vêtements éparpillés sur le sol.

« Laissons infuser cette nouvelle information », se dit-il en goûtant du bout des lèvres l'entremets.

Les ongles de Griselda s'enfoncèrent dans son bras.

— Dieu nous protège, Mortimer ! s'écria-t-elle d'une voix aiguë. Il s'est passé la même chose dans ma chambre ce matin. Quand j'ai voulu prendre une robe dans ma penderie, tout était sens dessus dessous.

Mortimer adressa à Duncan un regard entendu.

— Ma sœur n'a pas de femme de chambre en ce moment, expliqua-t-il laborieusement. Un tel désordre dans ses atours n'a donc rien de très étonnant. J'espère au moins que l'on ne vous a rien volé ?

Duncan secoua la tête.

— Non. J'ai pensé à une mauvaise plaisanterie...

Il posa ses coudes sur la table et poursuivit à voix basse :

— ... puis, alors que je venais de finir de tout remettre dans mon coffre, j'ai entendu une sorte de gémissement auquel se mêlaient des vociférations... diaboliques — oui, c'est le mot. Le plus étrange, c'est que ce charivari semblait provenir de... de ma chaise percée !

Will laissa échapper le plateau de fromages. Toutes les conversations s'étaient arrêtées. Il n'y avait plus aucun bruit, hormis le crépitement du feu dans la cheminée.

Duncan attendit, en surveillant l'effet de ses paroles sur son auditoire.

Mortimer s'essuya le visage avec sa serviette.

— Probablement est-ce le vent, suggéra-t-il. Parfois, il siffle d'une façon très étrange à travers les archères et dans les interstices des hourds de bois qui couronnent les murailles et les tours.

— Cela ressemble au bruit que Barney et Bob ont entendu dans la tour du Maure, cet après-midi, déclara le chef palefrenier.

Plusieurs convives hochèrent la tête.

— Ils ont eu la peur de leur vie. Pourtant, Barney n'est pas du genre à se laisser impressionner facilement.

— Nous sommes ensorcelés, marmonna le maréchal-ferrant en secouant sa tête grisonnante.

— Oooh !

Griselda s'agrippa comme une noyée au bras de Duncan.

— C'est... c'est Blanche, bredouilla-t-elle. Elle se lamente et pleure... comme tous les damnés !

Duncan haussa un sourcil étonné.

— Là, là, mon trésor, l'apaisa-t-il en lui tapotant la main. Vous ne craignez rien. Je suis là pour vous protéger. Qui est donc cette Blanche ? s'enquit-il en se tournant vers Mortimer.

Le maître de Bodiam décocha un regard noir à sa sœur.

— Il s'agit de... de cette folle dont je vous ai parlé. Celle qui — hum — est morte brusquement la nuit dernière. Une bien triste affaire, dont il vaut mieux ne pas trop parler, si vous voyez ce que je veux dire.

— Ah oui ! Toutes mes condoléances.

« L'enfer sera un châtiment trop doux pour toi, fils de Satan ! » songea-t-il avec hargne.

Griselda murmura une incantation et fit un signe censé chasser le mauvais œil.

— Elle a décidé de hanter ce château. Je le sens.

— Vous m'inquiétez, m'amie. Une pareille nouvelle n'a rien de réjouissant — surtout à quelques jours seulement de Samhain, la fête des Morts de nos anciens druides. Vous connaissez cette fête, n'est-ce pas ? Ce soir-là, les chouettes hululent en volant au-dessus de ceux qui vont mourir dans l'année et, aux douze coups de minuit, les sorcières enfourchent leurs balais pour rejoindre leur sabbat, tandis que les elfes et les lutins sortent de la forêt pour aller jouer des tours aux malheureux mortels qui s'aventurent hors de leurs maisons.

Mortimer s'agita nerveusement sur sa chaise.

— Des légendes destinées aux enfants et aux esprits faibles, affirma-t-il sans conviction.

Duncan passa un bras protecteur autour des épaules frissonnantes de Griselda.

— Je n'en suis pas aussi sûr, Mortimer. Dans le passé, moi non plus je ne croyais pas à toutes ces fadaises, mais, depuis lors, j'ai beaucoup voyagé et, quand j'étais en Irlande, notamment, j'ai pu constater des choses très étranges pendant la nuit qui précède la Toussaint.

Il s'interrompit et, levant la tête, il vit que tous les yeux étaient fixés sur lui.

— Maintenant, je suis persuadé que les morts nous rendent réellement visite lors de cette funeste nuit.

— Sainte Vierge, Mère de Dieu !

Griselda jeta les bras autour de son cou et, s'il n'avait pas été aussi près de la table, elle se serait réfugiée sur ses genoux.

Mortimer finit son verre de vin d'un seul trait et le remplit de nouveau avant que le sommelier ait eu le temps de saisir le pichet.

— Des contes de bonnes femmes ! s'exclama-t-il d'une voix blanche.

Duncan haussa les épaules.

— C'est possible, mais on n'est jamais assez prudent à cette période de l'année. Puis-je vous faire une suggestion ?

— Oui, oui, parlez, messire ! implora le chef palefrenier, tandis que plusieurs de ses compagnons tambourinaient sur la table avec leurs verres ou leurs couteaux.

Duncan se tourna vers eux, le visage grave et solennel.

— N'ayez crainte, braves gens. Il y a un moyen infaillible pour empêcher cette maison d'être la proie des lutins, des elfes, des vampires et autres créatures des ténèbres qui hantent les cimetières.

— Dites-le-nous, messire ! Dites-le-nous !

Duncan regarda son hôte. Ses lèvres tremblaient et son visage était blême. La mystification fonctionnait encore mieux qu'il ne l'avait espéré.

— Il suffit que lord et lady Fletcher donnent une grande fête le soir de Halloween, qu'ils invitent tous leurs amis et tous leurs voisins, sans oublier les honnêtes villageois de Hawkhurst. Plus il y aura de visages réjouis et mieux cela vaudra.

— Vous voulez ma ruine ! marmonna Mortimer.

— Au contraire ! s'exclama Griselda, les yeux brillant d'excitation. C'est une idée merveilleuse ! Avec tout ce monde, les mauvais esprits n'oseront même pas franchir la porte du château. Devrons-nous faire quelque chose de particulier ?

— Oh ! rien d'extraordinaire ! répondit Duncan. D'abord, nous amuser, rire et chanter. C'est encore le meilleur moyen pour éloigner les fantômes. En outre, comme ils n'aiment guère la lumière, nous suspendrons des lampions et des lanternes multicolores dans la cour et dans toutes les salles, sans laisser un seul recoin dans l'ombre. Quant au repas, chacun des plats devra représenter, symboliquement, une offrande pour remercier le ciel des nourritures que la terre nous a données avec tant de profusion — des gâteaux avec des pommes et des noix, par exemple. Naturellement, il faudra déposer une assiette de crème sur le seuil de chaque porte, afin d'apaiser les lutins, ces esprits de la forêt qui s'ingénient à jouer des tours aux mortels.

« Dexter, pensa-t-il avec malice, devrait apprécier cette dernière offrande... »

Mortimer jura entre ses dents, mais ne fit aucune objection.

Duncan, sur sa lancée, laissa libre cours à son imagination.

— Après le dîner, nous danserons et nous organiserons des jeux — chat coupé, chat perché, colin-maillard... Le but est de faire le plus de bruit possible. Tous les convives seront masqués afin que les esprits ne puissent pas nous reconnaître. Oh ! et puis, il faudra que les portes restent ouvertes et le pont-levis baissé ! ajouta-t-il après une seconde de réflexion.

Mortimer fronça les sourcils.

— Pourquoi donc ?

— Afin que les esprits puissent s'enfuir plus facilement, bien sûr.

Griselda hocha la tête — si violemment que son chignon se retrouva de travers.

— Oui, c'est une excellente idée ! Tout le monde sait que Bodiam est hanté par le fantôme du grand Chevalier Noir.

Duncan fit semblant d'être étonné.

— Comment cela, m'amie ?

Griselda se blottit en frissonnant dans ses bras.

— On dit que la veille de la Toussaint, il fait le tour des remparts au galop et traverse cette salle à manger à cheval et en armes — en passant à travers les murs !

— C'est vrai, acquiesça le chef-palefrenier. Moi aussi, je l'ai entendu dire.

Le visage de Mortimer s'empourpra.

— Des balivernes pour effrayer les petits enfants ! Je ne veux plus entendre parler de ces absurdités et il n'y aura pas de fête pour Halloween. Je refuse d'ouvrir les portes de ce château à une foule de miséreux qui dévorera mes provisions et pillera ma cave.

A cet instant, la flamme de l'une des bougies du grand candélabre qui éclairait la salle à manger vacilla et s'éteignit. Même Duncan en fut surpris, car il n'avait pas senti le moindre courant d'air. Le visage blême, Mortimer leva la tête et regarda fixement le candélabre.

— Aïe !

C'était Griselda qui avait crié.

— Quelque chose m'a piqué la main ! s'exclama-t-elle d'une voix terrorisée.

— Ce n'est plus la saison des moustiques ou des abeilles, fit observer Duncan, l'air faussement perplexe.

Une deuxième bougie vacilla et s'éteignit.

Mortimer se leva de sa chaise et abattit son poing sur la table.

— Qui a fait cela ? hurla-t-il, les yeux étincelant de fureur.

Un éclat de rire rauque et caverneux jaillit du plafond, enfla et remplit toute la salle à manger. Puis, tout d'un coup, il fut remplacé par des sifflements et des feulements démoniaques, qui résonnèrent sur la voûte et rebondirent à l'infini sur les murs de pierre et dans les couloirs du château. Jamais Duncan n'avait entendu quelque chose de semblable !

Aussitôt, le sauve-qui-peut fut général. Terrifiés, les domestiques lâchèrent leurs plats, leurs pichets et leurs plateaux pour courir se réfugier dans les cuisines, tandis que les convives renversaient leurs bancs et leurs chaises, tant était grande leur hâte d'échapper à ces hurlements diaboliques.

Mortimer retomba sur sa chaise, la bouche ouverte et les jambes tremblantes. Griselda s'évanouit, la tête appuyée contre l'épaule de son « soupirant ».

Duncan frissonna involontairement. Il avait reconnu la griffe de Jobe dans cette dernière manifestation de l'au-delà, mais les cris de singe de l'Africain avaient de quoi glacer le sang de n'importe quel être humain — même du plus endurci.

Il commençait à reprendre ses esprits, lorsqu'un minuscule projectile lui piqua le front. Un haricot ! Il leva les yeux et fouilla la pénombre, derrière la galerie qui, les jours de fête, servait de scène aux troubadours et aux ménestrels. Jobe, décidément, n'avait pas de rival lorsqu'il s'agissait d'atteindre une cible.

A cet instant, la dernière bougie s'éteignit, tandis qu'un autre haricot faisait tinter un verre en cristal et rebondissait sur la table.

Derrière le panneau de bois sculpté, Blanche eut besoin de ses deux mains pour étouffer son hilarité. En-dessous d'elle, la salle à manger s'était vidée aussi vite qu'un bassin dont l'écluse s'est rompue. A côté d'elle, Jobe glissa son roseau dans son ceinturon.

— Jamais je ne m'étais autant amusé ! murmura-t-il avec un large sourire.

11.

Au douzième coup de minuit, la sarabande recommença. Une longue vibration parcourut le tablier du pont-levis, puis le Chevalier Noir traversa la cour d'honneur au grand galop et escalada les remparts. Le martèlement des sabots de sa monture et ses hennissements suffirent à provoquer la panique générale. Les plus valeureux couraient en tous sens, criant et jurant, tandis que les poltrons se cachaient sous leurs couvertures, blêmes et transis de peur. Tous se signaient et marmonnaient des incantations censées renvoyer les esprits maléfiques dans le monde des ténèbres.

Des roulements de tambour succédèrent à la cavalcade. Ils semblaient provenir de tous les côtés à la fois, du chemin de ronde, de la barbacane, des échauguettes... D'un seul coup, ils s'arrêtèrent et le cri démoniaque jaillit et s'amplifia, s'insinuant partout, à travers les archères, dans les chambres et jusque dans les moindres recoins du château.

Le chaos était à son comble.

Cachée dans un réduit secret pratiqué dans l'épaisseur du mur de l'escalier d'honneur, Blanche observait la scène avec ravissement. Jamais elle n'avait rien vu d'aussi cocasse ! Tous ces hommes pieds nus, en chemise et en bonnet de nuit...

— Regarde, Dexter. Voilà cette fripouille de Mortimer. Tu as vu ses jambes ? On dirait un héron ! Je parie qu'il bourre ses chausses avec des coussinets pour faire croire qu'il a des mollets d'athlète ! A la Cour, j'ai rencontré de nombreux gentlemen qui usaient de tels artifices.

— Holà ! que se passe-t-il encore ? Par le Christ, on ne peut plus dormir tranquille dans ce château !

C'était la voix de Duncan. Une voix grave et puissante qui, immédiatement, en imposa aux gardes de Mortimer et rétablit un semblant de calme.

Blanche sentit sa gorge devenir étrangement sèche.

Il était torse nu et son haut-de-chausses pourpre moulait ses longues jambes.

L'adolescent maigre et dégingandé de son enfance était devenu un homme aux épaules larges, avec une taille bien prise et des cuisses musclées, résultat de sept années de campagnes militaires en Irlande.

Une lueur admirative brilla dans les yeux de la jeune femme et une légère rougeur envahit ses joues et son front. Comment pouvait-on être aussi beau ?

— J'espère qu'il n'arrive pas tout droit du lit de Griselda ! marmonna-t-elle avec une pointe de jalousie dans la voix.

« Tu es stupide ! se gourmanda-t-elle. Il n'éprouve pas la moindre attirance pour Griselda et n'a absolument aucune envie de partager sa couche avec elle.

Cependant, ce n'est pas une raison pour te faire des illusions. S'il est venu à ton secours, ce n'est pas pour tes beaux yeux, mais pour la récompense que ton père lui a promise : le manoir des Aubiers et mille arpents de bonne terre arable. Il ne sera jamais qu'un aventurier sans foi ni loi, avide de conquêtes faciles. »

Vers 2 heures, le calme revint sur les tours de Bodiam et Blanche retourna à sa chambre le cœur joyeux. Voilà bien longtemps qu'elle ne s'était pas autant amusée.

— Et ce n'est qu'un début, mon cher beau-frère ! dit-elle à Dexter en refermant la porte derrière elle. Tu peux me croire ! Je vais bientôt entrer en scène, moi aussi, et avec mon balai de sorcière je chasserai de ce château tous les Fletcher et toute leur fange immonde !

Trop excitée pour se coucher et dormir, elle raviva le feu dans la cheminée et attendit la venue des « esprits de la nuit » qui, sans nul doute, allaient venir se vanter de leurs exploits.

N'ayant pas les mêmes raisons pour veiller, Dexter se coucha en rond au pied du lit et ferma les yeux. Il ne tressaillit même pas lorsque, finalement, on gratta à la porte.

— C'est Duncan, murmura une voix rauque. Je peux entrer ?

Une vague de chaleur envahit le cœur de Blanche. « Je dois avoir perdu la tête, se dit-elle intérieurement. Ce n'est qu'un mercenaire, un ambitieux avide de fortune et d'honneurs. »

Néanmoins, ses doigts tremblaient lorsqu'elle souleva le loquet. Le jeune homme se glissa à l'intérieur aussi subrepticement que l'ombre qu'il prétendait incarner. Non sans une pointe de déception, Blanche vit qu'il avait pris la peine d'enfiler une chemise et un pourpoint avant de lui rendre visite.

Elle affecta un ton moqueur afin de masquer la profondeur de son émoi.

— D'où venez-vous ? Du monde des ténèbres ou des bras passionnés de la pulpeuse Griselda ?

Il grimaça, puis un grand sourire illumina son visage.

— Dommage que vous n'ayez pas assisté au spectacle de ce soir ! Je suis sûr qu'il vous aurait plu.

— Oh ! vraiment ? s'enquit-elle avec une feinte ingénuité. De quel spectacle voulez-vous parler ? Des frasques du Chevalier Noir ou des performances amoureuses de ma chère belle-sœur ?

— Vous avez la langue bien acérée, ce soir, Chouchou ! répondit-il en lui prenant les mains et en la faisant virevolter dans le cercle de ses bras. Si vous le voulez bien, ne parlons plus de Mlle Fletcher. La seule évocation de son visage jaune et boutonneux suffit à me donner la nausée. Je l'ai vue pour la dernière fois après le dîner, quand je l'ai déposée sur son lit — pas *dans* son lit. Elle était inconsciente et je vous jure que je ne me suis pas attardé dans sa chambre. Là...

Il fit asseoir Blanche sur la chaise à côté de la cheminée et saisit l'outre de cuir accrochée à son épaule au bout d'une cordelette.

— Un petit bordeaux en provenance directe de votre cave. Buvons au Chevalier Noir et à toutes les âmes en peine qui hantent les couloirs de ce château ! Par le sang du Christ, ils ont provoqué une belle pagaille ce soir. Vous auriez dû voir tous ces vaillants guerriers courir en tous sens. On aurait dit un poulailler lors d'une visite impromptue de messire Renard.

Il lui tendit l'outre, après avoir bu une longue rasade à la régalade.

La fraîcheur du vin dénoua la gorge de la jeune femme et, sous l'effet de l'alcool, les muscles de ses épaules se détendirent légèrement.

— Et Mortimer ? S'est-il enfui ?

Duncan secoua la tête.

— Non. Au début, je l'ai espéré. Son visage était blême et il tremblait comme une feuille, mais, finalement, il a réussi à se reprendre — hélas ! Mais il ne perd rien pour attendre : la suite de mon programme devrait glacer le jus de navet qui coule dans ses veines !

Oppressée, Blanche croisa les bras sur sa poitrine.

— Vous parlez, vous parlez... N'êtes-vous pas un peu trop optimiste ?

Duncan lui décocha l'un de ces sourires charmeurs dont il avait le secret.

— Seulement réaliste, Chouchou. Votre beau-frère est ébranlé et je ne serais pas étonné si, après cette nuit, un certain nombre de ses hommes venaient à l'abandonner.

Il fit un pas vers elle et, d'un geste plein de douceur, chassa une boucle blonde égarée sur son front.

— Jobe et Kitt ont fait un travail magnifique et, peu à peu, le piège que j'ai tendu au dîner de ce soir va se refermer autour de lui inexorablement.

Elle s'écarta et prit Dexter sur ses genoux. Duncan ne supportant pas les chats, c'était encore le meilleur moyen de le maintenir à distance convenable.

— Je vous vois venir... Vous avez encore une idée derrière la tête. Mais, peut-être, pensez-vous seulement au manoir des Aubiers et à cette riche héritière dont vous envisagez de faire la conquête, afin de redorer le blason des Hayward ?

Duncan tressaillit, comme s'il avait reçu une flèche en plein cœur. Il but une autre gorgée de vin et s'essuya la bouche nerveusement.

— Qu'avez-vous mangé à votre dîner, gente dame ? Du lion ? De la vache enragée ? Je n'ai rien fait récemment pour mériter pareille rebuffade — à ma connaissance, du moins. J'ai presque envie de vous laisser vous débrouiller avec votre histoire de fantômes. C'était votre idée, après tout.

En un éclair, Blanche revit sa dernière rencontre avec Duncan, huit ans auparavant. Lorsqu'elle l'avait repoussé, il avait eu la même expression — un mélange d'incrédulité, de frustration et de colère. Dans la chute qui s'était ensuivie, il avait failli perdre son bras droit et tous ses rêves de gloire. Elle avait regretté son geste, mais elle avait refusé d'admettre sa responsabilité. Par fierté et par crainte de la colère de son père.

Elle se mordit la lèvre. La sagesse voulait qu'elle ne recommence pas la même erreur. Tout en gardant le chat sur les genoux, elle lui adressa un petit sourire embarrassé et lui fit signe de venir s'asseoir à côté d'elle.

— Pardonnez-moi, Duncan. Il est tard et je ne sais plus trop où j'en suis... J'ai dû supporter tellement d'avanies et de privations depuis deux mois. Vous vous êtes donné beaucoup de peine avec Jobe — même si je n'apprécie pas toujours le rôle que vous faites jouer à Kitt dans cette affaire.

Duncan se pencha vers elle avec l'intention de glisser un bras autour de ses épaules, mais un brusque éternuement l'en empêcha.

— Au diable votre chat! marmonna-t-il en se mouchant.

La jeune femme laissa courir ses doigts dans la fourrure soyeuse de Dexter qui ronronna dans son sommeil, mais ne daigna pas ouvrir les yeux.

— Parlez-moi de ce piège que vous avez tendu, suggéra-t-elle d'une voix engageante.

Avant de lui répondre, Duncan s'écarta légèrement, afin de ne pas être incommodé par la présence du félin.

— Sur ma suggestion, Mortimer va donner une grande fête pour Halloween, afin de tenir éloignés les esprits maléfiques de Bodiam. Il invitera tous les gens du voisinage et il a même accepté de laisser le pont-levis baissé!

— C'est un bon début, concéda-t-elle. Et ensuite?

— Ensuite, Jobe et toutes les âmes des damnés entreront en scène... Je vous promets un spectacle inoubliable et la fuite éperdue de notre duo infernal.

Il éternua de nouveau et se leva. Ses yeux larmoyaient, il avait de la peine à respirer.

— Par le Christ, il est temps que je m'en aille. Sinon, je crois bien que je vais finir par étouffer. Bonne nuit, Blanche...

Il éternua pour la troisième fois et recula avec précipitation vers la porte.

La jeune femme éprouva un brusque remords. Elle ne pouvait pas le laisser partir ainsi, sans même l'avoir remercié !

— Un instant, Duncan.

Elle posa le chat sur le lit et se leva.

— Vous avez bien travaillé cette nuit, murmura-t-elle. Je vous en serai à jamais reconnaissante.

Il haussa un sourcil étonné.

— Reconnaissante ? Je n'aurais même pas imaginé que vous connaissiez la signification de ce mot, Chouchou. Quand j'étais au service de votre père, vous vous conduisiez en princesse et me traitiez comme un esclave.

Sa flèche atteignit sa cible. Blanche se mordit la lèvre et essaya de mettre un peu de baume sur sa vanité blessée.

— Il s'agissait d'un jeu, murmura-t-elle. Je ne suis plus une enfant, aujourd'hui.

Un lourd silence plana entre eux. Le regard de Duncan plongea dans celui de sa compagne, un regard qui semblait vouloir pénétrer jusqu'au plus profond de son être. Elle frissonna et sa gorge se noua. Sans un mot, il la prit dans ses bras et se pencha vers elle — une étreinte pleine de tendresse.

— C'est vrai, Chouchou, dit-il dans un souffle. Vous êtes une femme, maintenant — et moi, je suis un homme.

Sa bouche cueillit la sienne, en un assaut dont la douceur acheva de la faire fondre. Elle lui rendit son baiser, en savourant avec délice chaque instant de leur voluptueux aparté. Des torrents de lave coulaient dans ses veines, et elle se sentait tomber, en chute exquise, dans un abîme de félicité... Bien qu'elle fût choquée par la violence de ses propres émotions, elle ne chercha pas à se dégager — au contraire.

Au bout d'un long moment, il s'écarta à regret.

— Ah ! Chouchou, vos lèvres sont magiques...

Arrachée à son enchantement, Blanche ouvrit les yeux avec l'étrange impression de s'éveiller d'un rêve. Ses jambes chancelaient et ses prunelles étaient encore embuées de passion.

Duncan, lui, avait déjà gagné le seuil.

— Je savais que vous ne me résisteriez pas longtemps, dit-il gaiement.

Il lui sourit, puis disparut sans rien ajouter derrière la courtine.

— Vous triomphez un peu trop vite, messire Hayward, murmura-t-elle en humectant ses lèvres en feu. Le réveil risque d'être rude, et vous ne l'aurez pas volé !

Les mains chargées de lettres, lady Catherine entra dans la chambre de son mari et, s'approchant du lit, le secoua gentiment pour le réveiller.

— Quoi ? Qu'y a-t-il ? marmonna-t-il en frottant ses yeux embrumés de sommeil. Est-ce l'heure du dîner ?

Lady Catherine lui sourit. Son époux était un gros ours maladroit, mais tellement émouvant !

— Pas encore, mon chéri... Nous avons reçu du courrier, annonça-t-elle en lui montrant les lettres. Si cela continue ainsi, nous allons devoir installer une boîte à l'entrée du château pour le recevoir.

Lord Cavendish s'assit et cala un oreiller derrière son dos.

— De Montjoy ? s'enquit-il avec curiosité.

— Oui, mais pas seulement de lui. Il y en a également une de Duncan, une de Kitt, une de Blanche et même une d'Andrew. Sans parler de la missive de Mortimer Fletcher — un tissu de bassesse et de vilenie.

— Des mauvaises nouvelles ?

Lady Catherine s'éventa avec les missives.

— Tout dépend par laquelle on commence...

— Les enfants sont-ils en sécurité ? Il ne leur est rien arrivé de grave, au moins ?

— Je ne le pense pas, mais tu vas pouvoir juger par toi-même, répondit-elle en ouvrant l'un des plis. Blanche écrit qu'elle se porte à merveille et que nous ne devons pas tenir compte des autres nouvelles que nous pourrions recevoir à son sujet, notamment celles évoquant son « départ tragique vers un monde meilleur ».

Lord Cavendish se gratta la tête pensivement.

— Blanche a toujours aimé cultiver le mystère. Donne-t-elle des détails sur sa situation, sur les dangers auxquels elle est confrontée ?

— Non. Cependant, à la fin, il y a un post-scriptum qui devrait t'intéresser : « Duncan n'est pas aussi irrécupérable que je l'avais imaginé, même si je trouve absolument exorbitante la rétribution qu'il a osé demander en échange de ses services. »

Un sourire éclaira le visage de Brandon.

— Je reconnais bien là ma fille, et je n'aurais pas aimé être à la place de Duncan quand elle a appris que je lui ai offert le manoir des Aubiers. Etre délivrée par un mercenaire n'est guère flatteur pour une femme qui rêve à de beaux chevaliers dévoués corps et âme à leur gente dame.

Lady Catherine soupira.

— Je ne comprends pas comment Duncan a pu être assez stupide pour lui faire part du marché qu'il avait conclu avec toi.

— A mon avis, il s'est bien gardé de lui en parler. Elle a dû l'apprendre par Montjoy ou par Kitt. A propos, que nous raconte-t-il, ce chenapan ?

Lady Catherine prit une autre lettre et la défroissa soigneusement avant de la lui tendre.

— Je ne voudrais pas te priver du plaisir de déchiffrer ses pattes de mouche. Son écriture est à peine plus lisible que la tienne.

Elle sourit. Malgré tout, elle conserverait la première lettre de Kitt dans sa cassette à bijoux, aussi jalousement que s'il s'agissait d'une épître royale.

Brandon prit ledit vélin — et grimaça en découvrant la prose de son fils cadet.

— Par le Christ, tu exagères ! Je ne prétends pas être un clerc, mais je n'écris pas aussi mal que cela — sans parler de l'orthographe !

Il lut à voix haute en butant sur chaque mot ou presque.

« Chers père et mère, veuillez recevoir mes salutassions. Ne vous fêtes pas de souci pour moi. Je vais aussi bien que paussible. »

Brandon fit une pause et adressa un regard embarrassé à son épouse.

— Nous aurions quand même dû surveiller d'un peu plus près l'éducation de cet enfant. Enfin, s'il sait manier une épée, il parviendra toujours à faire son chemin dans la vie...

Un peu rasséréné, il reprit sa lecture :

« Blanche est en sécurité et nous passons un excellent momant. Jamais je ne m'étais otant amusé ! » Seigneur, que diable cela signifie-t-il ?

Lady Catherine secoua la tête.

— Je ne sais pas, mais j'ai trouvé dans chacune de ces lettres une raison ou une autre de me faire du souci. Je t'en prie, continue. Tu es beaucoup plus doué que moi pour décrypter les gribouillages de notre petit.

— Hum... « Je vous écriré plus longuement d'en quelque jour. Votre fils qui vous aime, Christopher Cavendish. P.S : à propos, je serai bientôt un vrai... »

Brandon se gratta la tête pensivement.

— Je pense qu'il a voulu écrire « guerrier », mais je ne pourrais rien jurer tellement son orthographe est fantaisiste.

— Ce n'est pas la façon dont il a écrit ce mot qui m'inquiète, répliqua lady Catherine. Un guerrier ! Par la Sainte Vierge, je me demande dans quel horrible guêpier notre malheureux enfant est allé se fourrer. Tu peux me faire confiance, Brandon, quand Duncan reviendra, il recevra un châtiment dont il se souviendra !

Lord Cavendish se permit de rire devant l'indignation de son épouse.

— Je ne voudrais pas te froisser, ma chérie, mais, à mon avis, ton courroux est excessif. Kitt aura bientôt douze ans et il avait besoin de sortir du cocon dans lequel nous l'avons confiné trop longtemps. En fait, j'ai l'intention de demander à Duncan de le prendre comme page.

Les yeux de lady Catherine étincelèrent.

— Tu as perdu la tête !

— Pas du tout. Servir un chevalier est une excellente école. Moi-même, j'avais seulement huit ans lorsque mes parents m'ont confié au comte de Bexford et je n'en suis pas mort... Alors, que nous écrit Duncan ? Son écriture à lui aussi laisse à désirer, même si je dois admettre ne m'être guère préoccupé de son instruction quand il était sous ma protection.

Lady Catherine préféra ne pas se lancer dans une dispute à propos de l'avenir de Kitt. Elle donnerait son avis — sans mâcher ses mots — mais pour cela elle préférait attendre que son mari soit complètement remis de sa blessure.

Elle prit la lettre de Duncan et la déplia.

— Il nous envoie ses salutations et nous dit que Blanche est en sécurité « pour le moment ». Une restriction qui, à mon avis, n'augure rien de bon. Il ajoute qu'il y a eu des complications indépendantes de sa volonté et que nous ne devons attacher aucune foi à des rumeurs éventuelles au sujet de la mort de Blanche ou de ses propres fiançailles.

Lord Cavendish fronça les sourcils.

— Que diable peut-il bien se passer à Bodiam ?

— Je me suis posé la même question. Nous n'aurions jamais dû confier une mission aussi délicate à Duncan et à ce... ce Maure.

Lord Cavendish lui prit la main et la porta à ses lèvres.

— Je suis persuadé que Duncan n'est pour rien dans cet imbroglio. Il fait ce qu'il peut, mais ce n'est sûrement pas facile avec deux Cavendish sur les bras ! Tu es bien placée pour savoir combien nous sommes têtus dans la famille.

Le regard de lady Catherine s'adoucit et un soupir s'échappa de ses lèvres. Voilà plus de six semaines maintenant qu'elle ne partageait plus la couche de son époux et il commençait à lui manquer cruellement. Elle avait presque envie de... Mais non, ce serait par trop prématuré.

— Duncan termine sa lettre en formulant des vœux pour ta guérison. C'est tout. Aucune explication, aucun détail. Rien ! J'aurais presque envie de hurler !

— Et Montjoy ? Se montre-t-il plus disert ?

Lady Catherine frissonna, une ombre passa sur son visage.

— Un peu, mais il fait montre de son habituel pessimisme, répondit-elle en lui tendant la lettre du vieux régisseur. Il dit que Mortimer a intenté une action pour revendiquer la propriété de Bodiam en arguant que sa propriétaire est décédée et qu'il est l'héritier légitime de son frère.

Elle serra les poings.

— Jamais je ne le laisserai faire ! Il faudra d'abord qu'il me passe sur le corps !

Brandon sourit.

— Le malheureux ! Il ne sait pas à quoi il s'expose.

Lady Catherine se troubla. Elle éprouvait de plus en plus de mal à se concentrer.

— Brandon, je t'en prie, essaie de rester sérieux ! La situation est trop grave.

Il hocha la tête, mais ne lui lâcha pas la main pour autant.

— Que dit d'autre notre ineffable régisseur ?

— Que Duncan et le fils du diable — je suppose qu'il s'agit de Jobe — se sont embarqués dans une aventure dont la témérité suffirait à refroidir n'importe quel homme un tant soit peu raisonnable. Tout cela à l'instigation de Blanche qui, apparemment, dirige les opérations depuis une cachette à l'intérieur du château. Il prévoit un désastre imminent et nous supplie de venir au plus vite afin de tenter de redresser la situation.

— Cela ne m'étonne pas de lui, acquiesça Brandon. Il dit autre chose ?

Lady Catherine secoua la tête.

— Non, bien sûr ! répondit-elle d'une voix pleine de frustration. Il nous laisse dans l'expectative, selon sa douce habitude... A part toi, je ne connais aucun autre homme qui soit aussi exaspérant !

Brandon fixa les deux lettres restantes.

— Par laquelle continuons-nous ?

Lady Catherine décida de garder celle de Mortimer pour la fin. Elle prit donc la missive de sir Andrew Fotheringeay et la déplia fébrilement.

— Andrew n'est pas plus explicite que les autres — encore moins, peut-être. Il s'efforce de nous rassurer et se montre très élogieux à l'égard de Duncan qu'il décrit ainsi : « Un jeune homme plein de ressources qui, sans nul doute, fera une belle carrière, si Dieu lui prête vie. »

— Sur ce point, je suis entièrement de son avis, acquiesça Brandon.

Son épouse ne fit aucun commentaire, mais, visiblement, elle ne partageait pas cette opinion.

— Il ajoute qu'il travaille jour et nuit pour préparer les feux d'artifice commandés par Duncan pour ses « illuminations ». Le spectacle, précise-t-il, devrait être « grandiose ».

Elle relut la phrase, les sourcils froncés.

— Qu'est-ce que cela peut bien vouloir signifier?

— Le mariage de Duncan, peut-être? Avec lui, il faut s'attendre à tout. Je suis d'accord avec toi, ma chérie. Des événements importants sont sur le point de se produire à Bodiam, et moi aussi, j'aimerais bien en savoir un peu plus sur ce fameux plan que Blanche a concocté... Et Mortimer? Que nous raconte-t-il, ce pendard?

Lady Catherine saisit la dernière lettre. Avant de commencer à lire, elle s'éclaircit la gorge.

« Bodiam, le 23 octobre 1542

» Milord, Milady,

» Je prends la plume à contrecœur pour vous annoncer une nouvelle qui ne peut qu'attrister — et indigner — un chrétien respectueux des préceptes de Notre Seigneur. Votre fille, Blanche, aveuglée sans doute par le chagrin qu'elle a éprouvé lors de la disparition de mon frère bien-aimé, n'a pas supporté sa solitude et a mis fin à ses jours dans la nuit du... »

— *Quoi*? s'écria Brandon en se redressant brusquement dans son lit, le visage écarlate. Comment ce paltoquet a-t-il pu oser écrire une pareille ignominie? Je...

Lady Catherine se leva et l'obligea à se recoucher.

— Calme-toi, mon ami. Tu sais bien que rien de tout cela n'est vrai. Blanche est en vie et, si j'en juge aux autres lettres, elle est en train de lui préparer un tour à sa façon.

— Je le sais bien, m'amie, mais tout de même... Comment peut-on avoir un pareil toupet? Si je le tenais entre mes mains... Voilà, je suis calme maintenant. Lis-moi la suite de la lettre de ce bandit.

Avant de continuer, lady Catherine s'assit sur le bord du lit et se blottit contre son mari.

« ... dans la nuit du 22 au 23 octobre. J'ai disposé de sa

dépouille terrestre conformément aux prescriptions de notre Sainte Eglise dans de telles circonstances... »

Brandon serra les poings et émit un grognement.

— Je l'étranglerai et je ferai jeter son corps dans une fosse à fumier !

Lady Catherine posa une main apaisante sur son bras.

— « ...Dorénavant, j'administrerai personnellement le château de Bodiam et ses terres — la loi m'y autorise car je suis l'héritier légitime de mon frère. Je vous transmettrais volontiers mes condoléances si l'Eglise ne m'interdisait pas de le faire. Je reste votre très obéissant et très respectueux serviteur, Mortimer Fletcher. »

— Oh ! cet homme a un cœur de vipère ! Il faut être un véritable monstre pour avoir le front d'écrire un pareil tissu de mensonges et d'hypocrisie.

Brandon l'attira contre lui.

— Je préfère ne pas imaginer quelle aurait été notre réaction si nous n'avions pas reçu d'abord la lettre de Blanche...

Elle appuya la tête contre son épaule et il l'embrassa tendrement sur le front.

— C'est la raison pour laquelle je suis content que Duncan soit avec elle.

— Ne devrions-nous pas faire quelque chose, Brandon ? Jamais je n'aurai le cœur de rester ici en sachant que nos enfants sont en train de livrer une bataille aussi périlleuse !

— Alors, ne perdons pas de temps, murmura-t-il. D'abord, tu vas me revigorer en me prodiguant ces caresses tu étais si experte avant cet accident stupide.

Joignant le geste à la parole, il laissa glisser courir ses doigts sur sa gorge généreuse.

— Brandon ! Le médecin t'a ordonné de rester immobile. Tu...

— Ensuite, l'interrompit-il, nous prendrons la route de Londres. Demain matin, à l'aube.

— Tu n'es pas en état de monter à cheval ! protesta-t-elle, l'esprit de plus en plus troublé.

— Ah ! Tu ne peux imaginer tout ce dont je serais capable avec un minimum d'encouragements... Cependant, tu as raison. Il est encore un peu tôt pour monter à cheval, mais je peux très bien voyager en carrosse.

Il fit pleuvoir une pluie de petits baisers sur ses paupières et le bout de son nez.

— Une fois arrivés à Bodiam, nous reprendrons la situation en main et pendrons haut et court cet infâme Mortimer, après lui avoir dûment arraché les entrailles. Mmm ! Donne-moi ta bouche, mon amour.

— Brandon ! Tu es absolument impossible !

— C'est vrai, ma chérie. Comme tous les Cavendish.

12.

— Messire Hayward, j'ai à vous parler en particulier. Si vous voulez bien m'accompagner jusqu'à mon bureau ?

— Tout de suite, messire Fletcher. Je suis à vos ordres.

Duncan finit ses œufs au bacon et s'essuya la bouche avant de se lever. Puis, la mine sombre, il suivit Mortimer en traînant les pieds. Il ne savait que trop de quel sujet il voulait l'entretenir.

La petite pièce qui servait de cabinet de travail au maître de Bodiam se trouvait de l'autre côté de l'escalier d'honneur, juste en face de la grande salle.

Mortimer referma la lourde porte en chêne et invita son hôte à s'asseoir dans un confortable fauteuil recouvert de cuir de Cordoue.

Tandis qu'il prenait place derrière son bureau, Duncan l'observa derrière ses paupières mi-closes. Des yeux rouges et cernés, un teint blême, des joues mal rasées... La mine de quelqu'un qui n'avait pas dormi de la nuit.

— Ah ! Fletcher, vous ne pouvez pas savoir combien je vous envie ! déclara-t-il en affectant un ton nonchalant. Le bon air du Sussex a un effet merveilleux sur ma santé. Par le Christ, depuis que je suis ici, je dors comme un loir et jamais je n'avais eu un aussi bel appétit !

Mortimer le regarda d'un air stupéfait.

— Vous plaisantez, je suppose, sir Hayward ? Vous n'allez pas prétendre n'avoir pas été réveillé par le tintamarre de la nuit dernière ?

Duncan haussa un sourcil étonné.

— Quel tintamarre ? Ah oui... ! Ce cheval qui s'est échappé et que vos hommes ont poursuivi dans la cour. Je me suis levé et j'ai jeté un coup d'œil à la fenêtre, mais, en voyant ce dont il s'agissait, je me suis recouché et je me suis aussitôt rendormi. Ce matin, mon page m'a dit que toute cette agitation l'avait beaucoup amusé — à douze ans, il est vrai, un rien vous divertit.

Mortimer s'essuya le visage avec son mouchoir.

— Et les battements sourds qui ont succédé à cette cavalcade ? N'ont-ils pas troublé votre sommeil ?

Duncan s'esclaffa.

— Je vous en prie, mon ami, ne me rappelez pas ce douloureux souvenir ! C'est vrai, j'ai un peu abusé de votre excellent vin au dîner d'hier soir. A un moment, j'ai eu l'impression que mes tempes allaient éclater. Une juste punition pour mon intempérance.

Le maître de Bodiam secoua la tête. Son visage était devenu presque gris.

— Je voulais parler des roulements de tambour sur les remparts.

Duncan dut faire un effort surhumain pour ne pas sourire.

— Des roulements de tambour ? Non...

— Et hier soir, au dîner, les bougies qui se sont éteintes brusquement ?

— Un simple courant d'air, affirma Duncan avec un haussement d'épaules. Ces vieilles forteresses en sont infestées — on ne peut rien y faire.

Mortimer s'agita nerveusement dans son fauteuil. Visiblement, il était de plus en plus mal à l'aise.

— Vous n'allez pas me dire que vous n'avez pas entendu le hurlement ? Un hurlement diabolique, sorti tout droit des ténèbres de l'enfer.

Duncan se gratta la tête pensivement.

— Je me souviens vaguement de quelque chose, mais le cri que j'ai ouï ne m'a pas semblé aussi infernal. Sur le moment, j'ai pensé à un chien blessé ou malade. Mais il s'agissait peut-être d'un autre animal... J'ai croisé deux ou trois fois un gros chat roux. Il revenait de la chasse, une souris dans la gueule.

Mortimer ne lui répondit pas. Il se leva lourdement et se mit à marcher de long en large, le visage sombre et les mains croisées derrière le dos. Au bout d'un moment, il pivota vers son hôte.

— Pardonnez-moi, messire Hayward. Je... je ne me sens pas très bien depuis quelques jours.

— Je suis désolé de l'apprendre. Vous auriez peut-être besoin de changer d'air, de voir du pays ?

Le maître de Bodiam soupira.

— Vous avez touché juste. Pour parler franchement, j'en ai par-dessus la tête de ce tas de pierres ! Je meurs d'envie de rentrer à Londres et de retrouver enfin des gens civilisés. Je suis un homme de la ville. Les travaux des champs m'ennuient à mourir et je ne trouve aucun plaisir à la chasse et à toutes ces activités dont se délectent les gentilshommes campagnards. Fi ! Courir dans des chemins boueux, crotter ses vêtements et ses bottes... Fort peu pour moi !

Duncan posa ses coudes sur le bureau.

— Pourquoi vous tourmentez-vous de cette façon ? Vous êtes libre de partir, dès demain si bon vous semble.

— Hélas ! j'ai encore quelques affaires à régler avant de pouvoir m'en retourner à Londres.

Duncan subodora quelque raison secrète. Sans cela, assurément, Mortimer serait déjà parti.

— Si cela peut vous arranger, je serai très heureux de m'en charger à votre place — quand je serai devenu votre beau-frère, naturellement. Contrairement à vous, je suis né à la campagne et je me sens revivre dès que je suis loin de la foule et de l'agitation de la ville.

Le maître de Bodiam secoua la tête.

— Je vous laisserais volontiers la gestion de ce domaine, messire, — c'est même le sujet dont je désirais vous entretenir ce matin — mais plus tard, lorsque j'aurai réglé le problème qui m'occupe en ce moment. Un problème dont je ne puis laisser la résolution à personne, même s'il empoisonne mes nuits et accapare tout mon temps lorsque je suis éveillé.

— Bien sûr, bien sûr... D'ici là, toutefois, nous pourrions peut-être nous mettre d'accord sur la dot de votre sœur. D'après ce que j'ai pu comprendre, vous avez réussi à régler le petit... imbroglio juridique dont vous m'avez parlé voilà quelques jours ?

Mortimer grimaça.

— Oui, mais je vous saurais gré de ne plus évoquer ce sujet.

— Comme vous voudrez, acquiesça Duncan d'une voix conciliante.

Son hôte reprit place derrière son bureau et sortit un parchemin de l'un des tiroirs.

— Voici le contrat de fiançailles que j'ai rédigé hier matin, déclara-t-il en le lui tendant. Au troisième paragraphe, j'ai énuméré les terres et les biens mobiliers et immobiliers qui vous reviendront lorsque vous aurez épousé Griselda. En le lisant, vous verrez que je me suis montré très généreux.

Duncan y jeta un rapide coup d'œil. Chaque ligne, ou presque, était ponctuée d'expressions juridiques, chose naturelle pour le fils d'un marchand de laine qui ne connaissait rien au métier de la guerre, mais était fort versé dans les opérations de négoce.

En tout cas, se jura-t-il, une chose était certaine : il ne signerait aucun document, et surtout pas un contrat où figuraient les mots « fiançailles », « mariage » ou « liens matrimoniaux » !

Il affecta un air embarrassé.

— Par le Christ, voilà un joli morceau d'écriture! J'espère que vous me le pardonnerez, mais je dois vous avouer que je manie beaucoup mieux l'épée que la plume. Si vous le permettez, je le lirai à tête reposée. Il est sans nul doute parfait, aussi bien dans la forme que dans le fond, mais je dois l'étudier et peser chaque terme avant de vous donner ma signature. Comme vous êtes un homme d'affaires, je suis sûr que vous comprendrez.

Mortimer prit un air contrarié, mais, finalement, il hocha la tête.

— Bien sûr. Prenez votre temps, messire. Cependant, ne tardez pas trop. Ma sœur commence à s'impatienter. Elle aimerait que les bans soient publiés au plus vite afin que votre mariage puisse avoir lieu avant les fêtes de la nativité.

Duncan plia le parchemin et le glissa à l'intérieur de son pourpoint.

— Elle me l'a dit également.

C'était un euphémisme : la diablesse n'avait pas cessé de le lui seriner à l'oreille !

— Afin d'apaiser son anxiété, nous pourrions officialiser nos fiançailles le soir de Halloween ? suggéra-t-il après une brève hésitation.

— Parfait !

Mortimer lui tendit la main afin de sceller leur accord. Duncan la serra — en ne réprimant qu'avec peine un mouvement de dégoût. Puis il prit congé en prétextant le désir d'inspecter les terres qui allaient bientôt lui appartenir.

Dans le hall, il rencontra Kitt et l'envoya seller leurs chevaux.

— Où allons-nous ? questionna le jeune garçon en haussant un sourcil inquisiteur.

— A Hawkhurst, répondit Duncan.

Il réprima un soupir. S'il n'y avait pas Blanche, ce ne serait pas à Hawkhurst qu'ils iraient, mais à l'autre bout du monde et au triple galop !

Du point de vue de Kitt, la visite à Montjoy s'avéra un succès complet. La fraîche et délicieuse Dolly lui accorda même un petit baiser sur la joue quand il lui rapporta le seau d'eau qu'elle lui avait demandé d'aller tirer au puits.

Pour Duncan, le résultat fut beaucoup plus mitigé. Le paquet qu'il attendait n'était pas arrivé et il n'y avait aucune nouvelle de sir Andrew Fotheringeay. C'était ennuyeux, car il lui faudrait un certain temps pour maîtriser les finesses de la pyrotechnie avant de pouvoir déchaîner le feu céleste au-dessus des visages médusés des invités de son « beau-frère ».

— Il me faudrait des navets, annonça-t-il tout à trac. Une cinquantaine de livres, environ.

— Des navets ? La famine se serait-elle installée dans le château de Bodiam ?

Un sourire éclaira le visage de Duncan.

— Non, c'est pour Kitt.

Le vieux régisseur hocha la tête doctement.

— Je vois... A cet âge, les garçons sont insatiables.

Le sourire de Duncan s'élargit.

— A mon avis, il en sera vite dégoûté. Mais, après tout, il faut bien qu'il fasse sa part du travail, lui aussi.

Après avoir dû supporter les interminables recommandations de Montjoy, il réussit, non sans peine, à arracher Kitt aux charmes envoûtants de la douce Dolly.

Quand il remit le pied à l'étrier, il se dit qu'une conversation d'homme à homme avec son page ne serait peut-être pas inutile. Une bêtise était vite arrivée : Kitt était un Cavendish et il connaissait l'impulsivité de cette famille.

Ils rentrèrent à Bodiam juste à temps pour le déjeuner de midi. Kitt voguait toujours sur son petit nuage rose et, pendant toute la durée du repas, il se montra encore plus maladroit que d'habitude — au grand dam des autres domestiques.

Enivrée par la nouvelle que ses fiançailles allaient être bientôt annoncées, Griselda parlait sans cesse — quand elle ne riait pas nerveusement. Après le dessert, elle insista pour que Duncan l'aide à mettre au point les festivités pour Halloween. Il aurait préféré aller faire une longue sieste, mais il accepta car il ne pouvait pas laisser passer une aussi belle opportunité d'orchestrer lui-même chaque phase de l'« événement ».

Il se laissa donc entraîner dans la salle de musique — une pièce fort rarement utilisée — et parcourut en bâillant la feuille sur laquelle Griselda avait énuméré les différents plats du menu qu'elle comptait commander au cuisinier.

— Qu'en pensez-vous, mon beau chevalier ? s'enquit-elle d'une voix pleine d'appréhension. Vous croyez que cela sera suffisant ?

Duncan lut à haute voix :

— « Petits pâtés en croûte, jambon de pays, œufs en gelée, rôtis de venaison, potages et bouillons variés, haricots et petits légumes mijotés dans la graisse, salades composées, fromages de Cheshire, tartes et chaussons aux pommes, pudding aux raisins de Corinthe...

Il sourit et hocha la tête approbativement.

— Cela me paraît fort convenable, mon trésor adoré. Et la boisson ? Nos convives auront soif. Il faudra les abreuver si nous voulons qu'ils soient joyeux et qu'ils fassent du tapage pour chasser les mauvais esprits.

Un éclat de rire dissonant s'échappa des lèvres de Griselda.

— Du bordeaux pour la table d'honneur et, pour les manants, du cidre et de la bière à volonté.

— Parfait, parfait ! acquiesça Duncan.

Il ferait rajouter de l'alcool de grain dans le cidre. Quand les esprits des convives seraient suffisamment échauffés, il suffirait d'un cri de singe pour provoquer la panique générale — exactement ce qu'il cherchait.

Griselda alla jusqu'au bureau et prit une deuxième liste.

— Voici quelques-uns des divertissements auxquels j'ai pensé, dit-elle en minaudant. J'aimerais avoir un ours dressé. Pensez-vous que nous aurons le temps d'en faire venir un ?

Duncan frissonna intérieurement. La présence d'un animal aussi imprévisible risquait de provoquer d'innombrables complications — surtout quand les gens commenceraient à s'affoler. Il ne voulait surtout pas risquer un accident. Et puis, il y avait Dexter. Le gros chat roux serait terrifié et il ne pourrait pas jouer le rôle qu'il lui avait assigné dans son spectacle.

— Non, ma délicieuse poupée en sucre, murmura-t-il en déposant un baiser sur le bout de ses doigts. Je suis confus de devoir vous l'avouer, mais, depuis ma plus tendre enfance, j'ai une peur maladive des ours. Ne croyez-vous pas qu'un jongleur ferait aussi bien l'affaire ?

Griselda fit la moue.

— Je préférerais un ours... J'en ai vu un, un jour, à Londres et mon cœur a tout de suite été conquis !

Il soupira.

— Et moi qui m'imaginais que votre cœur ne battait que pour moi !

— Oh ! grand fou !

Elle s'accrocha à lui en riant de plus belle.

Ecœuré, il se dégagea de son étreinte et saisit un dessin posé sur la table.

— Est-ce vous qui l'avez peint ? s'enquit-il en l'examinant à la lumière du jour.

Griselda rougit jusqu'à la racine des cheveux.

— Il s'agit juste d'un projet, expliqua-t-elle d'une voix à la fois timide et exaltée. Une ébauche de masque. Qu'en pensez-vous ? Je connais un fabricant très habile à Londres, et si je lui envoie cette esquisse, je suis sûre qu'il pourra réaliser ce masque à temps pour Halloween.

Duncan hocha la tête approbativement. Le dessin était gauche et maladroit, mais il vit tout de suite le parti qu'il pouvait en tirer. L'anonymat des convives serait un gage supplémentaire pour la réussite de son entreprise.

— Bravo ! Permettez-moi d'applaudir, ma blanche colombe. Vous possédez un talent artistique remarquable. Par le Christ, je ne crois pas avoir jamais rien vu de semblable — même pas à la Cour de notre bon roi Henri !

Elle battit des mains.

— Vraiment ?

— Je vous le jure sur ma tête. Pourriez-vous en dessiner d'autres dans le même style ? Votre réception aurait un charme fou si tous les invités étaient masqués de cette façon — comme à Venise pendant le carnaval. Et puis, ce sera tellement amusant de deviner qui se cache derrière chaque masque !

Elle hocha la tête, sans cependant paraître aussi réjouie qu'il l'avait espéré.

— Oui-da, murmura-t-elle en soupirant, mais il y a un problème.

— Pécuniaire ? s'enquit-il en grimaçant involontairement.

Sa propre bourse était presque vide et il serait bien embarrassé si elle s'avisait de lui demander le moindre subside.

Elle balaya l'objection d'un geste de la main.

— Non. Il s'agit des invités...

Elle lui montra une feuille de parchemin sur laquelle elle avait inscrit deux ou trois noms.

— Je ne sais vraiment pas qui je dois mettre sur ma liste. Nous sommes arrivés dans la région seulement au printemps et mon... mon frère...

Sa voix se brisa et elle se mordit la lèvre.

Duncan mit de nouveau son bras autour de ses épaules anguleuses.

— Vous pouvez tout me dire, Griselda. Ne suis-je pas votre futur époux ?

— Vous avez raison... Quand nous sommes venus soigner et soutenir ce pauvre Cuthbert, il n'était pas question de recevoir les gens du voisinage — notre pauvre frère était trop malade et il n'aurait pas supporté leur présence.

Ses yeux se remplirent de larmes et un sanglot s'étrangla dans sa gorge.

Visiblement, elle avait éprouvé une affection sincère pour ce benêt falot et sans personnalité. Duncan la serra brièvement contre lui — afin de la réconforter et l'encourager à continuer.

Elle se tamponna les yeux avec son mouchoir.

— Ensuite, après la mort de Cuthbert, nous étions en deuil et les convenances ne permettaient aucune réception. Puis Blanche — elle jeta un coup d'œil par-dessus son épaule et esquissa un signe de croix afin de chasser les mauvais esprits — Blanche, disais-je, est devenue agressive et imprévisible. A cause de son chagrin, sans doute. Très vite, Mortimer a été obligé de l'enfermer dans sa chambre, afin de l'empêcher de commettre un acte irréparable.

« Nous y voici », songea Duncan.

Il commençait à découvrir toute la duplicité de Mortimer. Non content d'enfermer Blanche, il avait fait croire qu'elle était devenue folle ! Lorsqu'il l'étranglerait, il n'éprouverait aucun remords et il irait même brûler un cierge pour que son âme aille rôtir dans les feux de l'enfer.

— Peu de temps après, poursuivit-elle, il a été obligé de congédier les domestiques, car il craignait qu'elle n'use de son autorité auprès d'eux pour s'échapper et provoquer un drame. A leur place, il a engagé des hommes d'armes — des hommes endurcis qui ne se laisseraient pas influencer par ses mines et sa fausse douceur.

Elle baissa la voix.

— A vrai dire, je ne les aime guère et, parfois, ils me font peur.

— Après notre mariage, je les renverrai, lui promit-il. Leur présence n'est plus nécessaire, désormais.

— Merci. Depuis lors, Mortimer a interdit qu'on ouvre la porte à quiconque. La vie était affreusement ennuyeuse dans les grandes pièces sombres et vides de ce château — jusqu'à votre arrivée, comme le preux chevalier dans les chansons de geste des troubadours.

Duncan éprouva un peu de compassion à son égard, mais pas assez, cependant, pour renoncer à son plan. L'avenir de Griselda ne le concernait pas. De toute façon, elle serait beaucoup plus heureuse à Londres.

— Il est inutile de vous tourmenter, mon oiseau des îles. J'ai une idée qui remplira votre salon et qui vous gagnera l'estime de tous les gens du voisinage.

— J'ai hâte de la connaître, mon bel Adonis, murmura-t-elle en battant des paupières.

— Laissez-moi prendre les choses en main, déclara-t-il en ignorant délibérément ses tentatives de séduction. Je vais me rendre à cheval dans les villages avoisinants et je lierai connaissance avec vos voisins. Après tout, ils seront bientôt les miens également. Nous bavarderons et je les inviterai à venir danser et célébrer la fin des moissons avec nous.

— Oh ! Seigneur Dieu !

Qu'y avait-il encore ? Pour que son plan réussisse, il fallait qu'il introduise dans le château tous les anciens serviteurs de Blanche.

— Ce plan ne vous siérait-il pas, m'amie ?

Griselda se laissa tomber sur un banc, la bouche ouverte et les yeux écarquillés.

— Il ne s'agit pas des invités. Vous avez parlé de danser et je... je suis incapable de faire trois pas en mesure !

Elle éclata en sanglots et enfouit son visage dans ses mains.

Duncan poussa un soupir de soulagement.

— Ce n'est que cela, ma douce hirondelle ? Alors, vous pouvez sécher vos yeux. Je suis un excellent maître à danser et vous avez toute une semaine pour vous entraîner. Pour Halloween, vos pieds seront si légers que vous aurez l'impression de voler.

Elle le regarda fixement à travers un épais voile de larmes.

— C'est vrai ? murmura-t-elle, les lèvres tremblantes.

— Oui, bien sûr !

Pour une fois, ce n'était pas un mensonge. Il était encore page, lorsqu'il avait fait ses premiers pas sur la piste — sous la houlette de la comtesse de Thornbury, la mère de lord Cavendish, une dame fort autoritaire qui estimait qu'un chevalier devait pouvoir tenir sa place dans un salon aussi bien que sur un champ de bataille.

— Pouvons-nous commencer aujourd'hui ? Tout de suite ?

Elle se leva et se raccrocha à son bras comme à une bouée de sauvetage. Duncan s'appliqua à cacher sa contrariété : il pouvait dire adieu à son dernier espoir de sieste !

— A une condition, mon cœur. Vous allez d'abord dessiner deux ou trois autres modèles de masques, afin de pouvoir les envoyer au plus vite à ce fabricant dont vous m'avez vanté l'habileté. Ensuite, je vous donnerai votre première leçon.

Griselda se précipita sur son matériel à dessin.

— Il y en a pour un instant. J'ai une foule d'idées qui, j'en suis sûre, vous raviront, mon beau chevalier. Et, si vous le désirez, après cette leçon, vous pourrez peut-être m'en donner une autre, d'un genre différent — dans l'intimité de votre lit ?

« Dieu me protège ! » songea-t-il avec effroi.

Heureusement pour lui, Griselda se révéla une danseuse peu douée, mais d'une assiduité remarquable. Heure après heure, il lui enseigna les rudiments d'une simple gaillarde, puis d'une branle et, enfin, d'une pavane. Pour l'accompagnement, il avait demandé à Kitt d'aller quérir un flageolet dans la galerie des ménestrels. Naturellement, le maraud s'était attardé en chemin et, jusqu'à son retour, Duncan avait été obligé de fredonner les deux ou trois mélodies qui constituaient toute la richesse de son répertoire.

Celui de Kitt le surprit par son étendue. Il n'avait peut-être pas fait grand-chose au cours des onze premières années de sa vie, mais il avait au moins appris la musique.

Les dernières lueurs du jour mirent fin à leurs évolutions et, comme l'heure du dîner approchait, Griselda se retira dans ses appartements pour se rafraîchir et se changer — grâce à Dieu, ses envies d'interlude amoureux s'étaient dissipées au fil de l'après-midi.

Duncan ne sentait plus ses jambes. Il gravit péniblement l'escalier d'honneur et, une fois dans sa chambre, se jeta en travers de son lit en gémissant.

— Réveille-moi dans une demi-heure, Kitt. Par le Christ, je suis exténué !

— J'ai rencontré Jobe quand je suis allé chercher le flageolet dans la galerie des ménestrels, déclara le jeune page tout en se lavant la figure dans la cuvette. Il veut vous parler.

— Maintenant ?

Seigneur Dieu, qu'avait-il donc fait au ciel pour mériter une journée pareille ? S'il ne parvenait pas à dormir pendant au moins quelques minutes, il serait incapable de tenir sa place dans le spectacle de fantômes qu'il avait prévu pour la soirée.

— Que veut-il donc, ce mécréant ?

Kitt s'essuya le visage.

— Je ne sais pas. Demandez-le-lui vous-même. Maintenant, je dois aller aux cuisines et supporter de nouveau les injures du cuisinier et de ses aides. Si je le pouvais, je les noierais dans leurs marmites !

Sur ces mots vengeurs, il sortit en claquant la porte derrière lui.

Un éclat de rire jaillit de nulle part et résonna contre les murs de la chambre. Pris au dépourvu, Duncan ouvrit les yeux — juste à temps pour voir une tête noire et hilare apparaître au-dessus du paravent des latrines.

— Pardonne-moi si je ne me lève pas pour te recevoir, marmonna-t-il. Tu as devant toi une épave, une loque humaine !

L'Africain contourna le paravent et s'assit à côté de lui.

— Décidément, rien ne vaut la douceur d'un lit de plume ! commenta-t-il en tâtant le matelas sur lequel il venait de s'asseoir.

Duncan le regarda du coin de l'œil.

— Aurais-tu à te plaindre du confort des appartements royaux dont tu disposes dans la tour du Maure ? Si tu le désires, je veux bien te céder ma place — charge à toi de faire la cour à la belle Griselda.

Jobe laissa échapper un nouvel éclat de rire.

— Je préfère encore garder ma paillasse !

— Alors que me vaut le plaisir de ta visite ?

— Une découverte qui m'a semblé fort intéressante, répondit l'Africain. Deux hommes sont occupés à creuser le sol dans la cave à côté de la crypte de la chapelle.

Duncan se gratta la tête pensivement.

— Pour quoi faire ?

— Excellente question. Je les ai écoutés pendant plusieurs heures, caché derrière un pilier de la crypte. Ils ne ménagent pas leurs jurons à l'égard de messire Fletcher, même si, apparemment, il les paie royalement pour la peine qu'ils se donnent.

— Que diable cherchent-ils ?

Jobe haussa les épaules.

— Ils n'en savent rien, sauf que cela se trouve dans un coffret. Au bout d'un moment, je me suis lassé de leur conversation et je leur ai poussé une petite sérénade — à la manière des singes qui courent dans les baobabs de mon pays. Hélas ! ils n'étaient pas d'humeur amoureuse. Ils se sont enfuis comme des enfants poursuivis par un serpent mamba.

Duncan se retourna sur le dos et contempla fixement le toit du lit.

Il connaissait la cave, mais ne comprenait pas pourquoi Mortimer y faisait effectuer des fouilles aussi systématiques. Autrefois, elle avait contenu une partie du butin que le bâtisseur de Bodiam avait rapporté de ses campagnes en France. Au temps de lady Catherine, la pièce voûtée était restée presque toujours vide, sauf les années où la récolte de grain était particulièrement abondante.

— Très intéressant, en effet, acquiesça-t-il.

Quand il la verrait dans la soirée, il demanderait à Blanche ce qu'elle en pensait.

— A propos, comment se porte notre chère lady Cavendish ?

Un large sourire barra le visage de l'Africain.

— Ah ! c'est une lionne déguisée en femme !

— Qu'a-t-elle encore fait, cette fois-ci ? s'enquit Duncan avec une pointe d'inquiétude dans la voix.

— Elle a pris un bain.

Duncan se redressa brusquement.

— Par tous les feux de l'enfer, cela lui ressemble bien ! Où ? Quand ?

— Dans la chambre de lady Griselda. Quand elle en a eu assez de vous regarder virevolter gracieusement avec votre « fiancée »... — jamais je n'aurais imaginé qu'une aussi douce créature puisse connaître autant de jurons — en anglais, en français et même quelques-uns dans une langue que je n'ai pas pu déterminer, mais qui ressemblait un peu à l'espagnol.

Duncan ouvrit des yeux ronds.

Blanche avait toujours aimé braver les dangers, mais là, elle allait vraiment trop loin !

— Est-ce toi qui es allé lui chercher de l'eau ?

L'Africain secoua la tête.

— Non, elle a donné ses ordres à travers la porte à un domestique qui passait dans le couloir. Par ma foi, elle possède un véritable don pour imiter la voix stridente de Mlle Griselda ! Ensuite, elle s'est cachée derrière le paravent des latrines. Lorsque la baignoire a été pleine d'eau chaude, elle a congédié les domestiques et mis le verrou à la porte — toujours en imitant Mlle Griselda.

— Et toi, où étais-tu exactement pendant que cette péronnelle prenait son bain ?

Jobe soupira.

— Derrière le paravent. Elle m'avait fait jurer sur l'honneur de ne pas bouger tant qu'elle ne m'appellerait pas. Et, par le Christ, je n'ai pas trahi mon serment — même si, plusieurs fois, j'ai eu bien envie de jeter un coup d'œil.

Duncan ferma les yeux et essaya d'imaginer la scène.

— Je suis content que tu aies été là...

« ... plutôt que moi, acheva-t-il en son for intérieur. Comme je n'ai aucun honneur, je n'aurais pas hésité à regarder — et pas seulement pour jeter un *coup d'œil*. »

— L'amour est un passe-temps des plus agréables, fit observer Jobe, comme s'il avait lu dans ses pensées.

— Il est inutile que tu entretiennes des illusions à mon égard, répliqua Duncan. Je ne suis amoureux de personne et sûrement pas de cette petite peste ! Si je me suis plié à cette comédie, c'est seulement parce que je tiens à la récompense que m'a promise lord Cavendish.

Pour toute réponse, l'Africain partit d'un rire sonore.

13.

La pluie commença à tomber avec les dernières lueurs du crépuscule. Une pluie qui, avant la fin du dîner, se transforma en un véritable déluge, noyant ainsi toute velléité d'apparition fantasmagorique — au grand dam de Jobe et de Kitt.

Une fois son service terminé, ce dernier monta se coucher et s'endormit du sommeil de la jeunesse — agrémenté par des rêves charmants où la douce et fraîche Dolly se changeait, tour à tour, en nymphe et en sirène pour mieux l'attirer dans ses bras tendres.

De son côté, Jobe se consola en harcelant les gardes avec sa sarbacane — jamais il n'y avait eu autant de moustiques à Bodiam, pas même au moment des plus fortes chaleur de l'été !

Quant à Duncan, il accueillit avec soulagement ce répit accordé par le mauvais temps. Il allait enfin pouvoir reposer ses jambes et dormir une nuit complète, ce qui ne lui était pas arrivé depuis bien longtemps. Vivre une double vie était épuisant — même pour un homme jeune et en pleine santé.

Cependant, avant de se retirer dans sa chambre, il décida de rendre une brève visite à Blanche, à seule fin de s'assurer que cette petite peste était en sécurité dans sa cachette.

A seule fin ?

Ses bonnes intentions s'envolèrent dès le moment où ses yeux se posèrent sur la jeune femme.

Des repas copieux associés à un sommeil réparateur avaient suffi à faire s'épanouir sa beauté naturelle — telle une rose en bouton qui s'ouvre aux premiers rayons d'un soleil printanier.

Ses longs cheveux blonds retombaient gracieusement sur ses épaules et chatoyaient dans la lumière orangée du feu. Quand elle s'avança vers lui pour l'accueillir, une légère roseur farda le blanc immaculé de ses joues et de son front. Elle souriait et une lueur malicieuse pétillait dans le saphir de ses prunelles.

Les yeux de Duncan glissèrent le long de son cou et de ses épaules et s'attardèrent sur le renflement par trop évocateur de sa poitrine. Aussitôt, il sentit une vague de chaleur monter dans ses reins.

Elle haussa un sourcil amusé.

— Allez-vous rester longtemps encore la bouche ouverte et les yeux ronds ? Si je m'écoutais, je vous demanderais un demi-penny pour le privilège de me regarder !

Duncan avala avec peine la boule qui s'était formée au fond de sa gorge.

Il aurait voulu la prendre dans ses bras, l'enivrer de baisers et se noyer avec elle dans un océan d'amour et de volupté. Mais, comme il savait que c'était impossible, il préféra détourner le fil de ses pensées.

— Saviez-vous que deux hommes effectuaient des fouilles dans la cave à côté de la crypte ?

— Non...

— Jobe les a surveillés pendant plusieurs heures et, en les écoutant parler, il a appris qu'ils travaillaient pour le compte de votre beau-frère et qu'ils cherchaient un coffret. Auriez-vous une idée de ce qu'il pourrait contenir ?

Le visage de la jeune femme s'assombrit.

— Oui, murmura-t-elle avec une moue méprisante. La parure des Thornbury. Voilà donc quelle était la véritable motivation de cette crapule... J'aurais dû m'en douter.

Duncan retint son souffle.

— Voulez-vous parler de la fabuleuse rivière de saphirs et de rubis de votre grand-mère ?

Il avait vu la comtesse de Thornbury la porter une fois ou deux, lors d'occasions particulièrement solennelles — notamment pour le mariage du roi avec Ann Boleyn.

— Oui, celle-là même.

Il émit un sifflement admiratif. Les pierres, à elles seules, auraient suffi à payer la rançon d'un prince !

— Elle est ici, à Bodiam ? questionna-t-il d'une voix rauque.

Blanche hocha de nouveau la tête, puis elle leva son visage vers lui et soutint son regard avec une détermination farouche.

— Elle m'appartient, désormais ! Ma grand-mère me l'a donnée en cadeau de mariage.

Duncan ouvrit la bouche avec l'intention de dire une phrase de circonstance, mais aucun son ne sortit de ses lèvres.

Blanche se raidit et ses yeux étincelèrent.

— Vous semblez surpris par la générosité de grand-mère... Comme si vous vous demandiez pourquoi elle a fait un présent aussi magnifique à une bâtarde, alors qu'elle avait deux belles-filles issues des plus grandes familles du royaume ?

— Allons, Chouchou.. Cette pensée n'a même pas effleuré mon esprit, je vous l'assure.

Un pieux mensonge. Il lui décocha son sourire le plus charmeur, mais Blanche le connaissait trop bien pour se laisser prendre aussi facilement.

Elle serra les poings.

— N'essayez pas de jouer au plus fin avec moi, messire Hayward. Je sais lire sur votre visage aussi bien que dans un livre. Vous n'avez jamais réussi à me tromper — même pas quand j'avais huit ans et que vous me racontiez des histoires à dormir debout.

Ne sachant trop comment se défendre, il recourut au stratagème qu'il avait si souvent employé autrefois : il croisa les bras sur son torse et affecta une mine ironique et vaguement méprisante.

— Très bien, mademoiselle Cavendish. Puisque vous savez si bien lire dans mes pensées, répondez à la question que je ne vous ai pas posée. Pour quelle raison notre bonne comtesse de Thornbury vous a-t-elle fait un présent aussi magnifique, à vous la *bâtarde* de la famille ?

Elle battit des cils plusieurs fois. Duncan regretta la peine par trop évidente qu'il lui avait infligée, mais il était trop tard pour revenir en arrière.

Il se mordit la lèvre.

— Je... mes paroles ont dépassé ma...

— Vous n'avez pas besoin de vous excuser, l'interrompit-elle sèchement. Notre *bonne comtesse* m'a donné cette parure parce qu'elle est elle aussi une bâtarde.

Duncan eut l'impression de recevoir un coup de poing au creux de l'estomac.

— Ce... ce n'est pas possible..., bredouilla-t-il en se laissant tomber sur une chaise à côté du feu. La... lady Thornbury ? Une bâtarde ?

Blanche le considéra d'un air narquois.

— Vous croyez que je mens ? Vous n'imaginez tout de même pas que je vais salir la réputation de ma chère grand-mère pour le seul plaisir de vous voir ouvrir la bouche et écarquiller les yeux comme un saumon échoué sur un banc de sable ?

Duncan lui prit la main et, malgré sa résistance, il la porta à ses lèvres pour y déposer un baiser.

— Pardonnez-moi, Chouchou, murmura-t-il en l'attirant doucement vers lui. Je n'ai pas voulu vous blesser. J'ai seulement été surpris. Jamais je n'aurais imaginé... vous comprenez...

Il ne finit pas sa phrase et prit un air embarrassé.

Pendant plusieurs secondes, elle resta silencieuse, les yeux fixés sur les flammes qui dansaient sur les bûches dans la cheminée. Puis elle se détendit et se laissa aller contre son épaule.

— J'ai été aussi surprise que vous quand ma grand-mère m'a appris son secret, avoua-t-elle à voix basse. Cela s'est passé le soir de mon mariage. Toute la famille s'était réunie ici, à Bodiam, pour la cérémonie. Après le déjeuner, elle m'a emmenée dans la bibliothèque et, sur le moment, j'ai cru qu'elle voulait me révéler les mystères de la chambre à coucher — des mystères que j'avais déjà percés depuis bien longtemps... en vous observant !

Duncan soupira, mais il eut assez de bon sens pour ne pas lui demander de détails. Il n'avait aucune envie qu'elle lui rappelle les frasques de sa folle jeunesse.

— Au lieu de cela, poursuivit-elle, elle m'a donné un petit sac en velours bleu. Quand je l'ai ouvert, j'ai eu de la peine à en croire mes yeux. Et mon émerveillement s'est transformé en stupéfaction quand elle m'a annoncé que cette magnifique parure était à moi. Ces pierres qui étincelaient, toute cette beauté ! Je... j'en ai pleuré de bonheur et d'émotion.

Duncan la serra impulsivement contre lui.

— J'ai quand même tenté de la lui rendre, poursuivit-elle. Je ne pouvais pas accepter un pareil présent à cause de... de ma naissance. Elle a secoué la tête en souriant, puis a confessé être elle aussi une bâtarde. Au début, je n'ai pas voulu la croire. J'ai pensé qu'elle disait cela pour me faire oublier ma propre condition. Alors, pour me convaincre, elle m'a raconté son histoire...

— Oui ?

Une lueur pleine de nostalgie brilla dans les yeux de la jeune femme.

— Une histoire à la fois tragique et merveilleuse. Son père était un grand propriétaire terrien, et sa mère la femme d'un riche bourgeois israélite — un joaillier de la City de Londres. Conçue hors des liens du mariage, elle était née en cachette et avait été confiée à un couvent. Puis, un jour, alors qu'elle avait déjà presque douze ans, un monsieur était venu la chercher. C'était son père. Il venait de recevoir une lettre de sa mère qui lui annonçait son existence. La lettre d'une mourante qui se repentait de ses péchés et ne parvenait pas à se consoler d'avoir dû abandonner sa fille. Son mari, le joaillier, venait de disparaître après une longue maladie et elle avait converti tous ses biens en pierres précieuses — la parure de la comtesse de Thornbury. Elle la lui léguait en guise de dot, pour racheter ses fautes à son égard.

Duncan essaya — en vain — d'imaginer comment le vieux comte de Thornbury avait pu réagir lorsque lady Alicia lui avait raconté cette incroyable histoire.

— Grand-mère, reprit Blanche, m'a dit que lorsque mon père m'avait ramenée à la maison, elle avait su tout de suite à qui elle transmettrait cette parure. Pour elle, nous étions comme deux doigts d'une même main et devions nous soutenir, quoi qu'il arrive.

Elle leva la tête et plongea son regard dans les yeux de Duncan, comme pour sonder le tréfonds de son âme.

— Pouvez-vous deviner ce que j'ai ressenti quand j'ai compris que son histoire était vraie et qu'elle avait dû subir toutes les avanies que moi-même j'avais subies à la Cour ? Bâtarde, bourgeoise et fille d'une Juive...

Il hocha la tête. La valeur de ces joyaux n'était rien en comparaison de ce qu'ils représentaient — l'amour d'une mère, le lien indéfectible du sang.

— Portiez-vous cette parure lors de votre mariage avec Cuthbert ? s'enquit-il.

— Oui. Et quand il l'a vue, il s'est figé. Pendant toute la cérémonie, il n'a pas cessé de la regarder. Je n'existais plus. Et, quand j'y pense, son frère a réagi de même.

Duncan glissa son bras autour de sa taille. Elle était tellement fragile, tellement exquise !

— Vous parlez de Mortimer, je suppose ?

— Et de Griselda, également. Tous les Fletcher avaient les yeux rivés sur mon corsage — et ce n'étaient certes pas mes charmes qui les intéressaient ! ajouta-t-elle en grimaçant.

— Des marchands de laine ! commenta-t-il avec mépris. A la place de votre fiancé, je n'aurais même pas accordé un seul regard à ces cailloux ! Vous possédez des trésors tellement plus charmants... Des trésors que j'aurais brûlé de découvrir dans l'intimité de notre chambre à coucher.

Elle hocha la tête.

— J'ai pensé exactement la même chose. Aussi, avant de me retirer dans mes appartements, j'ai effectué un petit détour...

Un sourire plein de finesse erra sur ses lèvres.

— La parure des Thornbury a rejoint son écrin secret et, depuis lors, elle n'en est jamais sortie. Cuthbert a essayé, par tous les moyens, de me faire avouer l'endroit où je l'avais cachée — en vain. Cela m'amusait beaucoup de le taquiner à ce sujet. J'aurais sans doute fini par le lui dire — mais sa mort m'en a empêchée.

Duncan s'abstint, par prudence, de lui demander où se trouvait cette fameuse cachette. Plus tard, peut-être...

— Maintenant, je comprends mieux pourquoi votre beau-frère s'obstine à rester ici, alors que, de son propre aveu, il a horreur de la campagne.

— Bravo, Duncan ! Vous avez touché juste. Cette

vipère lubrique se moque éperdument de cette merveilleuse demeure. Il ne rêve qu'à une seule chose : ma parure. Oh ! pas pour sa beauté, bien sûr ! Afin de la vendre et de pouvoir vivre dans le luxe et dans le stupre jusqu'à la fin de sa vie. Je connais ses pareils — ils ne pensent qu'à eux-mêmes et à la satisfaction de leurs désirs immédiats. Parfois, j'aurais presque envie que ce Chevalier Noir existe vraiment. Il protègerait Bodiam contre ses desseins criminels et il le chasserait hors de ses remparts où il n'a jamais eu — et où il n'aura jamais — sa place. Malheureusement, je suis seule, bien seule..., ajouta-t-elle avec une pointe d'amertume.

— Vous oubliez que nous sommes là pour vous aider, maintenant.

De l'index, il effleura ses lèvres frémissantes. Sa bouche était tellement ravissante... si près de la sienne. Un petit baiser serait parfait pour sceller leur réconciliation.

— Ah ! Chouchou, vous êtes la créature la plus extraordinaire que j'aie jamais rencontrée ! Non seulement vous avez la beauté de votre mère, mais, en plus, vous possédez l'esprit de votre père.

Il se pencha vers elle pour l'embrasser, mais, au lieu de fondre dans ses bras, elle se dégagea rageusement.

— Ma mère ? Comment pouvez-vous me comparer à elle ? Vous ne l'avez jamais rencontrée !

Il laissa échapper un soupir de regret. Une aussi belle occasion se représenterait-elle jamais ?

— Si ! répliqua-t-il d'une voix maussade. Plusieurs fois. Elle était très belle et elle, au moins, savait être gentille, contrairement à certaine harpie de ma connaissance.

Blanche battit des cils et son visage exprima un mélange d'incrédulité et de confusion.

— Ce n'est pas possible ! Vous deviez être encore au berceau !

Duncan ferma les yeux et appuya sa tête sur le dossier de sa chaise.

— C'était en juin de l'année 1520. J'avais huit ans et cela faisait moins de six mois que mes parents m'avaient amené à Bodiam. Lord Cavendish et son frère, Guy, venaient d'être adoubés chevaliers et le vieux comte m'avait confié à votre père. J'étais son premier page et votre père m'avait dit que nous apprendrions ensemble nos devoirs mutuels.

Blanche resta coite. Se laissant glisser à terre, elle s'agenouilla devant le feu et remua machinalement les braises avec les pincettes.

Duncan bâilla. L'envie de dormir contre laquelle il avait lutté pendant toute la journée était de retour. Il jeta un coup d'œil au lit de la jeune femme — sans la moindre arrière-pensée. Il aspirait seulement à s'allonger.

Il devait résister, ne pas...

Au fait, pourquoi résisterait-il ?

Blanche était perdue dans ses pensées et ne semblait même plus s'intéresser à lui... Il se leva subrepticement et s'étendit avec délice sur la courtepointe. Juste quelques minutes, se dit-il intérieurement. Le temps de rassembler ses forces avant de retourner dans sa chambre.

Ses paupières se fermèrent.

— Duncan ?

La voix de Blanche s'insinua dans sa demi-inconscience.

— Hmm ?

Le matelas remua lorsqu'elle s'assit à côté de lui.

— Parlez-moi de ma mère. Je vous en prie.

Il se frotta les yeux et chercha une réponse évasive.

— Ma foi... Qu'est-ce que votre père vous a raconté, au juste ?

— Pas grand-chose. Quand j'étais petite, je croyais que son silence était le signe d'un grand chagrin. Maman était morte et il ne parvenait pas à oublier le bonheur qu'il avait vécu auprès d'elle. Naturellement, j'étais persuadée qu'ils étaient mariés devant Dieu et devant l'Eglise.

— Quand avez-vous appris la vérité ?

— Il y a deux ans, quand le roi a convoqué toute la noblesse à la Cour pour son mariage avec Catherine Howard.

Duncan fronça les sourcils.

— Vous aviez donc dix-neuf ans, si je ne m'abuse ? Pourquoi diable Brandon avait-il attendu si longtemps ?

Elle hocha la tête.

— C'est ma grand-mère qui m'a dessillée. Juste avant notre départ de Wolfstone. Elle m'a dit qu'il valait mieux que je la connaisse, car, une fois à Londres, je rencontrerai nécessairement des gens qui seraient au courant du secret de ma naissance.

Des images encore terriblement vivaces jaillirent dans la mémoire de Duncan. Au temps béni où le roi Henri donnait fête sur fête dans son château de Hampton Court, Brandon Cavendish vivait à Londres — l'ami fidèle et le confident d'un souverain qui n'avait pas encore acquis sa sinistre réputation. Il était beau, jeune et spirituel. La coqueluche de la Cour. Et, comme il était son page, Duncan avait profité largement de sa gloire.

Jamais il n'oublierait le jour où le fruit des amours de jeunesse de son idole — une fillette aux yeux bleus, toute blonde et bouclée — était arrivée impromptu au milieu d'un grand bal costumé.

Elle y avait été amenée par deux religieuses françaises qui s'étaient présentées au château en demandant à être reçues par un gentilhomme ayant participé aux campagnes de France, sir Brandon Cavendish.

Toute la Cour avait explosé de joie, lorsque les deux saintes femmes avaient mis la petite fille dans les bras de son « papa ». Blanche Marie Elisabeth Cavendish.

Bien qu'il n'eût que dix ans, Duncan avait ri aux larmes — comme tous ses compagnons qui, pour la plupart, n'étaient pas plus âgés que lui.

Blanche le rappela à l'ordre.

— Racontez-moi tout, Duncan ! Je ne connais même pas son nom.

— Elle s'appelait Elisabeth, répondit-il en choisissant soigneusement chacun de ses mots. Elle était française.

— Je le savais déjà. Ma grand-mère m'a dit que j'avais été conçue pendant les festivités organisées par le roi de France lors de son entrevue avec notre roi au camp du Drap d'or.

— Oui, acquiesça Duncan en fermant de nouveau les yeux. Je m'en souviens comme si c'était hier. Jamais je n'avais assisté à un spectacle aussi grandiose ! Chaque jour, il y avait des joutes et des tournois. Toute la noblesse française et anglaise faisait assaut d'élégance et de magnificence... J'étais littéralement ébloui, comme si je participais à un conte de fées.

La jeune femme baissa les yeux et se mit à jouer distraitement avec les lacets de ses manchettes.

— Ma grand-mère m'a raconté que mon père et oncle Guy étaient les meilleurs cavaliers — à part le roi de France et notre roi, bien sûr. Un seul coup de lance leur suffisait pour désarçonner leurs adversaires et les réduire à leur merci.

« Et un seul regard pour conquérir le cœur des gentes damoiselles », ajouta Duncan en son for intérieur.

La douce Elisabeth n'avait pas été la seule à succomber au charme de Brandon. Sans sa chance de pendard, ce n'était pas d'une fille dont il aurait hérité, mais de tout un pensionnat !

— A quoi ressemblait-elle ? murmura Blanche. Vous vous souvenez de son visage ?

Duncan mit son bras autour de ses épaules et déposa un baiser dans ses cheveux.

— Oui... Elle était belle. Aussi belle qu'une déesse.

— Vous le jurez — croix de bois, croix de fer ?

Malgré lui, il sourit.

— Si je mens, je vais en enfer ! Elle avait de longs cheveux blonds qui descendaient jusqu'à la taille quand ils n'étaient pas tressés. Elle sentait bon — un mélange de lavande et de chèvrefeuille. Et puis, il y avait son rire. Clair, léger... Il tinte encore à mes oreilles. Elle n'arrêtait pas de m'embrasser et de m'appeler son « petit chouchou ».

Blanche se redressa sur un coude.

— Mais... C'est ainsi que vous m'avez appelée, depuis que je suis toute petite !

Il dut en convenir. Jusqu'à ce moment-là, il ne s'était jamais demandé pourquoi il avait donné ce surnom à la fille de lord Cavendish.

— Une réminiscence, je suppose, répondit-il avec un haussement d'épaules. Tout à fait inconsciente. Je me souviens également qu'elle n'arrêtait pas de me donner des friandises. C'était pour cela surtout que je la trouvais aussi gentille.

— Sur ce point-là, vous n'avez pas beaucoup changé. Toujours aussi intéressé... Papa l'a-t-il aimée ? questionna-t-elle avec une feinte légèreté.

Duncan avala avec peine.

— Je ne saurais le dire. Je n'avais que huit ans, vous savez. Il lui donnait des cadeaux et se pavanait avec elle, comme si elle avait été la plus grande dame du royaume.

— Oui, mais ce n'était pas une dame. Elle n'était même pas noble, n'est-ce pas ?

Duncan se mordit la lèvre. Cela aurait été tellement plus facile si la belle Elisabeth avait été de sang royal !

— Elle était issue d'une famille bourgeoise de Calais, répondit-il avec précipitation. Mais cela n'importait guère ! Pour moi, elle était un ange, tout droit descendu du ciel.

La jeune femme regarda fixement le bout de ses ongles.

— Si papa l'aimait autant, pourquoi ne l'a-t-il pas ramenée en Angleterre ?

Duncan hésita, gêné. Un lord n'épousait jamais sa maîtresse, surtout lorsqu'elle était d'aussi basse extraction.

— Votre père ne savait pas qu'elle était enceinte, sinon je suis sûr qu'il l'aurait fait. Et puis, il y avait sa famille, ajouta-t-il maladroitement. Je pense qu'elle se serait opposée à une telle union.

Blanche hocha la tête. Elle avait compris — à demi-mot.

— Comment papa m'a-t-il trouvée ?

« C'est vous, Chouchou, qui l'avez trouvé », songea-t-il à part lui avant de répondre d'une voix qu'il espéra posée :

— Votre mère vous a donné le jour dans un couvent, non loin de Calais. C'est elle qui a dit aux religieuses que votre père était un gentilhomme de la Cour du roi d'Angleterre.

— Elle le leur a dit avant de mourir ?

« Oui, pensa-t-il, avant de vous abandonner sans un regard derrière elle. »

Puis, tout haut :

— Ces saintes femmes n'avaient que peu de ressources. Il leur a fallu du temps pour pouvoir prendre le bateau jusqu'en Angleterre.

— Plusieurs courtisans m'ont raconté que ma première apparition devant le roi avait provoqué un véritable torrent d'hilarité. Dix-sept ans après, on en riait encore.

— Votre père s'est moqué des ragots. Dès que ses yeux se sont posés sur vous, il a été conquis. Le coup de foudre. Jamais je n'avais vu un homme autant en adoration devant une toute petite fille.

Elle le regarda droit dans les yeux.

— Est-ce réellement la vérité, Duncan ?

— Je vous le jure, Chouchou. Il vous a prise dans ses bras et vous a serrée contre lui comme si vous étiez le plus précieux butin qu'il ait jamais rapporté de France. Puis, quand les rires se sont estompés, il vous a montrée à toute la Cour et a déclaré haut et fort : « Regardez ! Regardez tous... Vous avez devant vous la plus belle fille de tout le royaume ! »

Pour la première fois, Blanche sourit.

— Personne ne m'avait rapporté cette repartie.

— A partir de ce jour, vous avez occupé une place à part dans son cœur.

Elle soupira.

— Pauvre cher papa ! Je lui ai joué un bien vilain tour.

Duncan respira plus librement. L'histoire était terminée. Il allait enfin pouvoir s'abandonner aux bras de Morphée.

— Vous pouvez le dire, Chouchou, acquiesça-t-il en bâillant. Mais c'est du passé, maintenant, et jamais il ne vous en a voulu. Au contraire.

Blanche se blottit contre son large torse. Elle se sentait bien — tellement bien. Comme si sa place avait toujours été auprès de lui.

— Je savais que j'étais née dans un couvent, murmura-t-elle après un long silence. J'ai toujours eu peur que ma famille se lasse de moi et me renvoie dans un monastère. M'imaginez-vous en religieuse, Duncan ?

— Non, avoua-t-il. Vous fomenteriez une révolte et toutes vos consœurs finiraient par se défroquer. !

— C'est la raison pour laquelle Bodiam est aussi important pour moi. C'est mon viatique, ma seule chance de salut. Vous pouvez le comprendre, n'est-ce pas ?

Il essaya de concentrer son attention, mais son envie de dormir l'emporta.

— Oui... je comprends.

Avant qu'il fût complètement assoupi, elle se pencha et murmura une dernière phrase au creux de son oreille :

— Merci, Duncan, même si quelques pieux mensonges ont enjolivé votre histoire.

14.

Quand Duncan rouvrit les yeux, l'aube commençait à grisailler. Il pleuvait. Une pluie lancinante qui battait contre les carreaux de la fenêtre à meneaux.

Il bâilla et, l'esprit embrumé par le sommeil, il se demanda pourquoi il avait gardé son pourpoint et sa chemise. Ne trouvant pas de réponse à sa question, il s'étira — et heurta le dos de Blanche.

La jeune femme se réveilla en sursaut.

— Sainte Vierge !... Que se passe-t-il ?

Duncan se frotta les paupières machinalement.

— C'est l'aube. Vous étiez censée...

Il ne finit pas sa phrase. Ses yeux venaient de découvrir les épaules nues de sa compagne.

— Par le sang du Christ !

Il se leva d'un bond et la regarda fixement, les yeux écarquillés, comme s'il la voyait pour la première fois.

— Que... que diable faites-vous dans mon lit ?

Blanche repoussa en arrière ses cheveux ébouriffés. Ce faisant, la courtepointe glissa, découvrant le haut de sa poitrine.

— A votre avis ? répliqua-t-elle avec une pointe de sarcasme.

Duncan eut l'impression que ses tempes allaient éclater.

— E... êtes-vous toute nue ? bredouilla-t-il.

Ce n'était pas possible ! A cette seule évocation, son cœur se mit à battre plus vite.

La jeune femme s'installa confortablement parmi ses oreillers.

— Bien sûr ! répondit-elle avec innocence en croisant ses mains sur son ventre. Je dors toujours ainsi — sinon, j'ai trop chaud et je me réveille au milieu de la nuit.

Puis, taquine :

— Voilà un réveil bien morose, messire ! Ces sourcils froncés, ce visage courroucé... J'avais espéré autre chose. De la joie, de la bonne humeur. Après tout, je vous ai donné ce que vous désiriez le plus.

Il jura entre ses dents.

Seigneur Dieu, pourquoi ne se rappelait-il de rien ?

— Je vous promets sur mon honneur que...

— Votre honneur ?

Elle inclina la tête et le considéra d'un air moqueur.

— Vous ne croyez pas qu'il est un peu tard pour en parler ?

L'estomac de Duncan se noua et des gouttes de sueur perlèrent sur son front.

— Blanche, je vous en supplie, pardonnez-moi ! J'avais dû boire trop de vin au dîner. Je... je ne savais pas ce que je faisais.

Elle sourit et enroula distraitement une mèche de cheveux sur son index. La courtepointe glissa un peu plus bas, révélant les courbes par trop charmeuses de ses seins d'albâtre.

— Vous auriez peut-être dû y songer plus tôt, suggéra-t-elle avec un haussement d'épaules.

Une aréole rose pointa fugitivement — insolente, presque provocatrice.

— J'espérais que vous me seriez au moins reconnaissant pour ce que j'ai fait.

Duncan se mit à trembler, tandis qu'une vague de chaleur enflammait ses reins.

— Doux Jésus ! Je... Blanche, je n'avais pas l'intention de vous faire du mal. Je — jamais je ne le pourrais. Je... je ne voulais pas. Vous ai-je... euh... je veux dire... avons-nous... ?

En découvrant la lueur malicieuse qui brillait dans les yeux de la jeune femme, il s'arrêta brusquement de bredouiller.

La petite peste ! Elle se payait sa tête.

Il se rapprocha du lit et lui décocha un regard incisif.

— Quelle est cette chose que je désirais tant et que vous prétendez m'avoir accordée ?

— Une bonne nuit de sommeil, bien sûr ! répliqua-t-elle avec un sourire innocent. Je ne vois guère ce que vous auriez pu désirer d'autre dans l'état où vous étiez la nuit dernière.

Duncan éprouva un sentiment de soulagement — bien vite remplacé par de l'humiliation et du courroux.

— Merci pour ce réveil enchanteur, mon ange ! Vous avez réussi à me mettre de bonne humeur pour le restant de la journée.

Ses joues étaient en feu — comme la partie inférieure de son anatomie. Par le Christ, jamais il n'avait eu autant envie d'une femme !

Il partit à la recherche de ses bottes et, quand il les eut trouvées, les saisit et se dirigea vers la porte.

— Allons, Duncan, ne soyez pas aussi mauvais joueur ! susurra la petite peste derrière lui. Vous n'allez pas me dire que l'idée d'avoir fait l'amour avec moi vous était à ce point odieuse ?

Il s'arrêta et pivota sur les talons — mal lui en prit. D'un geste plein de provocation, elle rabattit son édredon et se cambra pour mieux offrir sa poitrine insolente à l'inspection de son regard.

Un spectacle qui aurait suffi à damner un saint.

« Seigneur Dieu, pensa-t-il, que vous ai-je donc fait pour avoir mérité une punition aussi cruelle ? »

Il étouffait. Il avait besoin d'air. Ses doigts se crispèrent sur ses bottes et, non sans mal, il réussit à résister à la tentation.

— Si vous aviez été une soubrette en mal d'aventure ou une fille d'auberge licencieuse et dévergondée, je vous aurais déjà prise au mot. Mais, pas vous, Chouchou... De toutes les femmes qui peuplent ce royaume, vous êtes la seule avec laquelle je ne saurais coucher ! Par pitié, recouvrez-vous. Sinon, vous... vous allez prendre froid.

Les yeux de Blanche jetèrent un éclat courroucé.

— Je vois ! Je ne suis pas assez bonne pour vous. Parce que je suis une bâtarde. Une vulgaire bâtarde !

Elle remonta son édredon jusqu'au menton et croisa les bras sur sa poitrine.

Duncan soupira.

— Non, c'est tout le contraire. Je ne peux pas vous traiter comme une ribaude, parce que vous êtes une Cavendish, la fille unique d'une famille que je révère par-dessus tout. Je préférerais mourir plutôt que de risquer de vous déshonorer.

La jeune femme battit des cils et se frotta nerveusement le bout du nez, mais elle ne trouva rien à lui répondre.

— Votre famille m'a accueilli et m'a traité comme l'un de ses membres, poursuivit-il gravement. Quand j'étais malade, lady Alicia m'a soigné et m'a bordé dans mon lit. Le comte de Thornbury m'a mis sur le dos d'un poney et m'a fait participer à ma première chasse à courre, comme si j'avais été l'un de ses petits-fils. Votre oncle Guy m'a appris à lire et à écrire en anglais et en latin, tandis que sa digne femme — Dieu la protège — m'enseignait le français, une langue que, grâce à elle, je maîtrise maintenant aussi bien que ma langue maternelle. Quant à votre père...

Il prit une profonde inspiration et bomba le torse avec fierté.

— C'est le plus grand chevalier du royaume et je considère comme un honneur de l'avoir servi et d'avoir fait mes premières armes sous ses ordres. En retour, il m'a seulement fait promettre une chose...

Il s'interrompit, la mine sombre.

— Quelle chose ? questionna Blanche d'une voix hésitante.

— Quand il vous a ramenée à Wolfstone, j'ai juré sur son glaive de vous respecter, de vous protéger et de vous chérir. Et malgré tous vos méchants tours, je me suis efforcé de tenir ma parole. Non sans peine, parfois...

La jeune femme pâlit.

— Vous avez dit « chérir » ? murmura-t-elle après s'être éclairci la gorge.

— Oui, acquiesça-t-il. Cela signifie que, quoi que vous fassiez, je ne jouerai pas avec votre vertu. Vous êtes un fruit défendu pour moi, Blanche. Ai-je été assez clair ?

Elle lui décocha un regard plein de dédain.

— Comme de l'eau de roche, messire. Dans ce cas, vous pouvez vous en aller. Vous vous êtes attardé déjà trop longtemps dans mes appartements !

Elle se retourna et disparut sous son édredon.

Ses bottes sous le bras, Duncan souleva le loquet, mais, avant de sortir, il jeta un dernier coup d'œil par-dessus son épaule.

— Au fait, Chouchou, j'allais oublier de vous dire... Vous avez des tétons absolument adorables !

Il s'esquiva — juste à temps. L'oreiller de Blanche s'écrasa sur la porte.

Lorsqu'il rejoignit sa chambre, il trouva Kitt qui l'attendait, le visage fermé et hostile.

— D'où venez-vous ? questionna le jeune page d'une voix pleine de reproche.

— Dieu me protège de tous les Cavendish ! marmonna-t-il en se laissant tomber sur son lit.

Malgré sa nuit de repos, il avait encore sommeil.

Kitt croisa les bras et ses yeux bleus jetèrent des éclairs.

— Vous... vous étiez dans la chambre de Blanche ! s'exclama-t-il, le menton tremblant de colère. Si jamais vous avez osé...

— Du calme ! l'interrompit Duncan en déboutonnant son pourpoint. Je n'ai, d'aucune façon, mis en péril l'honneur de ta sœur. Même si, je t'en demande pardon, j'ai eu plusieurs fois très envie de la jeter sur mes genoux et de lui administrer une fessée magistrale.

Kitt se détendit légèrement.

— Alors, qu'avez-vous fait là-bas ?

— J'ai dormi, répliqua-t-il en haussant les épaules. Comme un loir.

Il redressa la tête, le visage grave.

— A propos, mon garçon, permets-moi de te donner un conseil : si tu as l'intention de vivre longtemps et en bonne santé, ne demande plus jamais à quiconque, homme ou femme, où ni de quelle façon il — ou elle — a passé la nuit. C'est le genre de question qui a déjà fait couler beaucoup de sang et qui en fera couler encore.

Tandis que le jeune page réfléchissait à ce sage précepte, les yeux fixés sur le bout de ses chaussures, Duncan finit de se déshabiller et se glissa avec délice entre ses draps.

Kitt le regarda d'un air étonné.

— Vous vous recouchez ? Vous venez juste de dire...

— Sans doute, mais j'aurai besoin de toutes mes forces pour donner une autre leçon de danse à Griselda — à moins que tu n'aies envie de t'en charger à ma place ?

Kitt grimaça.

— Merci, je préfère vous laisser ce plaisir. La musique me suffit.

— Je te comprends. Réveille-moi à 11 heures, afin que j'aie le temps de m'habiller pour le déjeuner. Et puis...

— Oui, messire ?

— J'ai décidé de te confier une nouvelle tâche. Des légumes à éplucher.

— C'est un travail de garçon de cuisine ! protesta le jeune page avec indignation.

Un sourire suave incurva les lèvres sensuelles de Duncan.

— Avant, peut-être... mais plus maintenant !

15.

Les jours suivants, Duncan et Blanche s'évitèrent mutuellement, comme si, d'un commun accord, ils avaient décidé de mettre une certaine distance entre eux. Kitt pourvoyait aux besoins matériels de sa sœur et Jobe l'accompagnait comme son ombre dans ses expéditions nocturnes à travers le château — des expéditions de plus en plus hardies et qui, parfois, frisaient l'inconscience.

Avec l'approche de Halloween, Bodiam s'était mis à bourdonner d'activité — tant naturelle que surnaturelle. Duncan dormait à peine cinq heures par nuit et dépensait des trésors d'énergie pour tenir son rôle de soupirant ardent et passionné auprès de Griselda. Dans la journée, il ne parvenait qu'à grand-peine à contenir les effusions impudiques de sa « fiancée », mais, grâce à Dieu, chaque soir, la fatigue avait raison de ses envies de débauche et elle se retirait dans sa chambre immédiatement après le dîner.

Grâce aux efforts combinés de Kitt, de Jobe et de Blanche, le fantôme de Bodiam se manifestait aussi bien le jour que la nuit. Au cours de la dernière semaine, plusieurs domestiques avaient quitté le château, malgré les efforts désespérés de Mortimer pour les retenir. Rien n'avait pu les convaincre, pas même une augmentation substantielle de leurs gages.

Cavalcades nocturnes, concerts de tambour, cris de singe, chandelles qui s'éteignaient continuellement, disparition d'objets, meubles qui changeaient de place au milieu de la nuit... Même les plus braves commençaient à considérer avec inquiétude le pont-levis.

Chaque jour, après avoir enseigné la pavane et la gaillarde à Griselda, Duncan trouvait un moment pour galoper jusqu'à la masure de Montjoy. Malgré ses jérémiades et la noirceur des nuages qu'il croyait voir s'amonceler au-dessus de leurs têtes, le vieux régisseur s'était pris au jeu et faisait preuve d'une admirable efficacité. En peu de temps, il avait réussi à rassembler une partie des anciens serviteurs de Blanche et à s'assurer de leur loyauté — sans leur dire ce qui se tramait, naturellement.

Une semaine avant Halloween, la caisse envoyée par sir Andrew Fotheringeay arriva enfin à Hawkhurst. Lorsqu'il l'ouvrit, Duncan émit un sifflement admiratif.

— Tudieu, mes amis, sir Andrew s'est surpassé, cette fois-ci !

Une feuille d'instructions expliquait le mode d'emploi et les caractéristiques de chaque cylindre en carton huilé.

Les yeux brillants, Kitt lut par-dessus l'épaule de Duncan :

— Six fontaines de feu blanches, sept fusées sifflantes, six roues multicolores... Ce sera encore plus magnifique que toutes les Veilles des Rois auxquelles j'ai assisté !

Duncan exhuma le dernier feu d'artifice, une série de cylindres de tailles différentes, fixés ensemble au moyen d'un papier collant.

— Numéro 28, le « bouquet ». Je dois l'allumer tout à la fin, en prenant les plus extrêmes précautions.

Kitt dansait d'un pied sur l'autre, tellement il était excité.

— On pourrait peut-être en essayer une ?

Duncan lui jeta un coup d'œil de côté et se dit qu'il aurait intérêt à mettre en sûreté les précieuses fusées hors de portée des mains de son jeune protégé — sinon, il pourrait bien ne pas résister à la tentation.

Vingt-deux ans plus tôt, il avait lui-même essayé l'un des feux d'artifice réservés à la réception finale du camp du Drap d'or. Un spectacle qu'il n'était pas près d'oublier. Un grand dragon vert avait explosé dans le ciel pendant le sermon du cardinal Wolsey, lors d'une grande messe en plein air à laquelle assistaient le roi de France et le roi d'Angleterre, accompagnés par toute leur suite. La moitié des dames s'étaient évanouies et il s'était ensuivi un brouhaha indescriptible. Certains gentilshommes, croyant à une attaque, avaient même tiré leur épée. Lord Cavendish lui avait dit plus tard que cet intermède avait été le moment le plus divertissant de ces quinze jours de festivités royales — même si le cardinal Wolsey avait failli en avoir une attaque d'apoplexie.

— Une toute petite, insista Kitt. Juste pour voir si elles marchent.

Duncan referma la caisse avec autorité.

— Non, mon garçon. Chaque chose en son temps. Au nom de l'obéissance que tu me dois, tu vas me jurer de ne pas y toucher sans mon autorisation expresse.

Le visage de Kitt exprima une intense déception.

— Je veux bien jurer, mais ce ne sera pas facile.

Le regard de Jobe devint lointain et vague — un regard que Duncan associait aux capacités de l'Africain à prédire l'avenir.

— C'est la première épreuve, jeune guerrier, murmura-t-il. Une épreuve destinée à tester la force de ton caractère et ta capacité à obéir. Tu ne dois pas échouer, si tu veux devenir un homme.

— Je réussirai ! affirma Kit. Quoi qu'il m'en coûte !

*
**

Mortimer frotta ses yeux injectés de sang et se prit la tête entre les paumes de ses mains. Par le sang du Christ, jamais il n'avait autant manqué de sommeil ! Il devait quitter ce maudit château, échapper à cet enfer. Jour après jour, sa vie était en train de se transformer en un véritable calvaire.

Son majordome et une bonne moitié de ses domestiques l'avaient déjà abandonné. A l'écurie, il ne restait plus que deux palefreniers pour s'occuper des chevaux et des animaux de trait. Quelques minutes plus tôt, le cuisinier était venu se plaindre en larmoyant. Tous ses aides s'étaient enfuis et il ne lui restait plus que Will et deux marmitons pour préparer les innombrables plats que lady Griselda avait commandés pour la grande fête qu'elle voulait donner à l'occasion de Halloween. Jamais ils n'y arriveraient ! Tout tremblant de peur, il lui avait raconté que ce matin encore, il avait trouvé la cuisine recouverte d'une fine pellicule de farine, sur laquelle étaient imprimées des traces de sabots — les sabots d'un cheval vraiment gigantesque !

Un frisson parcourut le maître de Bodiam. Il croisa les doigts et murmura une vieille incantation censée chasser les mauvais esprits. Lui aussi, il avait reçu la visite du fantôme. Des taches d'encre avaient maculé les pages de ses livres de comptes et il avait trouvé le nom de Blanche inscrit dans les endroits les plus inattendus — sur la suie de la cheminée de son bureau, sur le plafond de sa chambre et même sur le baldaquin de son lit. La veille au soir, quand il avait voulu se glisser dans ses draps, il les avait trouvés habités par une douzaine de crapauds visqueux. Et, au douzième coup de minuit, les battements de tambour avaient recommencé — un véritable rituel, désormais. Malgré toutes leurs recherches, ses hommes n'avaient pas été capables d'en découvrir l'origine. Maintenant, ils refusaient de monter la garde sur les remparts après la tombée de la nuit et ils se terraient les uns contre les autres dans le poste de garde, comme un troupeau de moutons dans une bergerie.

Et s'il abandonnait Bodiam ? La question le taraudait depuis plusieurs jours déjà. Il n'avait qu'à laisser sir Hayward s'occuper de Griselda et affronter le monde des ténèbres. Cette canaille ne semblait même pas affectée par les manifestations surnaturelles ! Il dormait comme un loir et affichait une mine réjouie.

De son côté, il avait assez d'argent pour retourner à Londres. Il en laisserait juste assez à sir Hayward et à Griselda pour entretenir leur tas de pierres — il pourrait mener une vie confortable, festoyer à son gré et entretenir deux ou trois maîtresses.

Mais il y avait le souvenir de cette fabuleuse parure de saphirs et de rubis. Il n'avait pas cessé d'en rêver depuis le jour où il l'avait vue au cou de sa belle-sœur. Une parure de reine... A la seule idée de la toucher, il sentait ses doigts se mettre à trembler.

Avec un tel trésor en sa possession, les portes du grand monde s'ouvriraient devant lui. Il ferait construire un palais au bord de la Tamise et mènerait une existence fastueuse. Il roulerait carrosse, se pavanerait en habits princiers et recevrait les gens les plus illustres de la Cour. Bien sûr, il lui faudrait acheter un titre. Fletcher était un nom tellement commun ! Il s'imaginait fort bien en comte ou en lord. Avec de l'or, tout était permis au royaume d'Angleterre.

Il leva la tête et regarda distraitement la pluie qui fouettait inlassablement les carreaux de la fenêtre.

Où diable pouvait bien être cachée cette parure ?

Les yeux fermés, il revint deux ans en arrière, le jour du mariage de Cuthbert. Comme le voulait la coutume,

Blanche avait quitté le banquet et était montée se préparer. A ce moment-là, elle portait encore sa parure, mais, vingt minutes plus tard, quand les invités avaient accompagné Cuthbert jusqu'à la chambre nuptiale, la diablesse attendait son époux dans le grand lit à baldaquin et la parure s'était envolée. Cuthbert lui avait demandé ce qu'elle en avait fait, mais elle s'était contentée de rire.

Quel idiot ! A sa place, il aurait trouvé un moyen pour lui faire avouer où elle l'avait cachée. Par la persuasion ou par la contrainte. Après tout, un mari possédait des droits sur sa femme et sur ses biens — sans aucune limitation !

Mais non. Lui n'avait pas voulu la brusquer. Et maintenant, elle était morte et personne ne savait où se trouvait ce joyau.

C'était vraiment trop absurde !

Ses deux ouvriers avaient sondé les murs et descellé des dalles partout dans le château — jusque dans la cave jouxtant la crypte de la chapelle. Sans le moindre succès. Et, en plus, le fantôme les avait terrifiés ! Maintenant, ces nigauds refusaient de continuer, malgré la prime royale qu'il leur avait offerte.

Il serra les poings.

Tant qu'il n'aurait pas trouvé cette parure, il ne quitterait pas ce maudit château ! Elle lui appartenait, désormais — comme tous les biens qui avaient appartenu à Cuthbert et à sa femme. La loi était formelle.

Duncan referma la porte derrière lui et déposa un gros sac de jute devant Kitt qui, armé d'un chiffon et d'une brosse, était occupé à faire reluire une paire de bottes.

— Qu'est-ce que c'est ? questionna le jeune page d'un air à la fois perplexe et vaguement inquiet.

Les yeux de Duncan pétillèrent joyeusement.

— Des navets — avec les compliments de Montjoy.

Kitt tâta le sac du bout de son pied.

— Pour quoi faire ?

Au lieu de lui répondre, Duncan s'accroupit, dénoua la ficelle qui fermait le sac et lui tendit un beau légume rebondi, blanc et marbré de violet.

— Un cadeau. Il te plaît ?

Visiblement, sir Hayward avait perdu la raison. Le manque de sommeil ? La fréquentation trop assidue de lady Griselda ?

— Jamais vous ne réussirez à me faire manger un navet ! s'exclama-t-il d'un ton plein de détermination. J'en ai toujours eu horreur — depuis que je suis tout petit. C'est pareil pour les épinards.

Duncan ne l'avait même pas écouté. Il tira sa dague et trancha la partie supérieure du navet qu'il tenait dans sa main.

— C'est encore plus mauvais cru ! ajouta Kitt avec dégoût.

Duncan ne dit rien. Il éplucha le légume, puis, le calant dans la paume de sa main, entreprit d'en creuser l'intérieur consciencieusement.

— Vous êtes sûr que tout va bien, messire ? s'enquit Kitt d'une voix anxieuse.

Par la Sainte Vierge et par tous les saints, comment parviendrait-il à mener à bien leur fantasmagorie de Halloween si sir Hayward venait à tomber malade ?

— Vous voudriez peut-être que j'aille vous chercher une coupe de vin ?

Un large sourire barra le visage de Duncan.

— Tout à l'heure, mon garçon. Une coupe de vin me fera grand plaisir, mais il faut d'abord que je termine ma démonstration. Regarde bien de quelle façon je suis en train d'apprêter ce délicieux crucifère.

Kitt préféra ne pas insister. Il ne fallait pas contrarier un fou — cela pourrait devenir dangereux. Dès qu'il en aurait l'opportunité, il irait trouver Jobe et lui demanderait conseil. En attendant, il valait mieux hocher la tête et approuver tout ce que disait — ou faisait — messire Hayward.

Duncan avait fini de creuser. Il retourna le navet et pratiqua une incision dans sa paroi extérieure.

— La première fois que j'en ai vu un en Irlande, mes cheveux se sont dressés sur la tête, poursuivit-il doctement. Cela devrait agrémenter de façon très efficace notre petite fête.

Il acheva de découper deux triangles et, en dessous, une courbe en dents de scie.

— Qu'en penses-tu ? questionna-t-il en faisant sauter son œuvre dans la paume de sa main.

— Cela ne me semble guère effrayant. Vous voudriez peut-être votre vin, maintenant ?

Duncan leva la main.

— Attends, ce n'est pas fini. Tiens-le-moi un instant.

Il lui tendit le navet et alla chercher le bougeoir posé sur sa table de nuit. Avec sa dague, il découpa prestement une rondelle de bougie, dégagea la mèche et inséra ce lampion improvisé à l'intérieur du navet. Puis il l'alluma avec une brindille enflammée prise dans la cheminée.

Le jeune page poussa un cri de surprise et faillit tomber à la renverse. En s'illuminant, le navet s'était métamorphosé en une tête de nain, horrible et grimaçante !

Duncan se mit à rire.

— C'est magique, n'est-ce pas ? Les Irlandais les appellent les « lanternes du diable ».

Kitt hocha la tête.

— Terrible ! acquiesça-t-il, les yeux brillant d'excitation.

Visiblement, il imaginait déjà l'utilisation qu'il pourrait en faire à son retour à Wolfstone — pour effrayer ses cousines, par exemple.

— Combien de navets avez-vous ? questionna-t-il en jetant un coup d'œil au sac de jute.

Duncan souffla la flamme du lampion.

— Une soixantaine de pièces environ. Montjoy ne m'a pas donné le nombre exact. Je suppose que cela sera suffisant pour te tenir occupé pendant un jour ou deux. Si ce n'est pas assez, je lui en redemanderai. Le navet n'est pas une denrée rare, en cette saison.

Kitt fit la moue.

— Moi ? Vous voulez dire que je vais devoir éplucher et tailler tous ces... ?

Duncan s'esclaffa dc nouveau.

— Cela fera une flèche de plus à ton arc. Avec un peu d'entraînement, je suis sûr que tu deviendras aussi habile que les enfants irlandais. En prime, je t'apporterai une demi-douzaine de courges. En les traitant de la même manière, on obtient également des lumignons très réussis.

Le jeune page marmonna entre ses dents :

— Je ne sais pas si ma digne mère apprécierait de me voir relégué ainsi au rang de garçon de cuisine !

Duncan se dirigea vers la porte mais, avant de sortir, il se retourna et lui adressa un sourire encourageant.

— Amuse-toi bien, mon garçon et, quand tu auras terminé, cache tes œuvres derrière le paravent. Au fait, garde l'intérieur pour Jobe. Il adore le navet grillé et écrasé avec du beurre.

Kitt ne répondit rien, mais le regard qu'il lui jeta était plus éloquent qu'un long discours.

⁂

Blanche ne l'aurait jamais admis, mais la compagniede Duncan lui manquait terriblement, même si elle comprenait les raisons pour lesquelles il gardait ses distances. Quand il venait lui rendre visite — toujours avec Kitt ou Jobe — il se montrait d'une politesse parfaite, mais s'en allait toujours le premier, afin d'être bien sûr de ne pas se retrouver seul avec elle. Et, le soir, il n'y avait plus de baisers — même pas un petit sur la joue ou sur le front — pour l'aider à rejoindre le royaume des rêves.

Cependant, elle n'était pas du genre à se laisser dépérir sans réagir. Il lui restait un combat à mener. Un combat sans merci contre Mortimer. Nuit après nuit, elle hantait les couloirs de Bodiam et s'ingéniait à empoisonner la vie de son beau-frère. Elle avait commencé par écrire son nom partout et, surtout, dans les endroits les plus invraisemblables. Sur son miroir, avec de la graisse, sur son oreiller — en lettres de boue ! — dans ses livres de comptes et même une fois, son chef-d'œuvre, sur son tranchoir avec du sang de poulet. En le découvrant, il était sorti de table avec précipitation et était allé rendre tout son repas dans les douves.

Aucun sentiment de pitié ne l'arrêtait. Elle éprouvait même une sombre satisfaction à observer le délabrement progressif, mais inexorable, de la santé du maître de Bodiam. Chacun son tour ! Ce n'était que justice, après tout. Il avait des poches sous les yeux et le manque de sommeil commençait même à altérer ses facultés mentales. Quand il longeait les couloirs du château, il regardait sans cesse derrière son épaule. Souvent, elle l'avait surpris en train de marmonner entre ses dents ou de se signer furtivement. Sont teint avait pris une teinte grisâtre et sa maigreur s'était encore accentuée — au point qu'il flottait dans ses vêtements.

Malgré cela, il refusait de quitter Bodiam. Ses hommes le désertaient l'un après l'autre, mais lui s'obstinait, obnubilé par les saphirs et par les rubis de la parure des Thornbury.

Quant à Griselda, seuls son inclination pour Duncan et son espoir de voir les mauvais esprits quitter Bodiam après Halloween l'empêchaient de sombrer dans un état d'hystérie permanente. Comme son invisible belle-sœur, elle jetait toute son énergie dans les préparatifs de sa grande fête. Son malheureux soupirant la suivait, à l'instar d'un caniche, et se pliait à tous ses caprices.

La veille des festivités, Blanche et Jobe allèrent se poster dans leur cachette derrière les panneaux de bois sculpté de la galerie des ménestrels et regardèrent Duncan donner une dernière leçon de pavane à sa fiancée.

Jobe se distrayait avec sa sarbacane. Une fois ou deux, il réussit à toucher Kitt qui fit une fausse note et lui décocha un regard courroucé — à la grande joie de l'Africain, mais, très vite, Blanche se lassa de contempler les évolutions disgracieuses de sa belle-sœur. D'autant plus vite qu'elle bouillait intérieurement quand elle voyait Griselda minauder et faire les yeux doux à Duncan.

— Allons-nous en, murmura-t-elle, les lèvres pincées. Un pareil spectacle n'a vraiment aucun intérêt.

Son compagnon s'esclaffa, mais s'abstint de tout commentaire.

Une fois de retour dans sa chambre, elle se mit à marcher de long en large, comme une lionne en cage.

Soudain, elle releva la tête et décocha à Jobe un regard plein de ressentiment.

— As-tu vu de quelle façon il lui a souri, après qu'elle lui eut marché sur les pieds pour la troisième fois ? Et tous ces compliments qu'il n'arrête pas de déverser sur elle ? C'est un miracle si sa langue ne s'est pas encore desséchée après un pareil torrent de mensonges !

Un éclat de rire secoua l'Africain.

— Il le fait pour vous, petite madame, affirma-t-il.

Blanche écarta aussitôt une explication aussi ridicule.

— Je crois plutôt que c'est la récompense promise par mon père qui l'intéresse, répliqua-t-elle avec une moue méprisante. As-tu remarqué comment Griselda était grimée quand elle est descendue déjeuner ? Un véritable pot de peinture ! Et Duncan... Lorsqu'il l'a vue, sa figure s'est épanouie et il a osé lui dire qu'elle était « aussi belle et fraîche » qu'une rose ! Vraiment, il se complaît dans la duplicité !

— Pour vous, je vous le répète.

La jeune femme se retourna brusquement vers lui.

— Pourquoi donc es-tu aussi loyal avec ce don Juan de village ? Serais-tu son esclave ?

L'Africain se redressa comme si elle l'avait giflé, et frappa son énorme torse avec son poing.

— Jobe n'appartient à personne !

Surprise par la violence de sa réaction, Blanche s'excusa aussitôt.

— Pardonne-moi, Jobe. Je ne voulais pas t'offenser.

L'Africain hocha la tête.

— Il n'y a pas de mal.

Il s'approcha de la fenêtre et regarda pensivement l'eau noire et boueuse des douves.

— Quand j'avais quatorze ans, j'ai été capturé par des guerriers d'une tribu rivale et vendu à un bateau négrier qui longeait les côtes d'Afrique comme un chacal affamé. Des Espagnols. J'ai passé deux années avec eux, puis ils m'ont cédé à un chef de clan irlandais qui a utilisé mes qualités de combattant contre ses ennemis.

Il s'arrêta et un large sourire illumina son visage.

— Iain O'Rourke avait beaucoup d'ennemis, aussi bien parmi ses compatriotes que parmi les Anglais. Je ne me suis pas ennuyé avec lui.

Blanche frissonna. Si elle en jugeait à la double rangée de dagues qu'il arborait en permanence sur son torse, il valait mieux qu'elle ne lui demande pas de quelle façon il s'était diverti pendant son séjour dans la verte Erin.

— Duncan est anglais, fit-elle remarquer. A-t-il été ton ennemi ?

Jobe hocha la tête.

— Au début. O'Rourke l'a capturé et il l'aurait tué sur-le-champ si Duncan ne l'avait pas défié aux cartes.

— Tu plaisantes, je suppose ?

— Pas du tout. La lame de ma dague était posée sur sa gorge.

Blanche se laissa tomber sur une chaise.

— Ainsi, O'Rourke a accepté le défi ?

Les yeux noirs de l'Africain pétillèrent.

— Il n'a pas pu résister au plaisir de lui infliger un dernier affront. Ils ont joué pendant une bonne partie de la nuit. O'Rourke a perdu tout ce qu'il possédait, y compris ma modeste personne. Dans sa fureur, il m'a ordonné de le tuer.

Il haussa les épaules.

— Je ne pouvais pas lui obéir, puisque je ne lui appartenais plus.

La jeune femme croisa les bras nerveusement sur sa poitrine.

— Comment vous êtes-vous échappés ?

— En courant. Les compagnons de O'Rourke avaient passé la nuit à boire et il leur a fallu un moment pour réagir. Nous n'avons eu aucune peine à les distancer, mais une rivière nous a arrêtés. Je ne sais pas nager.

— Duncan sait, lui. C'est un vrai poisson. Quand j'étais petite, il m'a appris. Je m'en souviens encore : l'eau était glaciale et j'ai failli me noyer. Je suis sûre qu'il l'avait fait exprès ! Mais, continue ton histoire, je t'en prie.

— Nous n'avons pas eu besoin de nager. Nous avons pataugé jusqu'au milieu du courant. Il y avait des roseaux. Duncan en a coupé un et m'a montré comment on pouvait l'utiliser pour respirer sous l'eau. Quand nous avons entendu O'Rourke et ses hommes approcher de la rive, nous avons simplement plongé.

Blanche fit la moue.

— Je le reconnais bien là ! Quoi qu'il arrive, il a toujours un tour dans sa manche.

— Un tour qui nous a sauvé la vie, répondit l'Africain, le visage grave. Depuis lors, je ne l'ai pas quitté.

— Mais, néanmoins, tu n'es pas son esclave ?

— Non. Quand je suis sorti de cette rivière, j'étais un homme libre. Or, dans mon pays, une vie vaut une vie. J'ai juré à Duncan de rester avec lui tant que je n'aurais pas sauvé la sienne.

— Et ensuite ? Tu retourneras dans ton pays ?

— Oui.

La jeune femme ferma les yeux brièvement. Ce récit était tellement incroyable, tellement miraculeux !

— Duncan m'a dit que tu étais capable de prédire l'avenir ?

Il inclina la tête.

— Je vois des choses dans le royaume des ombres.

Elle ne comprit pas ce qu'il avait voulu dire, mais préféra ne pas lui demander une explication qu'il serait sans doute incapable de donner. Ne disait-on pas que tous les devins s'exprimaient d'une façon absconse ?

— Peux-tu distinguer quelque chose dans mon avenir, Jobe ?

Il la regarda fixement pendant un long moment, comme s'il « voyait » à travers elle.

— Un jour, vous finirez par vous trouver, assura-t-il. Quand vous cesserez de vous fuir. Et ce jour-là vous apportera, tout à la fois, beaucoup de bonheur et de tristesse.

— Comment cela ?

Il haussa les épaules.

— Je ne saurais vous dire ni quand, ni pourquoi, ni comment — je sais seulement que mes prédictions se réaliseront.

Cela donna à Blanche matière à réfléchir tout le reste de l'après-midi — un après-midi consacré à la confection de la robe en tulle vaporeux qui constituait la partie essentielle de son costume de fantôme.

Les propos énigmatiques de l'Africain résonnaient inlassablement dans sa tête. Elle avait passé sa vie à courir — elle ne le contestait pas — mais elle avait toujours pensé qu'elle était à la poursuite de quelque chose. Elle aurait tant voulu être aimée, approuvée, acceptée... Jamais elle n'avait imaginé qu'elle cherchait seulement à se fuir !

Pourtant, plus elle retournait l'idée dans son esprit et plus elle la trouvait crédible. Comment Jobe avait-il pu deviner quelque chose qu'elle n'avait jamais eu le courage de s'avouer à elle-même ? Cela faisait à peine quinze jours qu'il la connaissait !

Elle enfila son aiguille et entreprit de bâtir les manches de son déguisement.

Un flot de souvenirs d'enfance revinrent dans sa mémoire. La façon dont elle avait provoqué et tourmenté les membres les plus bienveillants et indulgents de sa famille. Elle s'était toujours arrangée pour agir à sa guise — même quand elle savait qu'elle se trompait. Jamais une excuse, jamais une larme. Cela aurait été un signe de faiblesse et elle ne pouvait pas se permettre d'être faible. Après tout, elle était issue d'une famille de guerriers, une famille renommée pour sa vaillance face aux bandes de pillards qui, chaque printemps, descendaient des montagnes écossaises.

Et puis, il y avait eu son attitude à l'égard de Duncan.

Elle avait tout fait pour qu'il la déteste, alors qu'au fond d'elle-même elle rêvait de conquérir son affection.

Sa farce stupide de l'autre soir avait réduit à néant ses espoirs de réconciliation. Il ne voulait plus rien avoir à faire avec elle.

Plus rien ? En était-elle vraiment sûre ?

Posant son aiguille, elle rassembla ses genoux sous son menton et se perdit dans la contemplation du feu.

Elle avait été profondément touchée par l'expression de Duncan quand il lui avait dit qu'il avait juré à son père de la protéger et de la chérir. Cependant, si le spectacle de demain soir parvenait réellement à chasser Mortimer, elle rentrerait en possession de Bodiam — son souhait le plus cher. La mission de Duncan serait terminée. Il lui dirait au revoir avec son habituelle désinvolture, et s'en irait réclamer à son père ce manoir des Aubiers que lord Cavendish avait eu l'imprudence de lui promettre. Elle aurait son château et la parure des Thornbury, mais cette victoire attendue avait déjà un goût amer dans sa bouche. Son existence serait tellement terne après son départ ! Quand il était là, sa vie s'illuminait, prenait un sens...

« Je l'aime. »

Cette certitude s'imposa soudain à son esprit avec une aveuglante clarté. En fait, malgré ses dénégations, elle n'avait jamais cessé d'aimer ce coureur de jupons invétéré qui, dans quelques jours, sortirait de nouveau de sa vie — définitivement cette fois-ci.

Un sanglot s'étrangla dans sa gorge.

C'était trop absurde ! Elle devait absolument retenir Duncan, trouver un moyen pour le convaincre de son amour.

Mais lequel ?

***

La pluie était de retour. Une pluie continuelle que Duncan maudit. Comment parviendrait-il à allumer ses précieux feux d'artifice s'il tombait des cordes ?

Il bâilla et s'étira longuement. Grâce à Dieu, il avait une longue nuit de sommeil devant lui. Un sommeil salutaire, car la journée du lendemain promettait d'être très longue.

Quand il les rejoignit dans la chambre de Blanche, Kitt et Jobe ne tenaient pas en place tant ils étaient excités par la perspective des « festivités ». Blanche, pour sa part, se tenait assise à côté du feu, l'air modeste et réservé. Une attitude qui ne lui ressemblait guère... Et si elle était malade ? Ses yeux étaient légèrement brillants. Aurait-elle de la fièvre ?

Afin de dissimuler ses craintes, il choisit de questionner d'un ton léger :

— Eh bien, Blanche, que vous arrive-t-il ? Votre horrible matou vous aurait-il mangé la langue ?

Elle leva vers lui un regard pour une fois exempt d'ironie.

— Dexter a déjà fort bien soupé ce soir, répondit-elle avec un petit sourire contraint. Grâce à Griselda. Comme elle craignait une visite intempestive des mauvais esprits et des lutins de la forêt, elle a disposé des assiettes de crème sur les appuis de toutes les fenêtres.

Une étrange lueur couvait au fond de ses prunelles, que Duncan essaya de décrypter — en vain. Pourquoi diable restait-elle aussi réservée, aussi en retrait ? Elle eût dû danser de joie !

Il déposa sur la table le dispositif destiné aux feux d'artifice, puis vint se placer à côté d'elle.

— Quelque chose ne va pas, Chouchou ?

— Rien de grave... Les nerfs, peut-être.

Il laissa échapper un éclat de rire. L'idée était trop absurde !

— Vous, mon trésor ? Je n'aurais même pas imaginé que vous en aviez.

— Il y a un commencement à tout, intervint Jobe en adressant un coup d'œil entendu à Blanche.

La jeune femme rougit légèrement et prit Dexter sur les genoux. Aussitôt, Duncan se redressa, en proie à une brusque envie d'éternuer. Reculant d'un pas ou deux, il se hâta de donner ses dernières instructions — avant que ses yeux se mettent à larmoyer.

— Demain, il faudra que Jobe et vous vous manifestiez le moins possible. Sur ma demande, Montjoy a enrôlé un certain nombre de vos anciens domestiques pour aider aux préparatifs de la fête. Ils arriveront à l'aube et il vaut mieux ne prendre aucun risque. N'oubliez pas qu'ils croient toujours que vous êtes morte.

Elle hocha la tête, mais ne fit aucun commentaire.

Il poursuivit, les sourcils froncés :

— Kitt, après que la table du dîner aura été débarrassée, tu éteindras toutes les chandelles encore allumées dans les niches de la grande salle.

Les yeux du jeune page brillèrent d'anticipation.

— C'est à ce moment-là que je disposerai les lanternes du diable ?

Sa sœur le fixa, l'air étonné.

— Quelles lanternes ?

Kitt bomba le torse avec fierté.

— Attends de les voir, Blanche. Je te promets une belle frayeur !

Duncan sentit un nouveau picotement à la base du nez.

— Quant à toi, Jobe, dès que la nuit sera tombée, tu te mettras en faction dans les douves, sous la fenêtre centrale de la grande salle. Camoufle bien ta barque avec des roseaux. Il ne faudrait surtout pas que l'un des gardes la repère. Je m'arrangerai pour ouvrir le loquet. De votre côté, Blanche, vous...

— Je connais mon rôle, Duncan ! l'interrompit-elle. Je n'aurai pas de repos, tant que ce putois infestera ma maison !

Duncan éternua. Après s'être mouché et avoir essuyé ses yeux, il continua :

— Pour ma part, je passerai toute la journée en compagnie de Griselda et de Mortimer, afin de les empêcher d'avoir vent de nos préparatifs. Vous n'avez pas oublié le plus important, n'est-ce pas ?

Il regarda les conspirateurs l'un après l'autre.

— Personne ne doit entreprendre quoi que ce soit avant mon signal.

Kitt étouffa un éclat de rire.

— Lorsque le feu de cheminée explosera ! Ah ! j'ai hâte de voir cela !

— Moi aussi, murmura Duncan.

Tous ses espoirs, maintenant, reposaient sur l'efficacité des compositions chimiques de sir Andrew Fotheringeay.

Jobe se leva et étira son immense carcasse.

— Est-ce tout, messire ?

Duncan se leva également.

— Oui. Il ne nous reste plus qu'à prier.

— Alors, je vais me retirer dans ma tour. Même les fantômes ont le droit de dormir. Tu viens, jeune guerrier ?

Kitt embrassa sa sœur sur la joue.

— Que tous les anges du ciel te protègent, chuchota-t-il. Ne t'inquiète pas. Tout se passera bien demain.

Blanche le serra impulsivement dans ses bras. Ils avaient presque la même taille, tous les deux.

— Que le ciel te protège toi aussi, Christopher.

Jobe baissa la tête pour franchir la porte et le jeune

page lui emboîta le pas. Duncan réprima un autre éternuement.

— Voilà, le sort en est jeté, Blanche. Si Dieu le veut, la prochaine fois que je vous verrai, Mortimer Fletcher sera en train de galoper à bride abattue sur la route de Londres, et vous serez de nouveau la maîtresse incontestée de Bodiam.

La jeune femme prit sa main dans les siennes et leva son visage vers lui. La lumière ambrée des flammes accentuait encore la finesse de ses traits. Elle était si belle...

Dans un souffle, elle implora :

— Reste avec moi cette nuit, Duncan.

16.

Blanche retint sa respiration. Allait-il lui tourner le dos, s'en aller ? Ses doigts se crispèrent involontairement, comme s'ils refusaient de le laisser partir.

Pourquoi ne disait-il rien ?

Il avait l'air stupéfait. Mais ses yeux noirs exprimaient autre chose également, quelque chose qu'elle ne réussit pas à identifier, mais qui l'encouragea à persévérer.

— J'ai envie de toi, murmura-t-elle, les lèvres tremblantes.

Le visage de Duncan se contracta douloureusement.

— Je ne suis pas d'humeur à supporter une autre de tes fines plaisanteries, Blanche. Il est tard et j'ai sommeil.

Elle se rapprocha de lui. Il était devenu tellement beau... Les traits de son visage s'étaient affirmés et avaient acquis une autorité à la fois mâle et rassurante. Mais c'était surtout son regard qui la fascinait — un regard plein de promesses.

— Ce n'est pas une plaisanterie, ce soir. Viens dans mon lit et sois mon amant.

Jamais elle ne se serait crue capable d'une pareille hardiesse !

— Tu sais bien pourquoi je ne peux pas, protesta-t-il à mi-voix.

Le cœur de la jeune femme s'arrêta de battre. Elle lui prit la main et la posa sur sa poitrine.

— C'est un serment que tu as fait quand nous étions encore enfants. Maintenant, nous sommes des adultes, l'un et l'autre. J'ai été mariée et je suis veuve. Je ne te ferai pas l'injure de mettre en doute ton expérience...

Il se détendit et son visage exprima une douceur irréelle. Une douceur qui lui rappela le jour où il l'avait retrouvée après qu'elle se soit perdue dans les bois autour de Wolfstone. Elle avait six ans à peine. Il avait pleuré de joie et l'avait fait tournoyer dans ses bras en riant aux éclats. Par la suite, il lui avait prouvé maintes fois la tendresse de ses sentiments : quand il l'avait défendue contre un chien errant, quand il l'avait arrachée à l'eau fangeuse des douves, ou lorsqu'elle s'était brisé la cheville dans un terrier. Lors de cette dernière mésaventure, elle était restée allongée pendant de longues semaines et il avait passé des heures à jouer aux dames avec elle — quand il ne lui lisait pas des poèmes ou les exploits héroïques de chevaliers et de brigands au grand cœur.

— Ton père m'a envoyé ici pour t'arracher aux griffes de Mortimer, murmura-t-il en lui caressant la joue. Pas pour te débaucher.

— Tu as promis de me chérir, Duncan. C'est le moment de montrer que tu es capable de tenir une promesse.

Il leva les yeux au ciel.

— Seigneur Dieu, je comprends mieux maintenant comment Eve a réussi à entraîner Adam dans sa chute !

Se souvenant de l'épisode du pommier, elle ne put réprimer un sourire.

— Le retour sur terre sera moins dur, cette fois-ci, je te le promets. Je t'en prie, Duncan, ne me dis pas non.

Elle se dressa sur la pointe des pieds, ferma les yeux et lui offrit ses lèvres frémissantes.

Le temps s'était-il arrêté ? Elle eut l'impression que chaque fraction de seconde durait une éternité.

Puis, lentement, Duncan l'enveloppa dans le cercle de ses bras.

— Oh ! Chouchou, Dieu me pardonne ma faiblesse !

Ses derniers mots se perdirent dans l'ardeur de son baiser. Elle jeta les bras autour de son cou et s'abandonna à l'ivresse de la passion.

Enfin ! Elle avait enfin trouvé le havre de paix et de bonheur qu'elle avait tant cherché. Quand leurs bouches se séparèrent, ils étaient tous les deux hors d'haleine.

Elle se blottit contre lui et des larmes de joie envahirent ses yeux. Duncan murmurait son nom et une suite de petits mots tendres, tout en faisant pleuvoir des baisers furtifs sur ses joues, ses paupières, son nez et son cou.

— Tu trembles, mon ange.

— J'ai froid...

Elle s'accrocha à lui. Sa peau frémissait au contact de ses doigts et elle avait l'impression de voguer sur un nuage.

Impulsivement, Il se pencha et la souleva dans ses bras.

— Tu veux toujours ? Tu n'auras aucun regret ?

— Non — réchauffe-moi.

Un éclat de rire s'échappa de la gorge de Duncan.

— J'en ai bien l'intention, ma chérie. Après tout, nul ne sait de quoi demain sera fait.

Il l'emporta vers le lit et la déposa au milieu de la courtepointe. Il s'apprêtait à la rejoindre lorsque, tout d'un coup, son regard se durcit et sa voix changea d'intonation.

— Au large, fils du diable !

Blanche sortit de son exquise torpeur, juste à temps pour le voir s'éloigner à grands pas vers la porte. Non, ce n'était pas vrai... Il n'allait pas l'abandonner. Pas maintenant ! Voulait-il se venger d'elle, lui rendre la monnaie de sa pièce ?

Les miaulements de protestation de Dexter arrêtèrent la réplique acerbe qui lui montait aux lèvres. La porte claqua et Duncan revint vers elle en se frottant les yeux.

— Les chats ne devraient jamais être autorisés à franchir le seuil d'une chambre à coucher, déclara-t-il avec un sourire contrit.

Il s'assit à côté de la jeune femme et entreprit de défaire les attaches de son pourpoint.

— Alors, Chouchou, où en étions-nous ?

Elle réprima un soupir de soulagement et posa sa tête sur l'oreiller, à l'emplacement, encore tiède, d'où Dexter avait été délogé.

— Je ne sais plus... Ne voulais-tu pas me montrer comment tu pouvais me tenir chaud par une froide nuit d'hiver ?

Se penchant sur elle, il repoussa doucement une mèche de cheveux blonds égarée sur son front.

— Ah oui ! je m'en souviens ! murmura-t-il en l'embrassant de nouveau.

Les bras de Blanche l'enlacèrent comme des lianes. Il était si beau, si fort ! Instinctivement, elle se cambra et leurs hanches se joignirent. Au contact de sa virilité, un torrent de lave embrasa ses veines. Sa bouche était en feu. Ses lèvres s'entrouvrirent et elle accueillit sa langue, conquérante, possessive...

Aucune de ses caresses ne pouvait parvenir à la rassasier. Elle avait trop envie de lui ! Elle gémit et l'appela.

— Oh ! viens, mon amour...

— *Chouchou...*

Il arracha son pourpoint et le jeta au milieu de la chambre. Puis, ce fut au tour de sa chemise de soie. Elle le regarda faire, les yeux embrumés de désir, et, d'une main tremblante, effleura les muscles frémissants de son torse nu. Le torse d'un guerrier. D'un homme habitué à se battre, l'épée à la main. Lentement, le bout de ses doigts glissa le long de son épaule, de son bras et de son avant-bras, jusqu'au moment où ils rencontrèrent une petite bosse dure et arrondie.

— C'est là ? murmura-t-elle dans un souffle.

— Oui...

Impulsivement, elle porta son bras à ses lèvres et déposa un baiser sur le souvenir par trop douloureux de leur dernière rencontre avant son départ pour l'Irlande.

— Je te demande pardon, Duncan.

Elle battit des cils et avala la boule qui s'était formée au fond de sa gorge.

D'un geste plein de douceur, il lui caressa la joue et le menton.

— Tu es toute pardonnée, mon trésor, répondit-il avec une feinte légèreté. Même si tu as mis un certain temps avant de te décider à me présenter tes excuses...

Elle lui rendit son sourire et dessina le contour de ses lèvres avec son index.

— Trop longtemps, acquiesça-t-elle. Après ta chute, papa était furieux. Il m'a envoyée dans ma chambre et m'a condamnée au pain sec et à l'eau pendant huit jours.

— Pourquoi ne m'as-tu pas écrit ?

Elle soupira.

— J'ai essayé... Je n'ai pas trouvé les mots pour exprimer la profondeur de mes regrets. Je me sentais tellement coupable ! Et puis, j'avais peur. Que tu ne puisses plus te servir de ton bras et que tu m'en veuilles éternellement. Ensuite, il était trop tard. Tu étais parti pour l'Irlande et je pensais ne plus jamais te revoir.

Il se pencha et déposa un petit baiser dans la paume de sa main.

— Moi non plus, je ne pensais pas te revoir. Mais, apparemment, le destin nous a donné une deuxième chance...

— Alors, ne perdons pas une minute de plus, dit-elle

en lui tendant les bras. Nous n'aurons pas assez de toute la nuit pour rattraper les années que nous avons gâchées.

— Tu as raison.

Ils se rejoignirent et se perdirent dans un tourbillon d'émotions trop puissantes pour pouvoir être décrites avec des mots. Blanche aurait été bien incapable de dire quand — ou comment — Duncan lui avait enlevé sa robe et ses jupons. Leurs corps, baignés par la lueur rougeoyante des braises, semblaient vouloir se fondre l'un dans l'autre. Jambes contre jambes, poitrine contre torse, lèvres contre lèvres. Ses doigts et sa bouche exploraient chaque pouce de sa peau avec une pluie de caresses et de baisers.

Lorsqu'elle sentit sa langue s'enrouler autour de son téton, elle frissonna et laissa échapper un gémissement de plaisir. Elle était en feu. Ses mains, durcies par le maniement des armes, enveloppaient ses seins et les pétrissaient avec une infinie douceur.

— Oh ! embrasse-moi...

Il obéit et, tandis que leurs langues se livraient le plus charmant des duels, sa main libre glissa le long de sa hanche et de son ventre, jusqu'à la partie la plus intime et la plus secrète de sa féminité.

C'était trop bon !

Son doigt glissait, s'insinuait... Une torture exquise, ineffable.

Elle poussa un petit cri et se cambra pour mieux accueillir sa caresse. Son corps frissonnait et vibrait au rythme que lui imprimait sa main.

— Oooh...

Luxure, stupre, fornication, vice... Tous les mots dont se délectait le pasteur en chaire quand il vilipendait la conduite de ses ouailles résonnèrent fugitivement dans sa mémoire. Elle n'en avait cure. Elle ouvrit les cuisses pour mieux accueillir le libertinage impudique de ses doigts.

Prenant l'un de ses tétons dans sa bouche, il entreprit de le sucer et de le mordiller, tout en continuant de jouer avec son corps, comme un musicien avec un luth.

— Mon Dieu ! Je vais mourir...

Plantant ses ongles dans ses épaules, elle gémit et le mordilla, tout en le suppliant de continuer.

— Plus vite ! Oh... oui... oui... Je jouis...

Elle volait, elle planait au-dessus de la terre. Plus haut, toujours plus haut, presque jusqu'à toucher le soleil. Puis, il y eut une explosion de feu et de glace et elle retomba lentement, comme une pluie d'étoiles sur un nuage argenté.

Un éclat de rire rauque et sensuel s'échappa de la gorge de Duncan.

— Dis-moi, *Chouchou,* as-tu jamais aussi bien joui avec Cuthbert ?

Elle rouvrit les yeux et battit des cils.

— Non, avoua-t-elle dans un souffle. Je ne savais même pas que je pouvais éprouver des sensations aussi merveilleuses. Je t'en prie, emmène-moi de nouveau au paradis.

Il lui sourit et bascula sur elle.

— Allons-y ensemble. J'essaierai de ne pas être brutal. Je te le promets, même si cela fait une éternité que j'attends cet instant.

D'elle-même, elle remonta ses genoux et enveloppa ses hanches avec ses jambes.

— Viens... Moi aussi, il y a longtemps que je t'attends.

Il glissa en elle comme une dague dans son fourreau. Blanche retint son souffle et ferma les yeux.

Ils ne faisaient plus qu'un — deux êtres de chair et de sang unis par le lien sacré de l'amour. Lentement, son corps s'anima. De plus en plus vite... et ils montèrent ensemble au firmament avant de se séparer dans un jaillissement de lumières multicolores.

Puis ils redescendirent sur terre, hors d'haleine, et restèrent un moment sans bouger, allongés l'un contre l'autre.

Quand il rouvrit les yeux, Duncan vit que des larmes roulaient sur les joues de sa compagne. Le cœur battant à se rompre, il la serra impulsivement contre son torse.

— Je... je t'ai fait mal, mon trésor? bredouilla-t-il d'une voix rauque. Je... je ne...

Elle posa un doigt sur sa bouche pour l'empêcher de continuer.

— N... non, Duncan. Ce... ce n'est rien.

Elle sourit, mais, en même temps, un sanglot s'étrangla dans sa gorge.

— *Chouchou,* qu'y a-t-il? Pourquoi es-tu triste?

Elle secoua la tête.

— Je... je ne suis pas triste.

Elle n'avait pas une idée claire de la raison pour laquelle elle pleurait, mais ses larmes lui apportaient un soulagement inexprimable, comme si son cœur se libérait de la carapace de plomb qui l'avait étouffé pendant tant d'années. Duncan la berça dans ses bras et l'apaisa en l'embrassant et en lui murmurant des mots pleins de tendresse et de compréhension. Puis, lorsque ses sanglots se furent un peu apaisés, il tira sur eux les draps et les couvertures. Blanche s'endormit presque aussitôt, blottie dans le creux de ses bras.

Pour une fois, aucun rêve ne vint troubler son repos.

Duncan se réveilla lentement, le corps et l'esprit engourdis par une délicieuse sensation de bien-être. Le feu s'était éteint et l'aube commençait à grisailler. Une pluie fine fouettait les carreaux de la fenêtre à meneaux. Un crépitement qui le ramena brutalement à la réalité. C'était le trente et un octobre, le jour de Halloween, et cette maudite pluie continuait de tomber à verse!

Il baissa les yeux et regarda longuement la femme qui dormait paisiblement dans ses bras. Une traînée blanche sur sa joue était tout ce qui restait de ses larmes de la veille. Il l'effaça du bout des doigts.

Ses pleurs l'avaient troublé plus qu'il ne l'aurait imaginé. D'autres femmes, auparavant, avaient pleuré dans ses bras. Son expérience passée lui avait appris à ne pas poser de questions, mais à offrir simplement le réconfort de son épaule.

Peut-être, mais c'était Blanche.

Il ne l'avait jamais vue pleurer, pas même lorsqu'elle s'était brisé la cheville ou lorsque, à l'âge de six ans à peine, il lui avait enlevé une grosse épine qu'elle s'était plantée dans la jambe. Sa dureté à la douleur avait toujours été une source de fierté pour elle. Pleurer était une marque de faiblesse et elle voulait être forte, car elle connaissait les avanies auxquelles l'exposerait sa naissance illégitime.

Ce matin, dans le calme de son sommeil, elle avait l'air plus douce — et plus vulnérable que jamais. Une vulnérabilité qui exacerba son envie de la protéger. Les « festivités » de la nuit prochaine exigeraient tout le courage dont ils étaient capables. Ce n'était pas le moment de relâcher sa garde. Elle avait trop besoin de lui.

Il devait rejoindre sa chambre, mais la seule idée de la quitter sans bruit, en catimini, lui était intolérable. Seul un don Juan de la pire espèce pourrait agir d'une façon aussi ignoble.

Il se pencha sur elle et l'embrassa sur le front.

— Bonjour, *Chouchou.*

Elle se retourna en grognant.

— C'est encore la nuit, protesta-t-elle sans ouvrir les yeux.

Il l'embrassa de nouveau. Par le sang du Christ, il préférerait cent fois passer la matinée avec elle, bien au chaud sous leurs couvertures.

— Non, mon cœur. J'ai entendu un coq chanter.

— Tu as mal entendu, marmonna-t-elle en se pelotonnant contre lui. C'était le hululement d'une chouette.

Un large sourire barra le visage de Duncan. Blanche n'avait jamais aimé se lever tôt et sa mauvaise humeur au saut du lit était proverbiale.

— Je dois te quitter pour aller me préparer en prévision de la bataille de ce soir, dit-il en déposant un baiser sur son épaule.

— Nous ne sommes pas en guerre, objecta-t-elle en tirant les couvertures par-dessus sa tête.

Duncan soupira.

— Je n'en suis pas aussi sûr.

Il enfila sa chemise et son pourpoint, puis il se leva pour mettre son haut-de-chausses. Quand il se retourna, il vit que Blanche le regardait. Il lui adressa un clin d'œil.

— Ne crains rien, *Chouchou.* Avant demain, Mortimer et son horrible Griselda auront quitté Bodiam et galoperont à bride abattue sur la route de Londres.

La jeune femme s'assit en tirant ses couvertures sous ses bras.

— Et s'il s'obstine à vouloir rester? questionna-t-elle d'une voix indécise.

Duncan s'assit à côté d'elle et l'étreignit impulsivement.

— Alors, je le chasserai à la pointe de mon épée!

Blanche étudia son visage pendant un long moment, puis elle suivit le contour de son menton avec le bout de son index. Il n'était pas rasé et sa peau était délicieusement rugueuse.

— Tu as toujours été téméraire, mais là, ce serait vraiment de la folie.

— Douterais-tu de ma détermination? s'enquit-il en embrassant la paume de sa main. Regarde-moi. Je suis toujours la même tête brûlée et je te jure que je débarrasserai Bodiam des Fletcher. Par la ruse ou par la force, s'il n'y a pas d'autre moyen.

Elle sourit. Un petit sourire empreint de tristesse.

— Non, cette fois-ci, c'est moi qui me suis conduite comme une tête brûlée. A cause de mon obstination, j'ai mis ta vie en danger, ainsi que celles de Jobe et de Christopher. J'aurais dû te laisser m'emmener à Wolfstone. Dès le premier soir.

Duncan leva les bras au ciel.

— C'est maintenant que tu me le dis ? s'exclama-t-il avec une feinte exaspération.

Elle lui prit les mains et les serra fébrilement dans les siennes.

— Ce n'est plus le moment de plaisanter, Duncan. Si Mortimer résiste encore, malgré la bacchanale de ce soir, nous quitterons ce château et nous irons nous réfugier chez mon père.

Duncan émit un sifflement étonné.

— Tu accepterais de laisser Bodiam à cette odieuse crapule ?

Elle se mordit la lèvre de dépit, mais, néanmoins, elle hocha la tête.

— Je t'ai déjà fait courir trop de dangers inutiles. Je t'en prie, si quelque chose ne va pas ce soir, n'hésite pas à t'enfuir. Sans un regard derrière toi. Nous trouverons un autre moyen pour obliger Mortimer à rendre gorge — en faisant appel au roi, par exemple. Il n'aime guère les parvenus et papa a été l'un de ses plus fidèles compagnons. Je ne voudrais pas que tu sois blessé ou... tué à cause de moi, ajouta-t-elle en lui embrassant impulsivement les mains.

Les yeux de Duncan pétillèrent et il ne put réprimer un éclat de rire.

— C'est gentil de t'inquiéter de ma santé, *Chouchou*, mais je me suis trop impliqué dans cette mascarade pour avoir envie d'abandonner maintenant. N'aie pas peur. Tout ira bien.

Avec des gestes pleins de tendresse, il l'obligea à se recoucher au milieu de ses oreillers.

— A mon avis, tu as besoin de dormir encore un peu, ma délicieuse petite marmotte. Ensuite, je suis sûr que tu auras recouvré tout ton esprit combatif !

Il ponctua sa phrase d'un nouvel éclat de rire, puis il se leva et acheva de s'habiller.

Avant de se diriger vers la porte, il lui envoya un dernier baiser.

— Haut les cœurs, mon trésor ! Comme dit Jobe, nous allons bien nous amuser. A ce soir... Et que le spectacle commence !

— Duncan !

Elle lui tendit les bras et leva vers lui un regard encore embrumé d'amour et de plaisir.

— Je... C'est...

— Par Jupiter, tu es adorable ainsi, *Chouchou* ! l'interrompit-il en soulevant le loquet de la porte. Tu es le seul vrai trésor de Bodiam !

Il devait partir maintenant, tout de suite. Sinon, il ne résisterait pas à son envie de la rejoindre dans son lit.

— Au revoir, mon amour. Repose-toi bien.

D'un geste décidé, il entrouvrit le battant et se glissa derrière la tapisserie.

Quand Duncan rejoignit sa chambre, le soleil commençait à faire une timide apparition à travers les nuages. Un excellent présage pour la réussite de leur entreprise.

Kitt ronflait sur sa paillasse. Avant de le réveiller, il se dirigea vers son grand lit à baldaquin et froissa les draps et les couvertures, afin de ne pas piquer sa curiosité. Un page n'avait pas besoin de connaître les activités nocturnes de son maître. Puis il se déshabilla et alla le secouer sans ménagement.

— Allez, debout, mon garçon ! C'est Halloween, le jour de tous les démons. Où sont mon rasoir et mon savon ? Ma cuvette d'eau chaude ? Mes habits ? Rien n'est encore prêt ! Et ma chope de bière ? File dans la cuisine et ne traîne pas en route !

Kitt se leva en titubant et accueillit ses récriminations avec un juron bien senti.

Duncan haussa un sourcil faussement réprobateur.

— Ho ho ! quel langage ! Si ta digne mère entendait un mot aussi malsonnant sortir de ta bouche, tu serais condamné à manger du savon pendant un mois.

Pour toute réponse, Kitt bâilla et s'étira, puis il s'habilla — sans le moindre enthousiasme. Quand la porte eut claqué derrière lui, Duncan laissa libre cours à son hilarité. Par le Christ, jamais il ne s'était senti aussi bien ! Il débordait d'énergie et il avait l'impression d'avoir rajeuni de dix ans.

S'agenouillant à côté de sa malle, il chercha quels vêtements il allait mettre pour les « festivités ». Ce faisant, ses doigts touchèrent une feuille de parchemin. Il la prit afin de la regarder à la lumière et constata en grimaçant qu'il s'agissait de son contrat de fiançailles avec Griselda — un contrat qu'il s'était bien gardé de signer. Il s'apprêtait à le froisser et à le jeter dans la cheminée, quand, soudain une idée lui traversa l'esprit.

Et si...

Il n'avait pas accordé une grande attention aux inquiétudes de Blanche, mais, en y réfléchissant, il valait peut-être mieux assurer une deuxième ligne de défense — au cas où Mortimer se montrerait plus pugnace qu'il ne l'avait imaginé.

Il parcourut rapidement la feuille de papier. Avec quelques modifications, ce document pourrait constituer une réponse parfaite à un échec éventuel. Ensuite, il lui suffirait d'apposer sa signature.

Kitt réapparut — d'aussi méchante humeur. Duncan but une longue gorgée de bière et s'essuya la bouche avec sa manche.

— Fraîche à point, approuva-t-il. Le soleil est déjà haut, il me semble ?

Le jeune page grommela.

— Il est à peine 6 heures ! A part le cuisinier, personne n'est debout.

Duncan aiguisa son rasoir et entreprit d'enduire ses joues avec du savon.

— C'est ce que je disais, acquiesça-t-il avec une feinte gravité. Tu as juste le temps d'aller me chercher de l'encre et une plume.

— Pour quoi faire ? questionna le jeune garçon tout en examinant avec dégoût le pourpoint de Duncan. Vous avez vu qu'une attache est cassée ? Je vais devoir la recoudre et j'ai horreur de ce genre de travail !

— Au diable les attaches de mon pourpoint ! répliqua Duncan avec impatience. Je t'ai demandé de l'encre et une plume.

— Où voulez-vous que je trouve de tels articles à une heure aussi peu chrétienne ?

Avant de lui répondre, Duncan finit de raser sa joue droite.

— Débrouille-toi. Un bon page doit savoir faire preuve d'imagination.

Kitt fit la moue.

— Vous me demandez d'aller *voler* de quoi écrire dans le bureau de messire Fletcher ?

Duncan lui décocha un regard plein de reproche.

— Voler ? Fi donc, mon garçon ! Jamais je n'inciterais mon page à commettre un acte aussi répréhensible.

Un large sourire barra le visage de Kitt.

— Bien sûr... Mais il faut quand même que je vous trouve une plume et de l'encre.

Duncan rasa sa joue gauche et essuya son visage avec sa serviette.

— Tu as tout compris. Essaie de ne pas te faire prendre.

Lorsque Kitt revint avec son butin, Duncan avait fini de s'habiller. Tandis que le jeune page s'affairait autour de la chambre, il s'assit sur le rebord de la fenêtre et, prenant le contrat de fiançailles que lui avait fourni si obligeamment Mortimer, il entreprit de gratter un certain nombre de mots avec la pointe de sa dague. Grâce à Dieu, le maître de Bodiam avait choisi un parchemin très épais et la tâche s'avéra plus facile qu'il ne l'avait craint. Quand il eut terminé, il prit une profonde inspiration et inscrivit à la place d'autres mots — des mots qui pourraient bien un jour changer radicalement sa vie. A défaut, ils garantiraient à Blanche la pleine possession de ce château pour lequel elle s'était déjà tellement battue. Lorsqu'il eut fini, il secoua le document afin d'en sécher l'encre.

— Kitt, mon garçon, il est temps que toi et moi nous ayons une conversation sérieuse, d'homme à homme.

Le jeune page s'arrêta au milieu de ses corvées et une lueur brilla dans ses yeux.

— Ce n'est pas la peine. Jobe m'a déjà expliqué tout ce que j'avais besoin de savoir.

Duncan fronça les sourcils.

— Comment cela? Que t'a-t-il donc expliqué?

Kitt essaya de prendre un ton détaché.

— Oh! vous savez bien... Les choses qu'un homme doit faire pour plaire à une femme. Les petits trucs qui les excitent, ajouta-t-il en rougissant légèrement.

Pris au dépourvu, Duncan ne sut pas s'il devait éclater de rire ou se formaliser. Il préférait ne pas penser à la réaction de lady Catherine si elle venait à apprendre de quelle manière Jobe avait complété l'éducation de son cher « petit ».

— Je suppose, par contre, qu'il n'a même pas évoqué les obligations morales qu'un homme contracte lorsqu'il fait l'amour avec une femme ?

Kitt réfléchit un instant avant de répondre.

— Non... Je ne m'en souviens pas.

— Cela m'aurait étonné. Quand nous en aurons le temps, il faudra que nous en parlions tous les deux. Longuement et à tête reposée. D'ici là, abstiens-toi de mettre en pratique tes nouvelles connaissances sur la jeune et innocente Dolly. Montjoy serait capable de t'arracher les oreilles — et bien autre chose encore.

Le jeune page rougit jusqu'à la racine de ses cheveux.

— Je n'y avais même pas pensé.

Petit menteur !

Avant de poursuivre, Duncan s'éclaircit la gorge.

— Pour ma part, je voulais m'entretenir avec toi d'un tout autre sujet. Une affaire juridique qui te concerne, car, à part toi, il n'y a aucun représentant mâle des Cavèndish à moins de cinq cents miles de Bodiam.

Kitt hocha la tête et prit un air important.

— De quoi s'agit-il ?

Duncan lui tendit le document qu'il venait de modifier.

— Lis ceci soigneusement. Si tu es d'accord avec les différentes clauses, tu signeras en bas et tu feras précéder ton nom de la mention « subrogé tuteur, en l'absence, mais avec l'accord, du tuteur légal » .

Tandis que le jeune garçon déchiffrait péniblement le verbiage juridique et ampoulé de Mortimer, Duncan inspecta l'état de ses ongles, puis il se mit à pianoter nerveusement sur l'appui de la fenêtre. Il avait les mains moites et ressentait un peu la même chose que ce que ressent un prévenu avant l'annonce du verdict.

Il s'agit seulement d'un bout de papier, se dit-il intérieurement. *A n'utiliser qu'en cas d'extrême urgence.*

Quand il eut terminé sa lecture, Kitt releva la tête.

— C'est sérieux ? questionna-t-il d'une voix incrédule.

— Tout à fait, acquiesça Duncan avec un sourire faussement nonchalant. C'est pour assurer l'avenir de Blanche — au cas où il y aurait une faille imprévue dans notre plan. Es-tu d'accord pour le signer ?

— Tout de suite et avec les deux mains, s'il le faut ! s'exclama-t-il en gloussant de bonheur.

Il prit la plume et inscrivit la mention que lui avait dictée Duncan, avant d'apposer sa signature : *Christopher James Cavendish.*

Il la compléta par un paraphe orgueilleux, puis il rendit la plume à Duncan qui, les doigts tremblants, la trempa dans l'encrier.

Une simple précaution qui n'engage personne. Blanche ne m'en voudra pas — je l'espère, du moins.

Il avala avec peine, puis il signa et antidata le document.

— Voilà, c'est fait, déclara-t-il d'une voix à peine audible.

Quand l'encre fut sèche, il roula le parchemin et le tendit à Kitt.

— Je te le confie, sur ton honneur et sur ta vie, déclara-t-il solennellement. Tu en feras usage seulement si la situation l'exige.

— Comment le saurai-je ?

— Ton instinct te le dira, répondit Duncan par-dessus son épaule.

Kitt se redressa, tout fier de sa nouvelle responsablité.

— Vous pouvez avoir confiance en moi, messire. Je le produirai au moment voulu et, s'il ne s'avère pas nécessaire, je vous le rendrai.

17.

La mine lugubre, le maître de Bodiam allait et venait en marmonnant. Depuis le matin, une véritable fièvre semblait s'être emparée de son château. Griselda rayonnait. Pour la première fois de son existence, elle pouvait commander à une armée de serviteurs qui semblaient n'être là que pour obéir à ses moindres caprices.

D'où pouvaient bien provenir tous ces gens ? Ils étaient apparus comme par magie — recrutés à grands frais, sans nul doute.

Il grinça des dents. Cette chasse aux fantômes lui avait déjà coûté une petite fortune et Griselda semblait avoir pris des goûts fort dispendieux depuis quelque temps. Enfin, d'ici peu, ce ne serait plus son problème, mais celui de sir Hayward.

Il épia du coin de l'œil son futur beau-frère. Il y avait quelque chose qui le troublait chez lui. Il savait qu'il ne l'avait jamais rencontré auparavant, mais son nom lui semblait vaguement familier. Cuthbert l'aurait-il connu pendant son bref séjour à la Cour ?

Griselda fit semblant de trébucher de l'escabeau sur lequel elle s'était perchée et Duncan la reçut obligeamment dans ses bras. Eclats de rire, petits cris faussement offusqués... son soupirant lui sourit en retour.

« Ce pendard est trop bien tourné, songea-t-il. Pourquoi diable un gentilhomme de son rang chercherait-il à épouser la fille d'un marchand de laine ? Et, qui plus est, un laideron stupide et vaniteux. »

Depuis l'arrivée de sir Hayward, cette question n'avait pas cessé de l'obséder. Quelque chose ne tournait pas rond.

Enfin, cela n'avait plus d'importance, maintenant. Les fiançailles seraient annoncées ce soir et, dimanche, les bans seraient publiés. Il ne pourrait plus revenir en arrière. Dans moins d'un mois, sa sœur serait lady Griselda Hayward.

Brusquement, Mortimer se souvint que sir Hayward ne lui avait pas encore rendu son contrat de fiançailles.

D'un pas rapide, il rejoignit le couple en train de superviser la mise en place d'une guirlande de verdure.

— Regardez qui vient nous voir ! s'écria Griselda en l'apercevant. Le Chevalier à la Triste Figure ! Par ma foi, mon frère, vous pourriez essayer de sourire un peu. Après tout, je vais me marier — cette pensée devrait vous remplir de joie.

Elle se retourna et prit Duncan à témoin — en minaudant et en lui décochant un regard énamouré.

— Vous ne croyez pas, mon chéri ?

— Si, bien sûr. Vous avez toujours raison, mon oiseau des îles, répondit Duncan avec un rire nonchalant.

Mortimer fit une grimace qui, à la rigueur, aurait pu passer pour un sourire.

— Puis-je m'entretenir un instant avec vous, messire Hayward ?

Griselda serra possessivement le bras de son fiancé.

— Maintenant ? Cela peut sûrement attendre. J'ai trop besoin de ses conseils et de son aide en ce moment. Il reste encore tellement de choses à faire ! Nos invités vont bientôt...

— Je t'en prie, arrête ton verbiage ! l'interrompit Mortimer sur un ton agacé. Nous en aurons seulement pour quelques instants. Venez, messire.

Duncan hocha la tête.

— Je vous suis.

Il prit la main de Griselda et déposa un baiser dans sa paume.

— Je vous reviendrai aussi vite que possible, mon adorée.

Griselda protesta en minaudant — au grand dam de son frère qui leva les yeux au ciel — mais elle laissa Duncan partir non sans lui avoir recommandé de se hâter. Elle avait absolument besoin de son avis pour la décoration du hall !

Lorsqu'ils furent dans le cabinet de travail de Mortimer, le maître de Bodiam fit asseoir son hôte et se cala dans son fauteuil, derrière son bureau.

— Pardonnez-moi de vous avoir enlevé ainsi, messire, déclara-t-il en feuilletant la pile de papiers devant lui, mais je n'arrive pas à retrouver le contrat de fiançailles que je vous ai confié l'autre jour. L'auriez-vous toujours en votre possession, par hasard ?

Duncan haussa un sourcil étonné.

— Non, bien sûr. Je l'ai posé sur votre bureau — hier ou avant-hier, je ne sais plus. Vous l'avez peut-être glissé, par mégarde, dans un livre de comptes ou au milieu d'autres papiers, suggéra-t-il en parcourant du regard les piles de documents éparpillés sur la table.

Mortimer fronça les sourcils. Malgré le désordre apparent, il connaissait exactement le contenu de chaque pile et était absolument sûr de ne pas avoir vu ce contrat. Néanmoins, il préféra ne pas froisser son futur beau-frère — il valait mieux attendre qu'il soit régulièrement marié avec Griselda.

Prenant l'un des livres de comptes, il entreprit de le feuilleter. Rien.

Duncan croisa les jambes et bâilla ostensiblement.

Se moquait-il de lui ? Le maître de Bodiam commençait à bouillir intérieurement.

Il vérifia, l'un après l'autre, toute une pile de documents : des factures, des actes notariés, diverses correspondances avec des fournisseurs. Toujours rien.

Cela commençait à ressembler à une farce. Il était quasiment certain que sir Hayward ne lui avait pas rendu ce contrat. Il l'aurait bien vu, que diable !

Il secoua un autre registre. Une feuille s'en échappa.

Un sourire éclaira le visage de Duncan.

— Ah ! vous l'avez trouvé !

Mortimer ne répondit rien, bien qu'il fût persuadé qu'il ne s'agissait pas du fameux contrat. Ce parchemin n'était pas aussi épais que celui dont il se servait pour les actes et pour les documents officiels. Il le déplia machinalement.

En découvrant les mots qui y étaient gribouillés, il ne put réprimer un tremblement de frayeur. Des mots inscrits à l'encre rouge — ou bien était-ce du sang ?

« Tes heures sont comptées, fils de satan. Lorsque les douze coups de minuit sonneront, le soir de Halloween, tu pourrais bien aller rejoindre tes pareils dans les feux de l'enfer. Cet avertissement t'est envoyé de la main de celle que tu as honteusement empoisonnée et spoliée, Blanche Fletcher Cavendish. »

Sir Hayward se redressa à demi et se pencha, le visage empreint de curiosité.

— Qu'y a-t-il ? Vous êtes bien pâle, tout d'un coup.

Mortimer s'essuya le front avec sa manche.

— Ce n'est rien. Une affaire urgente que j'ai oublié de traiter. Je vous en prie, retournez auprès de l'élue de votre cœur. J'ai besoin d'être seul.

— A votre guise, messire, acquiesça-t-il calmement.

Dès qu'il fut sorti, Mortimer se leva et alla jeter le

message diabolique dans la cheminée. Il regarda le parchemin s'enflammer, puis il poussa un long soupir.

Ah ! si seulement cette maudite mascarade pouvait être déjà terminée !

Attendre. Toujours attendre ! La patience n'avait jamais été la qualité première de Blanche et aujourd'hui les heures s'écoulaient avec une lenteur exaspérante, ponctuées par de trop rares visites.

A midi, Kitt lui avait apporté son déjeuner et le petit sac de farine dont elle avait besoin pour donner à son visage une pâleur fantomatique. Elle aurait aimé lui demander ce que faisait Duncan, mais il s'était sauvé presque aussitôt en marmonnant quelque chose à propos de ses mystérieuses « lanternes du diable ».

Vers 16 heures, Jobe était venu chercher les feux d'artifice.

— La pluie s'est arrêtée, lui avait-il annoncé avec un large sourire. Si notre Créateur a chassé les nuages, c'est sans doute afin de ne rien perdre du spectacle que nous allons lui donner.

Lui non plus ne s'était pas attardé — il n'en avait vraiment pas le temps.

Elle délogea Dexter de l'édredon et le posa sur ses genoux.

— Tout le monde a quelque chose d'excitant à faire — sauf moi, se plaignit-elle au félin. Je suppose que ce n'est pas encore l'heure de te rouler dans la suie de la cheminée ? Cela ne te plaira pas, mais il faut que tu sois déguisé, toi aussi. Comme tout le monde. Mon pauvre chéri, tu ne sais pas ce qui t'attend...

Le gros chat roux ferma les yeux et ronronna paisiblement.

Aprés l'avoir reposé sur le lit, elle décida d'essayer sa

robe de tulle. La traîne retombait à la perfection derrière elle et le tissu vaporeux lui donnait l'impression d'être drapée dans une toile d'araignée — naturellement, elle avait mis, en dessous, un jupon et un corsage blancs.

Elle pivota sur elle-même et se regarda dans son miroir. « Je ne me coifferai pas, décida-t-elle. Une longue chevelure de sorcière sera du plus bel effet ! »

Après avoir ajusté son corsage, elle s'examina d'un œil critique.

— Il manque quelque chose... Du sang sur les mains, peut-être ? Non, cela rendrait la chandelle trop glissante. Si je mets le feu à ma robe, je risque de me transformer en vrai fantôme et je n'en ai pas la moindre envie.

Jouer sur l'encolure ? Un peu plus bas ? Elle réussit seulement à exposer les charmes par trop attirants de sa poitrine.

— Voilà un décolleté qui plairait à Duncan.

A cette pensée, un tendre sourire erra sur ses lèvres — mais elle n'avait nullement l'intention d'offrir un tel spectacle à Mortimer.

Elle réfléchit.

— C'est trop terne. Il faudrait de la couleur, un... J'ai trouvé ! s'exclama-t-elle en faisant claquer ses doigts. C'est exactement ce qu'il me faut, Dexter ! Tous les yeux seront braqués sur moi !

Les doigts tremblants d'excitation, elle se déshabilla et remit sa robe de laine grise. Puis, la tête dissimulée sous une grande coiffe de paysanne, elle se glissa hors de sa chambre. Avec tout ce monde qui s'agitait dans le château, elle n'aurait aucune peine à passer inaperçue.

Quelques heures plus tard, lorsque Blanche ouvrit à Jobe, ils restèrent l'un et l'autre bouche bée.

L'Africain fut le premier à reprendre ses esprits. Après

avoir examiné la magnifique parure qui étincelait au cou de Blanche, il hocha la tête approbativement.

— C'est le soir ou jamais pour la porter. Messire Fletcher en sera vert de rage — s'il est encore là au moment de votre apparition.

Pour sa part, la jeune femme eut plus de peine à revenir de sa surprise.

Une longue cape noire enveloppait Jobe des épaules jusqu'aux chevilles, mais, en dessous, il était nu — à l'exception d'une ceinture munie d'un fourreau qui dissimulait — ou mettait en valeur ? — ses attributs virils. Et surtout, son corps était peint ! Des lignes blanches, larges d'un demi-pouce, qui striaient son visage et couvraient son torse, ses bras et ses jambes de cercles concentriques. La nuit était fraîche, mais il ne semblait même pas s'en apercevoir et son visage rayonnait d'excitation.

Pour compléter le tableau, il arborait des boucles d'oreilles, un anneau dans le nez et des bracelets de cuivre aux poignets et aux chevilles. Un djinn, un dieu païen monstrueux et terrifiant... Si elle ne l'avait pas si bien connu, elle aurait sans nul doute défailli ou hurlé de frayeur.

Un large sourire transfigura le visage de l'Africain.

— Je crois que nous allons bien nous amuser !

— Oui, acquiesça Blanche, ce sera une soirée vraiment inoubliable.

Dans le ciel, un croissant de lune argenté chevauchait un banc de nuages noirs qui achevaient de s'effilocher en rubans vaporeux.

Il ne pleuvrait pas. Pas avant le matin, du moins.

Debout devant sa toilette, Duncan sifflotait un air joyeux, tandis que Kitt l'aidait à revêtir son habit de Cour. Ce soir il devait jouer le rôle du riche seigneur fiancé à la sœur du maître de maison. Pourpoint de soie à grandes rayures verticales jaunes et vertes, chemise à col et manchettes de dentelle, haut-de-chausses bouffant rouge et or, rubans écarlates aux genoux... Après avoir enfilé sa casaque de velours, il posa sur sa tête un chapeau plat orné d'une plume d'autruche.

— Comment me trouves-tu ? questionna-t-il en pivotant sur lui-même.

Le jeune page rejeta la tête en arrière et l'inspecta d'un œil approbateur.

— Vous avez l'air d'un prince, messire. Lady Griselda va s'évanouir de bonheur quand elle vous verra dans d'aussi beaux atours.

— Pas tout de suite, j'espère, marmonna Duncan.

Il prit un petit rouleau de papier bleu dans son coffre à vêtements et le déposa soigneusement dans une poche accrochée à sa ceinture — la poudre noire qui donnerait le signal des festivités. Puis il glissa une dague longue et étroite dans la manche de son pourpoint. Il aurait préféré affronter cette soirée l'épée au côté, mais une telle précaution risquerait de lui attirer des questions embarrassantes.

— Tu as une arme sur toi ? questionna-t-il en se retournant vers Kitt.

— Vous croyez que je pourrais en avoir besoin ?

— Je ne pense pas, mais un homme avisé ne s'aventure jamais dans l'inconnu sans avoir de quoi se défendre.

Kitt pâlit légèrement, mais il carra les épaules et garda la tête droite.

— Mon couteau de chasse ? suggéra-t-il. Je n'ai rien d'autre.

— Cela ira. Porte-le attaché à ta ceinture, mais dans le dos, afin que personne ne le remarque. Et le document que je t'ai donné ce matin ?

Kitt frappa sur son torse.

— Ici, enveloppé dans du papier huilé.

— C'est parfait. Es-tu prêt, mon garçon ?

— Oui. Comme dit Jobe, je crois que nous allons bien nous amuser !

Duncan lui tapota les cheveux affectueusement.

— Tâche de ne pas te laisser trop distraire par les charmes de Dolly — beaucoup d'hommes ont péri à cause d'un moment d'inattention.

— Vous pouvez compter sur moi, répondit-il gravement. Je serai à mon poste.

— Bien. Alors, allons-y. *Alea jacta est.*

La grande salle de Bodiam était pleine d'invités qui, tous, arboraient les masques fantasques et bariolés de Griselda — de grands plateaux étaient disposés à l'entrée et chacun pouvait choisir le sien à sa guise.

Une troupe de cinq ménestrels, tous d'anciens domestiques du château, firent leur entrée en portant, en plus de leurs instruments, des sacs de toile que Duncan savait contenir une multitude de chauves-souris récoltées dans les granges et les greniers du village. Les jeunes gens traversèrent la foule pour monter dans la galerie de bois qui dominait la salle. Ils avaient l'air joyeux et, de temps à autre, échangeaient des coups d'œil complices.

Duncan réprima un sourire. Montjoy avait bien fait son travail. Il chercha des yeux le vieux régisseur et le découvrit — comme de bien entendu — assis devant la cheminée. Son visage était dissimulé derrière un masque — une chouette avec un bec pointu et des yeux immenses. Dolly se tenait à côté de lui — son masque à elle représentait une tête de chat, toute noire avec une grande moustache blanche. Avant de les rejoindre, le chevalier choisit également un masque — celui d'un arlequin bariolé et hilare.

— Bonsoir, messire, murmura-t-il. Je vois que vous

avez réussi à remplir la salle. Savent-ils ce qu'ils doivent faire ?

Montjoy grommela.

— Bien sûr ! Ils sont tous aussi désireux que moi de débarrasser Bodiam des Fletcher.

— Leur avez-vous dit que lady Blanche était en vie ?

— Non, répondit le vieux régisseur en secouant la tête. J'ai pensé que, de cette façon, ils auraient une réaction plus naturelle quand elle ferait son apparition. Comment va cette chère enfant ?

Duncan sourit derrière son masque.

— Si vous voulez bien me pardonner mon jeu de mots, elle est dans un excellent état d'esprit.

A cet instant, Griselda l'aperçut et se fraya un chemin à travers la foule de ses invités.

— Oh ! mon beau chevalier ! Vous êtes absolument éblouissant ce soir !

Duncan s'inclina jusqu'à terre.

— Permettez-moi de vous retourner le compliment, m'amie. Vous êtes si divine que vous feriez pâlir d'envie Aphrodite, la déesse de la Beauté.

En réalité, les couleurs criardes de sa robe lui évoquaient une tente de foire, tant elle était gonflée et surchargée de volants.

— Quant à vos masques, permettez-moi de vous féliciter. Votre fabricant est un véritable magicien et vos dessins sont tout simplement admirables !

— Merci, vous me flattez vraiment trop, messire, murmura-t-elle en papillotant.

Elle s'appuya contre lui et baissa la voix.

— Au fait, d'où viennent tous ces gens ? Je n'imaginais même pas que nous avions autant de voisins.

Duncan lui prit la main et l'escorta à l'écart. La proximité du feu le rendait un peu nerveux — à cause de la poudre noire qu'il avait dans sa poche.

— Cette campagne regorge de gens de bonne compagnie, expliqua-t-il avec nonchalance. Pendant mes promenades à cheval, j'ai fait de nombreuses rencontres et été partout fort bien reçu. A la vérité, ma nymphe adorée, cela vous ferait du bien de sortir un peu, de profiter du grand air...

Elle fit la moue.

— Je déteste les chevaux et...

La fin de sa phrase se perdit dans le roulement de tambour qui annonçait la première danse de la soirée.

Duncan s'inclina de nouveau.

— Venez, mon trésor, nous allons donner une petite leçon à ces rustauds.

Griselda laissa échapper un éclat de rire et se laissa entraîner au milieu des couples qui se mettaient en place pour la pavane. Sur la galerie, les ménestrels finissaient d'accorder leurs instruments, qui sa saquebute, qui sa vielle, sa flûte ou son luth.

Tandis que Duncan guidait tant bien que mal sa partenaire, son regard parcourut la grande salle, à la recherche de Mortimer. Au bout d'un moment, il le découvrit en conversation avec un gentleman bedonnant dont le visage était recouvert d'un masque représentant une tête de taureau. Vêtu entièrement de noir, le maître de Bodiam était la seule personne de toute l'assemblée à ne pas être masquée. Il avait l'air sombre et de méchante humeur.

« Ce gros avare est probablement en train de compter dans sa tête ce que va lui coûter cette petite fête ! » songea Duncan, amusé.

Griselda, il est vrai, avait vraiment bien fait les choses. Il ne manquait rien. Au milieu de la salle, une table immense était surchargée de victuailles en tout genre : des cochons de lait, des faisans, des montagnes de charcuterie — sans compter les gâteaux, les choux à la crème et toutes les sucreries possibles et imaginables. Et, bien sûr, le vin et la bière coulaient à flots. Tout ce qu'il fallait pour chauffer l'atmosphère et les « esprits ».

La pavane s'acheva, et les musiciens attaquèrent une gaillarde pleine d'entrain.

Tout allait pour le mieux. Les heures passèrent. Gavottes, branles, voltes et, de nouveau, gaillardes et pavanes. Duncan nota que les anciens serviteurs de Bodiam buvaient modérément, alors que les séides de Mortimer et les braves gens de Hawkhurst sacrifiaient au dieu Bacchus sans la moindre arrière-pensée. La figure de Mortimer s'allongeait au fur et à mesure qu'il voyait ses barils se vider et ses victuailles disparaître dans une multitude de gosiers inconnus.

Duncan fit virevolter sa partenaire — qui, visiblement, avait de plus en plus de mal à le suivre.

Il jeta un coup d'œil par-dessus les têtes des danseurs. Kitt avait disposé ses lanternes du diable dans les niches et il était en train de les allumer avec l'aide de Dolly. Bientôt, la salle allait être illuminée par plusieurs dizaines de visages blêmes et grimaçants. Pour le moment, personne ne les remarquait, car les invités qui ne dansaient pas étaient agglutinés autour de la table ou devant la cheminée.

Il jeta un coup d'œil à la grande baie vitrée qui dominait les douves. Dans l'après-midi, il avait tiré le loquet de l'un des battants et, une fois la nuit tombée, avait attaché une grosse corde au montant central. Il vit avec soulagement que le loquet était toujours tiré et que ses préparatifs n'avaient pas été dérangés. Jobe était déjà sûrement à son poste, à l'autre bout de la corde.

Pourvu que Blanche soit prête...

A la fin de la pavane, il suggéra une pause à sa cavalière. Griselda hocha la tête avec soulagement. Elle était hors d'haleine et son masque pendait de guingois.

Il l'entraîna avec autorité vers la table, la fit asseoir et lui apporta une tasse de cidre. Puis, une aiguière de vin blanc à la main, il s'approcha de la cheminée d'un pas traînant. Comprenant ses intentions, Montjoy se leva et s'écarta prudemment du foyer.

Un dernier coup d'œil alentour... Mortimer se trouvait de l'autre côté de la table. Il ne regardait pas de son côté. C'était le moment ou jamais. Il prit une profonde inspiration et jeta le rouleau de poudre dans les flammes.

Il eut juste le temps de faire un pas de côté.

D'un seul coup, tous les feux de l'enfer se déchaînèrent.

18.

Un énorme « bang » secoua la grande salle, tandis que de grandes flammes, accompagnées par un nuage de fumée grise, jaillissaient en sifflant de la cheminée.

Quelques uns des invités rirent nerveusement — pensant sans doute qu'il s'agissait d'une nouvelle attraction — mais la plupart poussèrent des cris d'effroi.

Kitt avait déjà bondi. Profitant du chaos, il moucha les candélabres de son côté de la table, tandis que Dolly procédait à la même opération de l'autre côté. Le souffle de l'explosion avait éteint le feu de la cheminée et, d'un seul coup, ce fut le noir. Un noir opaque où grimaçaient des dizaines de petits visages phosphorescents.

La voix criarde de Griselda s'éleva :

— Duncan ! Duncan ! Où êtes-vous ? Je vais m'évanouir !

Riant sous cape, il fendit la foule pour la rejoindre. Elle se cramponna à lui, mais, avant qu'il ait eu le temps de l'apaiser, les ménestrels ouvrirent leurs grands sacs et une nuée de chauves-souris affolées se jetèrent sur les invités. Lorsque l'une d'entre elles s'accrocha à sa coiffe, Griselda poussa un hurlement de terreur.

— Duuuncan ! Protégez-moi ! J'ai peur !

Elle planta ses ongles dans son cou et se plaqua contre lui en tremblant.

« Si seulement elle pouvait défaillir, pensa-t-il, cela me simplifierait considérablement la tâche ! »

A cet instant, une torche apparut devant la grande baie vitrée.

— Regardez ! Là-bas ! s'exclama une voix horrifiée.

Jobe... Il avait promis de se surpasser, mais quand Duncan découvrit la stature massive de l'Africain, il ne put réprimer un sifflement admiratif.

Debout sur l'appui de fenêtre en pierre, il tenait sa torche devant lui afin que le public puisse le voir dans toute sa splendeur.

De sa main libre, il ouvrit les pans de sa longue cape noire.

Tous les regards étaient braqués sur lui. Les gens en oubliaient même de crier, tant ils étaient pétrifiés !

Il est vrai qu'il y avait de quoi...

Hormis une sorte de ceinture nouée autour de la taille, Jobe était complètement nu — une vision pour le moins choquante dans une Angleterre bigote et puritaine.

Ses bracelets et ses anneaux de cuivre étincelaient sur sa peau noire et luisante — sans parler du chapelet de dagues qui pendait en bandoulière sur son épaule et en travers de son torse. Mais, surtout, des lignes blanches zébraient son corps et dessinaient des arabesques sur son visage, ses bras et ses jambes. On aurait dit un squelette — celui d'un géant qui aurait décidé de quitter sa sépulture pour terrifier les vivants.

Il ouvrit la bouche et, rejetant la tête en arrière, imita le cri d'amour des singes de la jungle. Puis, avant même que les gens soient revenus de leur stupeur, il se lança dans une danse acrobatique avec force contorsions, grimaces et hurlements, comme jamais Duncan n'en avait vus ou entendus.

Sans doute subjugué par la magie de ses mouvements, l'un des ménestrels l'accompagna avec son tambour, d'abord lentement, puis avec une véritable frénésie — comme s'il était lui-même en communion avec tous les démons de l'Afrique.

Duncan, lui, regardait son ami avec fascination. Jobe lui avait certes souvent parlé de la beauté envoûtante de son pays, mais il avait oublié que dans les contrées retirées d'Afrique, les hommes parlaient une langue différente, observaient des coutumes barbares et pratiquaient une religion sans aucun rapport avec le christianisme.

— C'est le diable en personne !

De nombreux spectateurs, à bout de nerfs, tombaient à genoux et cachaient leur visage dans leurs mains. D'autres se signaient et marmonnaient des incantations. Griselda, elle, poussa un petit cri étranglé et perdit connaissance.

Jobe effectua un dernier entrechat, encore plus hardi que les autres, puis il jeta sa torche dans les douves derrière lui et, se drapant dans sa cape, disparut de nouveau dans les ténèbres d'où il avait surgi — en fait, il avait simplement saisi la corde et s'était laissé glisser dans sa barque.

Duncan souleva Griselda et chercha des yeux l'un des hommes de Montjoy afin de lui confier son fardeau. Il avait beau n'éprouver aucune affection pour elle, il ne souhaitait pas pour autant qu'elle fût piétinée lorsque Dolly et les autres chambrières de Bodiam provoqueraient le mouvement de panique dont il avait convenu avec elles. Apercevant l'un des valets du régisseur, il lui plaça d'autorité Griselda dans les bras.

— Ne la jette quand même pas dans les douves, lui recommanda-t-il à voix basse. Il suffit de l'abandonner dans un fourré, de l'autre côté du pont-levis.

Un large sourire barra le visage de l'homme.

— A vos ordres, messire.

Il chargea la jeune femme inconsciente sur son épaule

— avec autant de ménagement que s'il s'agissait d'un sac de farine — mais ne s'éloigna pas tout de suite, de crainte de manquer le reste du spectacle.

De son côté, Duncan partit à la recherche de Mortimer. Le visage illuminé par la lumière blafarde des lanternes du diable, le maître de Bodiam avait perdu toute sa superbe et ses lèvres laissaient sourdre des propos incohérents.

« En place pour le dernier acte ! » se dit Duncan.

Il fouilla du regard le fond de la grande salle, espérant voir apparaître Blanche dans son déguisement d'outre-tombe. Au lieu de cela, un bruit de sabots retentit dans la cour d'honneur.

Les spectateurs se retournèrent d'un bloc. Quelque mystérieux destrier gravissait les marches du perron. Ses fers sonnèrent sur les dalles de pierre de l'entrée et, tout à coup, la silhouette d'un grand cheval noir se dessina dans l'encadrement de la porte.

Duncan cligna des paupières. Que signifiait cette nouvelle diablerie ? Il chercha Montjoy du regard, mais ne réussit pas à le localiser.

Le destrier piaffait et dansait sur place. Les invités s'écartèrent pour le laisser passer. Son cavalier était vêtu entièrement à l'ancienne mode — cotte de mailles, ceinturon de cuir et bouclier orné d'un écu étincelant : d'azur, à trois tours d'argent, surmontées de trois étoiles d'or. Un heaume dissimulait son visage et il tenait dans sa main une lance de combat.

« Ce ne peut pas être Montjoy ! songea Duncan. Jamais il ne serait capable de maîtriser une monture aussi fringante. »

Kitt apparut à son côté, visiblement ravi.

— Il est impressionnant, n'est-ce pas ? murmura-t-il dans un souffle.

— Tu le connais ?

Le jeune page hocha la tête, les yeux rivés sur le chevalier.

— Je ne me souviens pas de son nom. J'avais même complètement oublié son existence. Il jouait avec moi ici, quand j'étais tout petit. Je ne l'ai pas revu depuis notre départ pour Wolfstone, il y a six ans. Il avait une moustache et des cheveux blancs.

Un ancien vassal des Cavendish ? Montjoy avait dû lui demander de se joindre à la « fête » et il avait accepté, par fidélité envers la fille de son ancien suzerain.

Une expression admirative se peignit sur les traits de Duncan. Il avait rarement vu un cavalier tenir un cheval fougueux avec une aisance aussi remarquable.

Comme s'il avait deviné ses pensées, le chevalier fit cabrer son destrier, puis il plongea à travers la salle. Des étincelles jaillissaient sous ses sabots. Les invités se plaquèrent peureusement contre les murs. Il fit le tour de la table, salua Duncan au passage puis s'en fut sur une volte. Le bruit de sabots s'éloigna dans la nuit.

Des éclats de rire nerveux éclatèrent çà et là. Deux ou trois voix demandèrent des torches. Des femmes suppliaient qu'on les ramène chez elles. On trébuchait, on se bousculait, on jurait... La confusion était totale.

Puis, soudain, la flamme d'une chandelle vacilla au bout de la salle. Un énorme chat noir, tous les poils hérissés, sauta de la galerie des ménestrels et traversa la table en miaulant furieusement. Le malheureux Dexter n'avait pas apprécié d'être roulé dans la suie !

De nouveau, tous les invités firent silence et attendirent avec angoisse le nouveau prodige.

Duncan, pour sa part, poussa un soupir de soulagement. C'était Blanche, enfin... Une forme éthérée s'avança au milieu de la piste de danse en laissant derrière elle une traînée de poudre blanche. Lorsqu'elle fut un peu plus près, elle rejeta son capuchon et approcha la chandelle de sa poitrine.

Une multitude de pierres précieuses chatoyèrent dans la lumière de la flamme.

Le cœur de Duncan s'arrêta de battre.

La parure des Thornbury !

— C'est lady Blanche ! s'écria Will, les yeux remplis de joie et de respect. Moi qui la croyais morte !

Un long gémissement s'échappa des lèvres de Dolly.

— C'est son esprit qui revient nous tourmenter ! Sainte Mère de Dieu, ayez pitié de nous !

Puis, comme convenu, elle se précipita en courant vers la porte.

Son cri donna le signal du sauve-qui-peut. Comme Montjoy l'avait prévu, l'apparition de l'ancienne châtelaine de Bodiam provoqua une véritable panique et tous les braves villageois s'enfuirent comme s'ils étaient poursuivis par une horde de loups affamés. En l'espace de quelques instants, il n'y eut plus personne dans la grande salle, à part Blanche, Duncan, Kitt — et Mortimer.

Pendant quelques instants, il resta comme pétrifié, puis un grognement rauque s'échappa de sa gorge.

— Retourne d'où tu viens, esprit de l'enfer !

Blanche prit une pose théâtrale et pointa vers lui un doigt accusateur.

— Je viens te chercher, Mortimer Fletcher ! répondit-elle d'une voix grave et rauque. Lucifer t'attend pour transpercer ton corps de fers rougis et pour te faire rôtir sur son gril.

Duncan serra les poings.

— Qu'attends-tu, fils de ribaude ? gronda-t-il. Cours ! Prends tes jambes à ton cou ! La route est longue jusqu'à Londres.

Au lieu d'obtempérer, Mortimer resta immobile, le regard halluciné tel celui d'un dément.

— Ma parure !

Ses doigts déjà crochus se crispèrent davantage.

— Donne-la-moi !

Il se mit à sauter d'un pied sur l'autre en hurlant :

— Elle m'appartient ! Elle doit me revenir ! C'est la loi !

Bien qu'elle ait été surprise par sa réaction, Blanche réussit à rester impassible.

— Repends-toi pour toutes tes vilenies, Mortimer ! Confesse les torts que tu as eus à mon égard !

Au lieu de s'enfuir comme ils l'avaient escompté, le maître de Bodiam se jeta en avant et lui saisit le bras. Mal lui en prit : Duncan tira une dague de la manche de son pourpoint.

Quand il se rendit compte qu'il tenait une femme vivante et non un fantôme, Mortimer jura grossièrement.

— Maudite catin !

Il la secoua — et un nuage de farine l'enveloppa.

— Tu es encore en vie, mais pas pour longtemps !

— Le spectacle est terminé ! cria Duncan, inquiet de la tournure des événements. Il faut fuir !

Blanche l'avait déjà compris. Elle écrasa sa chandelle sur la joue de Mortimer qui lâcha son bras en glapissant de douleur.

Duncan saisit la main de la jeune femme.

— Vite ! Courons ! Désolé pour le désordre, beau-frère, jeta-t-il à Mortimer par-dessus son épaule.

Ils se précipitèrent vers la porte, suivis par Kitt.

Derrière eux, Mortimer se mit à vociférer :

— Gardes, à moi ! Poursuivez-les ! Arrêtez ces chiens !

Duncan n'avait pas le temps de se demander s'il y avait encore des soldats à l'intérieur du château. Le perron, la cour... Cette dernière semblait déserte. La herse était levée et la grande porte ouverte sur l'extérieur.

Il jeta un coup d'œil par-dessus son épaule et son cœur s'arrêta de battre.

Plusieurs hommes d'armes venaient de sortir du corps

de garde et se lançaient à leur poursuite. Se battre ? A un contre dix ? C'était folie...

— Par les feux de l'enfer ! gronda-t-il.

— Ce sont des voleurs ! criait Mortimer, resté en retrait. Abattez-les ! Tuez-lez !

Une flèche vola au-dessus de leurs têtes. Jamais ils ne parviendraient à franchir le pont-levis.

Blanche se mordit la lèvre.

— Seigneur Dieu, ayez pitié de nous !

D'autres flèches volèrent dans leur direction, tirées par des hommes postés sur les remparts. En levant les yeux, ils virent deux archers qui ajustaient leurs arcs. La herse était déjà en train de descendre. Ils allaient être pris ou, pis encore, transpercés de traits.

Kitt poussa un gémissement.

— Par le sang du Christ, nous sommes perdus !

— Pas encore !

Blanche saisit le bras de Duncan et l'entraîna avec détermination vers le côté gauche de la cour.

— Par ici !

Courbée en deux, elle courut vers une tour d'angle. La tour des Bourguignons. Duncan obéit sans se poser de questions. Si quelqu'un connaissait un moyen pour les sortir de Bodiam, c'était elle. Kitt jura entre ses dents, mais il les suivit également.

Une fois à l'intérieur de la tour, Duncan ferma la porte et la barricada.

— Où allons-nous, maintenant ?

Blanche lui indiqua les marches d'un escalier en colimaçon.

— En haut !

— Mais...

La jeune femme ne l'entendit même pas : elle gravissait quatre à quatre les marches de pierre. Duncan secoua la tête, mais il s'engagea derrière elle. Au fur et à mesure qu'il montait, il prit soin de refermer les portes derrière lui — sans se faire trop d'illusions. Elles ne résisteraient pas longtemps aux haches et aux masses des hommes de Mortimer.

Quand il parvint au troisième étage, Blanche et Kitt étaient déjà à l'intérieur d'une grande salle voûtée qui, autrefois, servait d'entrepôt à grains.

En bas, les premiers coups de boutoir commençaient déjà à retentir, accompagnés d'imprécations et de jurons.

Blanche était hors d'haleine. Jamais elle n'avait été aussi belle — les joues rouges, les yeux brillant d'excitation, les cheveux en bataille...

— Et maintenant ? questionna-t-il.

— Venez.

La jeune femme reprit son souffle, puis elle les entraîna vers les latrines qui, comme souvent dans les châteaux, se trouvaient dans un renfoncement de la muraille. Elle s'accroupit et enleva le vieux siège de bois.

— Par ici, expliqua-t-elle en montrant le trou noir. Vite ! Je n'ai pas l'intention d'attendre l'arrivée de Mortimer.

Duncan grimaça.

— Vous avez perdu la tête !

— Pas du tout ! répliqua-t-elle tout en arrachant la traîne de son déguisement. Je l'ai déjà utilisé une fois. Il y a bien longtemps. Un soir où je voulais sortir sans que personne ne le sache.

Kitt fit une moue dégoûtée.

— Où cela mène-t-il ?

— Dans les douves — juste en dessous de la surface.

A cet instant, les voix des soldats résonnèrent dans l'escalier. La première porte avait cédé.

— Dépêchons-nous ! s'exclama-t-elle d'une voix angoissée. Nous n'avons pas de temps à perdre !

— C'est une chute de soixante pieds, objecta Duncan en frissonnant.

— Peut-être, mais le plan est incliné. Faites-moi confiance... Il le faut !

Duncan estima la largeur du trou et sut immédiatement que ses épaules seraient trop larges. Cependant, Blanche et Kitt étaient au moins aussi fluets que le vieux renard qui avait fait bâtir ce château, deux siècles auparavant. Le plan pouvait donc fonctionner — il devait fonctionner.

— A toi l'honneur, Kitt. C'est un ordre !

Le jeune page s'avança et s'introduisit en grimaçant dans l'étroit boyau.

— Quelle odeur atroce ! marmonna-t-il, le nez froncé.

Il leva les bras au-dessus de sa tête et disparut instantanément.

Duncan retint son souffle et se mit à compter lentement : un... deux... trois...

Lorsque il entendit un plouf assourdi, il se détendit et poussa un soupir de soulagement.

Un sourire triomphal éclaira le visage de Blanche.

— Vous voyez ? Je vous l'avais dit. C'est un jeu d'enfant. A vous, maintenant.

Duncan secoua la tête.

— Non. Je resterais coincé et je n'ai pas envie de mourir comme un rat.

Impulsivement, elle se jeta dans ses bras.

— Oh ! Duncan...

Il l'embrassa.

— Ne t'inquiète pas pour moi, Chouchou. J'ai connu des situations plus désespérées. Mortimer ne me fera pas tuer par ses hommes. Pour une raison toute simple : il n'a rien à y gagner, si ce n'est beaucoup d'ennuis.

— Tu... tu crois ? bredouilla-t-elle, les yeux remplis de larmes.

— Oui. J'en suis sûr, affirma-t-il avec une conviction un peu forcée.

A cet instant, un premier coup de hache fendit l'une des planches de la porte.

— Va-t'en ! Vite !

Il lui donna un dernier baiser et l'aida à se glisser dans le trou noir et malodorant.

— Transmets mes hommages à tes parents... Je t'aime, Chouchou.

— Moi aussi.

Il lui lâcha les poignets et, dès qu'elle eut disparu, il remit la lunette en place.

Plouf ! La jeune femme était arrivée à destination. Derrière lui, la porte était sur le point de céder.

Se battre ? Cela ne servirait à rien. Il réussirait peut-être à tuer deux ou trois adversaires, mais, d'une façon ou d'une autre, il finirait par se faire massacrer.

Avisant un appui de fenêtre, il alla s'asseoir et croisa les jambes. Puis il tira sa dague et entreprit de se curer les ongles consciencieusement, tout en regardant les planches de la porte voler en éclats.

Soudain, le battant céda et quatre hommes d'armes se précipitèrent à l'intérieur de la pièce, suivis par Mortimer, la bouche écumante de fureur.

Duncan les accueillit avec un sourire nonchalant.

— Bonsoir, messieurs. Que me vaut le plaisir de votre visite ?

— Emparez-vous de lui ! hurla Mortimer. Et sans ménagement !

En s'agrippant à des touffes d'herbe et à des aspérités, Blanche réussit, non sans peine, à se hisser sur la rive glissante des douves. Dès qu'elle eut repris son souffle, elle appela son frère à voix basse :

— Kitt, où es-tu ?

Le jeune page se rapprocha d'elle en rampant.

— Ici. Où est Duncan ?

Un sanglot s'étrangla dans la gorge de la jeune femme.

— Il n'a pas pu venir. Le conduit était trop étroit.

Kitt se redressa en jurant.

— Nous devons retourner là-bas et l'arracher aux mains de ces...

Sa sœur lui saisit le bras et l'obligea à se baisser.

— Calme-toi et, surtout, ne parle pas si fort ! Mortimer a peut-être posté des hommes sur les remparts.

Ses vêtements étaient imbibés d'eau glacée et elle claquait des dents.

— Nous le délivrerons. Ne t'inquiète pas. Pour le moment, nous avons d'abord besoin de nous réchauffer. Si nous mourons de froid, il n'y aura plus personne pour lui venir en aide.

Le jeune garçon hocha la tête.

— Tu as raison.

Le dos courbé, ils coururent vers l'orée de la forêt. Heureusement, il n'y avait pas de lune et ils étaient trop loin pour que des guetteurs puissent les voir. Une fois en sécurité sous les frondaisons des arbres, ils se redressèrent et contournèrent le parc pour rejoindre la route de Hawkhurst.

C'était la première fois depuis l'été que Blanche voyait Bodiam depuis l'extérieur. La vieille forteresse s'élevait, grise et triste — comme si son cœur s'était arrêté de battre.

Les yeux de la jeune femme s'embuèrent de larmes.

« Je reviendrai te chercher, Duncan, dit-elle à mi-voix. Je te le jure ! »

Tout près d'eux, un merle siffla deux ou trois notes mélodieuses. Kitt releva la tête et répondit de la même façon.

— C'est Jobe, expliqua-t-il. Il s'agit d'un signal dont nous sommes convenus pour pouvoir nous retrouver.

— P... parfait, acquiesça Blanche en tremblant de froid.

L'Africain sortit d'un buisson, le visage hilare.

— Comment vous êtes-vous enfuis ? En volant comme des djinns par-dessus les murailles ? Par le grand Satan, vous êtes tout mouillés !

D'un geste rapide, il enleva sa cape et la drapa autour de leurs épaules. Après sa disparition de la grande salle, il avait effacé ses peintures de guerre et s'était vêtu d'une manière civilisée.

— Où est sir Hayward ? questionna-t-il, tandis qu'ils se remettaient en route.

Blanche indiqua la masse sombre et hostile de Bodiam.

— Toujours là-bas, répondit-elle d'une voix rauque d'émotion. La conduite par laquelle nous nous sommes échappés était trop étroite pour lui. Notre beau plan s'est transformé en un véritable fiasco, n'est-ce pas ? ajouta-t-elle en se cramponnant à la main de l'Africain.

— Pas complètement, non. Je vous promets que cette soirée restera gravée dans la mémoire de tous ceux qui y ont assisté. Vous avez créé une légende que l'on racontera le soir à la veillée bien longtemps après votre mort.

La jeune femme soupira.

— A quoi bon, si j'ai perdu Duncan ? A lui seul, il vaut plus que tous les trésors de la terre.

Jobe la serra impulsivement contre lui.

— Vous êtes devenue très sage, cette nuit.

Une lueur désespérée brilla dans les yeux de Blanche.

— A quoi sert la sagesse si elle arrive trop tard ?

L'Africain tourna la tête et fixa longuement les hautes tours du château, comme s'il était capable d'en percer les secrets.

— Duncan ne court aucun danger, affirma-t-il enfin. Son heure n'est pas encore venue.

Une vague d'espoir gonfla le cœur de Blanche.

— C'est vrai ? questionna-t-elle en le secouant. Il ne va pas mourir ?

Jobe s'esclaffa.

— Il mourra un jour ou l'autre, comme tout le monde, mais pas ce soir. Le spectacle n'est pas encore terminé. Venez. Suivez-moi.

Ils marchèrent en silence jusqu'à une clairière où, à la grande surprise de Blanche, Montjoy les attendait debout à côté d'une charrette remplie de foin.

— Comment saviez-vous que nous allions venir? questionna-t-elle en s'enfouissant avec délice dans l'herbe sèche et odorante.

Tandis que Kitt se blottissait contre elle, le vieux régisseur haussa les épaules.

— C'est votre sorcier noir qui m'a dit de vous attendre ici. Je suis sûr qu'il glane ses informations auprès de sources maléfiques, mais il est plus prudent de ne pas lui poser de questions.

L'Africain s'assit sur le siège du cocher, mais, au lieu de diriger le cheval vers la route de Hawkhurst, il le fit pivoter vers Bodiam.

— Cela ne va pas tarder, maintenant, dit-il à mi-voix.

Tandis qu'il parlait, une petite boule de lumière jaillit dans le ciel et explosa en étoiles rouges au-dessus du château. Elles retombèrent lentement, suivies presque aussitôt par des fontaines argentées qui jaillissaient du donjon et des tours d'angle.

— Les feux d'artifice d'oncle Andrew! s'écria Kitt. Je les avais oubliés. Qui donc les a allumés?

— Quatre braves garçons qui ont passé la journée cachés dans le grenier à foin.

Bien qu'elle grelottât de froid, Blanche ne put s'empêcher d'admirer la vue de son cher Bodiam constellé de lumières multicolores.

— S'il les trouve, Mortimer les tuera, murmura-t-elle.

Jobe secoua la tête.

— Ils ne se laisseront pas prendre. Je leur ai montré

quelques-uns des passages secrets que vous m'avez indiqués.

Kitt redressa la tête brusquement.

— Quels passages secrets ?

Blanche lui sourit.

— Je les ai découverts il y a bien longtemps. Tu es un garçon intelligent et tu les trouveras toi aussi — si nous retournons jamais à Bodiam, naturellement.

Les fusées continuaient de jaillir, de tous les côtés à la fois, au grand dam des soldats de Mortimer qui criaient, couraient et juraient sans parvenir à capturer les responsables de cette mise à feu.

— Oncle Andrew s'est surpassé, déclara la jeune femme, amusée malgré elle. Il est dommage que les gens du village ne soient pas restés pour assister à un aussi beau spectacle !

Le vieux régisseur s'esclaffa.

— Vous seriez étonnée si vous saviez combien d'entre eux sont encore cachés dans les bois. La plupart de vos anciens amis étaient au courant de la présence des fusées, et après que je les ai eu convaincus que vous n'étiez pas un fantôme, ils sont restés pour regarder.

— Je me demande si Duncan peut les voir aussi...

Elle ferma les yeux et murmura une brève prière.

Soudain, il y eut un sifflement et quatre nouvelles fusées s'élevèrent gracieusement pour se rejoindre au-dessus de la cour d'honneur avant de retomber en une pluie d'étoiles or et pourpre.

Kitt battit des mains.

— Est-ce tout ? questionna Blanche quand les ténèbres furent retombées sur le château.

— Il y en a encore une dernière, mais je n'ai pas la moindre idée de l'endroit d'où elle va partir. Attendez et regardez.

Les secondes s'écoulèrent, lentement. Sur les remparts,

les gardes continuaient de courir et de jurer. Sans le moindre succès.

— Là !

Il y eut un petit « pop » suivi par une cascade de détonations.

Brusquement, une énorme tête de loup argentée se retrouva suspendue au-dessus de Bodiam. Ses yeux rouges étincelaient et sa langue, rouge également, léchait le donjon et lançait une pluie d'étoiles sur ses créneaux.

Les yeux de Blanche s'embuèrent d'émotion.

L'emblème de sa famille !

Kitt se redressa d'un bond et, pour la première fois de sa jeune existence, poussa le cri de guerre qui avait si souvent retenti sur les champs de bataille de France et d'Angleterre.

— A moi, Cavendish ! La victoire ou la mort !

Le regard de Blanche étincela de fierté et de détermination.

— Nous te délivrerons, Duncan ! Tu verras. Rien ni personne ne nous arrêtera !

19.

Duncan passa le reste de cette nuit mémorable sur la terre battue d'un cachot à demi inondé par l'eau pestilentielle des douves. Recroquevillé sur lui-même, les genoux appuyés contre son torse, il écoutait le trottinement des rats en songeant, pour se consoler, que Blanche et son frère étaient désormais en sécurité.

Epuisé, il humecta du bout de la langue ses lèvres sanglantes et tuméfiées.

Avant de le traîner dans cette geôle infâme, Fowler et ses hommes s'étaient acharnés sur lui, tandis que Mortimer les excitait et les exhortait à frapper encore plus fort.

Un rat s'approcha de sa chaussure. Il le repoussa d'un coup de pied. Il n'y avait pas de lumière, mais cela n'importait guère. Ses paupières étaient tellement enflées qu'il était bien incapable d'ouvrir les yeux. Résigné au pire, il frotta machinalement ses bras douloureux et meurtris car il s'en était servi pour se protéger tant bien que mal des coups qui pleuvaient sur lui.

A cet instant, quelque chose se frotta contre sa jambe. Par le Christ, pensa-t-il avec effroi, ce rat était au moins aussi gros que le chat de Blanche !

Il en était là de ses réflexions quand l'animal miaula.

— Dexter ? C'est toi ?

Le chat feula et se jeta sur un ennemi invisible. Un rat poussa un couinement, suivi d'un râle d'agonie.

— Tu es une brave bête, murmura Duncan quand Dexter revint se blottir contre lui. Comment diable as-tu pu arriver ici ?

Il le caressa et le chat se mit à ronronner de satisfaction. S'il avait trouvé un chemin pour entrer, il existait peut-être un moyen de s'évader.

— Maintenant, je comprends pourquoi Blanche t'aime autant, murmura-t-il en enfouissant les doigts dans son épaisse fourrure. Tu es vraiment un ami. Le seul qui reste quand tous les autres sont partis.

Pour seule réponse, le petit félin se pelotonna contre lui, et, le front appuyé sur ses bras croisés, Duncan essaya de dormir. Il avait besoin de reprendre des forces en attendant qu'on vienne le chercher. Pour le torturer ? Pour l'achever ?

Les deux, probablement...

Le grincement de la trappe au-dessus de sa tête l'arracha bientôt à la léthargie dans laquelle il avait fini par sombrer. La lumière crue d'une torche lui blessa les yeux. Sans ménagement et avec force jurons, les hommes de Mortimer le hissèrent hors de son cachot. Ses muscles engourdis refusaient de le soutenir, mais nul ne s'en soucia. Ses bourreaux le traînèrent derrière eux, comme un vulgaire sac de sable.

La pluie était revenue pendant la nuit. Duncan offrit son visage à la fraîcheur des gouttes qui tombaient du ciel et en profita pour étancher un peu la soif qui lui brûlait la gorge.

Cinq chevaux, dont Aramis, attendaient dans la cour, sellés et harnachés. Recroquevillé à l'intérieur d'un manteau de toile huilée, Mortimer jeta un regard noir à son prisonnier.

« Cette canaille a l'air d'avoir passé une nuit presque

aussi atroce que la mienne », songea Duncan avec une obscure satisfaction.

— Bonjour, messire Fletcher, dit-il d'une voix enjouée. Vous avez bien mauvaise mine... Auriez-vous mal dormi, par hasard ?

Mortimer ignora son sarcasme.

— Attache-lui les mains, Fowler ! ordonna-t-il sèchement.

Une lueur sadique au fond des yeux, le sergent passa une corde autour des poignets du prisonnier et serra le nœud coulant — si fort que le chanvre entama la chair. Duncan grinça des dents, mais resta coi tandis que deux gardes le hissaient sur Aramis. Il s'accrocha maladroitement au pommeau et ses pieds engourdis cherchèrent les étriers. Avant qu'il ait pu s'asseoir convenablement sur sa selle, Mortimer donna le signal du départ et ils franchirent le pont-levis au grand trot.

Deux heures plus tard, les cavaliers arrivaient à Rye.

Pendant toute la durée du trajet, Duncan avait employé le peu d'énergie qui lui restait encore à ne pas tomber de cheval. A chaque secousse, son corps endolori protestait, et les battements de son cœur résonnaient dans son crâne. Heureusement que Blanche ne pouvait pas le voir en ce moment. Il n'avait vraiment plus rien d'un héros de légende !

Lorsqu'ils s'arrêtèrent devant l'hôtel de justice de la petite ville portuaire, il était à bout de forces. Il ferma les yeux et appuya son visage sur l'encolure d'Aramis. De son côté, Mortimer mit pied à terre et entra dans le bâtiment — sans doute pour rencontrer le bailli et lui exposer ses griefs à son égard.

Dormir. Duncan n'avait plus en tête que cette obsession. Il n'avait même plus la force de s'inquiéter ou de réfléchir. Si seulement on pouvait le laisser tranquille... Il n'avait pas mangé depuis la veille et son estomac commençait également à le faire souffrir.

Au bout d'un long moment, Mortimer réapparut et cria un ordre bref. Aidé par l'un de ses hommes, Fowler arracha le prisonnier à sa selle et le traîna à l'intérieur.

Au moins, il était à l'abri de la pluie, maintenant.

Le bailli, un petit homme ventripotent et imbu de sa personne, ne lui accorda qu'un regard méprisant.

— Emmenez-le en bas ! jeta-t-il aux gardes qui étaient en faction devant la porte.

« Encore un magistrat qui profitait de sa fonction pour remplir ses poches de bonnes espèces sonnantes et trébuchantes », se dit Duncan. Quels mensonges Mortimer avait-il bien pu lui raconter ? Enfin, ici, au moins, il ne risquait pas d'être empoisonné ou transpercé de coups de couteau.

Les gardes le saisirent chacun par un bras et lui firent descendre un étroit escalier de pierre. Puis ils ouvrirent une porte et le jetèrent dans une cellule minuscule, éclairée par un étroit soupirail. Son nouveau logement n'avait rien de confortable, mais c'était un palais en comparaison du cachot pestilentiel de Bodiam.

Une demi-heure plus tard, le geôlier lui apporta un bol de gruau, un quignon de pain rassis, un pichet d'eau et une brassée de paille propre. Quand il essaya de lui poser des questions, il se rendit compte que l'homme était sourd et muet.

Ragaillardi par son maigre repas, il s'allongea sur la paille et s'abandonna à un sommeil réparateur.

Au matin, il reçut sa première visite. Non pas Montjoy ou Blanche, comme il l'avait espéré, mais lady Catherine, la digne épouse de lord Cavendish. Il se leva péniblement et ébaucha un salut respectueux — ses membres endoloris ne lui permettaient guère de s'incliner jusqu'à terre.

— Milady... C'est trop d'honneur. Pardonnez-moi mon apparence. Je...

Lady Catherine leva un bras apaisant.

— Vous n'avez pas besoin de vous excuser, Duncan. asseyez-vous. Vous ne tenez pas debout.

Le geôlier apparut derrière elle, les bras chargés de sacs et de paniers. Il les déposa par terre, puis il ressortit en courant afin d'aller chercher un siège pour son illustre visiteuse.

Lady Catherine attendit d'être de nouveau seule avec Duncan pour poursuivre leur conversation.

— Alors, mon garçon, on dirait que vous vous êtes mis dans de jolis draps, cette fois-ci ? murmura-t-elle avec un sourire plein de compassion.

Malgré ses lèvres tuméfiées, Duncan réussit à lui rendre son sourire.

— Je le crains, milady. Dites-moi que je ne rêve pas. Pourquoi n'êtes-vous pas à Wolfstone ? Comment se porte Blanche ? Est-elle en sécurité ? Et Kitt ? Je...

— Une chose à la fois et chaque chose en son temps, l'interrompit-elle en tirant une couverture de laine de l'un des sacs posés à ses pieds. Cela m'ennuierait si vous veniez à mourir de froid pendant que nous sommes en train de bavarder.

Elle se leva et disposa le plaid autour de ses épaules.

— Merci, vous êtes trop bonne, murmura-t-il avec reconnaissance. Mais, je vous en prie, dites-moi comment va Blanche ? Je ne serai pas tranquille tant que vous ne m'aurez pas donné de ses nouvelles.

Lady Catherine haussa un sourcil étonné.

— Voilà un souci qui vous honore, surtout lorsque l'on considère votre propre situation. Blanche est à Londres, chez maître Barrows, un docteur en droit qui, pendant plusieurs années, a supervisé les études de Francis. Elle vous cherche un avocat. Vous allez en avoir besoin.

Non sans mal, Duncan réussit à dissimuler sa déception. Il avait désespérément besoin de la présence de Blanche — tout en se félicitant qu'elle ne puisse pas le voir dans l'état où il se trouvait.

— Quelles sont les charges qui pèsent contre moi ?

Lady Catherine écarquilla les yeux.

— Vous ne les connaissez pas ? Le bailli ne vous les a pas signifiées ?

— Non. Mon geôlier est muet et je n'ai vu personne d'autre depuis mon incarcération.

— Décidément, messire Fletcher est vraiment un être vil et malfaisant ! s'exclama-t-elle, courroucée. D'après ce que j'ai compris, il vous poursuit pour rupture de contrat, dol et tapage nocturne.

Duncan haussa les épaules.

— Des allégations sans preuves. Pourrez-vous me faire libérer sous caution, milady ? Je vous rembourserai la somme dès que je serai en mesure de le faire.

Une lueur de tristesse brilla fugitivement dans les pupilles de la digne épouse de lord Cavendish.

— Si cela avait été possible, vous seriez déjà libre, Duncan. Mais il y a un autre chef d'accusation à votre encontre. Fletcher prétend que vous lui avez volé des effets personnels d'une valeur estimée à plus de mille livres.

Duncan ouvrit des yeux ronds.

— C'est une plaisanterie ?

— Pas du tout.

Il ferma les yeux et s'adossa aux pierres glacées du mur de sa prison.

— Pour un tel crime, le châtiment, c'est la pendaison. Mais de quels effets personnels veut-il parler ? Je ne possède rien, à part les vêtements que j'ai sur le dos.

— Je l'ignore, car, malgré ses cris et ses protestations, Brandon n'a pas réussi à obtenir les détails de l'acte d'accusation.

— Lord Cavendish est ici ? Mais ses blessures...

— Elles sont en bonne voie de guérison. Votre emprisonnement lui a rendu toute sa combativité. Il voulait provoquer Mortimer en duel. Je l'en ai empêché, naturellement. Il a encore besoin de ses béquilles pour marcher !

Duncan sourit.

— J'aurais aimé voir la tête de Mortimer quand il aurait reçu son défi. Cela m'aurait dédommagé pour tous les coups qu'il m'a fait infliger par ses soudards.

Lady Catherine se pencha et prit un petit paquet.

— A propos, voici des baumes et des onguents préparés par votre diable d'Africain. De vieilles recettes de son pays — souveraines pour guérir le genre de maux dont vous souffrez.

Duncan hocha la tête.

— Brave Jobe... Il ne se contente pas d'être sorcier. Le voilà guérisseur, maintenant !

— Il vous est dévoué, corps et âme. S'il le fallait, il se ferait tuer pour vous. C'est par lui que nous avons su où vous étiez retenu prisonnier.

— Et Kitt ? Vous...vous ne m'en voulez pas trop ?

Les yeux de lady Catherine étincelèrent brièvement.

— Ce chenapan mériterait d'être pendu par les pieds ! A cause de lui, je me suis consumée d'inquiétude. Mais, à vrai dire, depuis que je l'ai retrouvé, je vais de surprise en surprise. Mon petit garçon est devenu un homme ! Il a raconté toutes vos aventures à Brandon — jamais je n'avais vu un père aussi fier de son fils ! Il ou, plutôt, nous serions heureux si vous acceptiez de le garder comme page.

— Si je ne finis pas au bout d'une corde.

— Allons, ne vous désespérez pas ! Nous sommes tous avec vous et je suis sûre que vous aurez encore l'occasion de briser bien des cœurs.

Il baissa la tête et fixa le bout de ses doigts. Un seul

cœur était encore capable de l'émouvoir désormais. Celui d'une créature volage qui l'avait de nouveau abandonné — sans un seul mot de réconfort.

— Etes-vous retournée à Bodiam, milady ? s'enquit-il à voix haute.

Le visage de lady Catherine s'assombrit.

— Non. Nous résidons à Rye, chez des amis. Bodiam est toujours infesté par Fletcher et par ses séides. Comme il est le beau-frère de Blanche, il en a, hélas ! le droit. D'autant plus que Blanche est toujours considérée comme morte. Oh ! j'ai envie de lui enfoncer un poignard dans le ventre quand je pense à la façon dont il l'a traitée et à la lettre odieuse qu'il a osé nous écrire !

— Moi aussi, acquiesça Duncan. Cette canaille est plus têtue que je ne le pensais. Au fait, Kitt a-t-il toujours le parchemin que je lui ai donné ?

Lady Catherine hocha la tête.

— Oui, mais il ne nous a pas dit ce dont il s'agissait.

Duncan s'éclaircit la gorge.

— Dites-lui que je l'autorise à vous en communiquer la teneur. J'espère que vous ne m'en voudrez pas. Je ne veux rien pour moi, je vous l'assure. Si je l'ai rédigé, c'est seulement pour Blanche, afin qu'elle puisse sauvegarder ses biens. Quand toute cette affaire sera terminée et que le château de Bodiam sera de nouveau en sa possession, vous n'aurez qu'à déchirer ce parchemin. Je ne chercherai jamais à m'en prévaloir.

— Que contient-il donc de si important ? s'enquit-elle en haussant les sourcils. Vous avez réussi à piquer ma curiosité, Duncan.

Il détourna les yeux avec embarras.

— Je préfère que vous le lisiez. Mon esprit est un peu embrouillé en ce moment et j'ai de la peine à réfléchir. Cela fait deux jours maintenant que je n'ai pas mangé un véritable repas.

— Seigneur Jésus ! s'exclama-t-elle en se frappant le front. Vous n'êtes pas le seul à avoir l'esprit embrouillé. Un peu plus, et j'allais oublier l'essentiel.

Elle prit le plus grand des paniers et le poussa vers lui.

— Voilà de quoi vous rassasier. Un présent de Montjoy et de vos amis de Hawkhurst. Il y a là-dedans assez de victuailles pour soutenir un siège.

Duncan enleva le torchon qui recouvrait le panier... Des paquets soigneusement enveloppés s'offrirent à ses yeux. Il en eut aussitôt l'eau à la bouche et défit fébrilement l'un d'entre eux.

— Pardonnez-moi, milady, mais je suis trop affamé, murmura-t-il en attaquant un blanc de poulet rôti.

Le paradis sur terre !

Lady Catherine rit de bon cœur.

— Voici pour la soif, ajouta-t-elle en lui tendant une gourde de vin. Quant à cet autre sac, il contient des vêtements propres. On ne m'a pas autorisée à vous apporter un rasoir, mais Kitt viendra demain matin et il vous rasera en présence du geôlier.

Elle lui adressa un clin d'œil.

— C'est étonnant, ce que l'on parvient à obtenir avec une poignée de pièces d'or.

Duncan hocha la tête, tout en continuant à dévorer ses provisions.

— Je vous serai à jamais redevable, milady.

— Non, mon ami. Vous n'avez aucune dette à notre égard. Au contraire. Grâce à vous, Kitt est devenu un homme, et vous nous avez rendu une Blanche métamorphosée.

Blanche s'adossa à la porte de sa chambre, comme si elle cherchait à puiser de la force dans le chêne brut dont le battant était constitué. Pendant les deux dernières semaines, elle avait passé douze heures par jour à l'étude de livres de droit épais et fastidieux sous la direction de maître Barrows, le vieux professeur qui avait dirigé les études de son frère quand il était à Oxford. Ce soir, le vieil érudit s'était montré très satisfait de ses progrès et l'avait même félicitée pour son assiduité. Demain, elle prendrait la route de Rye et ensuite...

A cette pensée, elle frissonna. De tous les plans qu'elle avait jamais imaginés, celui-ci était le plus fou — et le plus crucial. Elle n'avait pas le droit d'échouer.

Mais, avant cela, il lui restait une dernière mission à accomplir. Une mission pénible, mais indispensable à la crédibilité du personnage qu'elle avait décidé d'incarner.

Elle s'approcha de sa toilette et se regarda longuement dans son miroir.

Le moment du sacrifice était arrivé.

Un sacrifice qui n'était rien en comparaison de celui de Duncan. Lui, il avait sacrifié sa liberté pour la sauver, et risquait de perdre la vie si elle ne parvenait pas à convaincre les juges de son innocence dans les faits qui lui étaient reprochés.

Malgré cela, elle se sentait oppressée à la pensée de ce qu'elle s'apprêtait à faire.

Elle releva le menton. Elle était une Cavendish, et une Cavendish ne reculait devant rien, pas même devant la mort.

D'un geste rapide, elle dénoua sa coiffe et dénatta ses cheveux. Ils chatoyèrent entre ses doigts, et elle conçut une ultime hésitation. Elle avait toujours été si fière de leur luxuriante beauté...

« Si tu avais montré un peu plus d'humilité, tu aurais évité bien des désagréments, se gourmanda-t-elle. En outre... Ils repousseront. Encore plus beaux, peut-être. »

Elle saisit sa brosse et commença à les démêler — avec application. N'était-ce pas la dernière fois ? Elle se mordit la lèvre.

« Non ! décida-t-elle. Tu ne vas pas encore recommencer à t'apitoyer sur toi-même ! »

Les ciseaux... Elle choisit une mèche au-dessus de son oreille. Au contact du métal sur sa peau, elle ne put s'empêcher de trembler.

Puis ses doigts se refermèrent... et la longue mèche bouclée tomba à ses pieds. Elle ne pouvait plus reculer, à présent. Il lui fallait aller jusqu'au bout...

Un quart d'heure plus tard, toutes ses belles boucles blondes jonchaient le sol. Se penchant vers son miroir, elle égalisa les pointes à petits coups de ciseaux rapides et précis, puis elle recula pour mieux juger du résultat. Si elle avait voulu ressembler à un garçon, alors, sa réussite était complète : son visage était désormais celui d'un damoiseau. Seul problème, elle paraissait un peu trop jeune pour le rôle qu'elle avait l'intention de jouer.

Dans un élan d'inspiration, elle ramassa une mèche de cheveux et la posa sous son nez. Avec une moustache, c'était déjà mieux. Elle ressemblait tout à fait à un jeune avocat fraîchement émoulu de l'Université, sérieux et imbu de lui-même.

— Oui, ce n'est pas mal, murmura-t-elle tout haut. Un pourpoint, des hauts-de-chausses, une dague au côté... J'imagine le tableau ! Personne ne devinera la supercherie. Bien sûr, il faudra que je prenne une voix grave et compassée — comme il sied à un clerc. Et si mes vêtements masculins n'offensent pas trop Notre Seigneur, alors, avec Son aide, je parviendrai à obtenir la libération du seul homme que j'aie jamais aimé.

20.

Deux semaines de repos avaient suffi à réparer le corps de Duncan, mais chaque jour qui passait ne faisait rien pour apaiser les affres de son esprit. Il n'avait aucune nouvelle de Blanche — même pas un petit mot gribouillé à la hâte. Kitt et sa mère lui avaient rendu visite régulièrement, mais l'un et l'autre avaient affirmé ne rien savoir à son sujet — si ce n'est qu'elle se trouvait à Londres et qu'elle était en bonne santé.

Le matin de son procès, Kitt entra dans sa cellule avec un costume neuf — taillé dans un velours fauve et discret, afin de ne pas indisposer la Cour par un luxe tapageur.

— Quelles nouvelles du monde ? s'enquit Duncan tandis que le jeune page le rasait sous le regard attentif du geôlier sourd-muet.

Kitt enleva la mousse de son rasoir et continua son travail avec application.

— Quand je suis descendu, la salle du tribunal était déjà pleine à craquer. J'espère que papa m'aura gardé une bonne place...

— Es-tu donc si désireux d'assister à ma condamnation au gibet ?

Le jeune garçon tamponna ses joues avec un coin de serviette.

— Non. Vous serez acquitté ! J'en suis sûr. Cela va-t-il, ainsi ?

Duncan examina son image dans le miroir qu'il lui présentait. Il n'y avait pas trop d'égratignures cette fois-ci. Dans peu de temps, Kitt ferait un barbier tout à fait convenable.

— Mon avocat est-il déjà arrivé ? questionna-t-il avec une feinte nonchalance.

Il ne voulait surtout pas laisser transparaître sa nervosité. Il détestait l'idée de devoir laisser sa défense à un inconnu, alors que lui-même serait contraint au silence. Surtout depuis qu'il savait que sa tête qui était en jeu.

Kitt haussa les épaules.

— Je ne saurais le dire, mais il y a beaucoup d'étrangers dans la salle. En tout cas, je suis certain qu'il ne manquera pas d'arguments pour plaider votre cause !

— Et Blanche ? Assistera-t-elle à mon procès ?

Kitt haussa de nouveau les épaules.

— Je n'en ai pas la moindre idée. Maman ne m'a rien dit. Pourtant, je l'ai interrogée plusieurs fois et lui ai fait part de votre impatience à ce sujet.

— Je t'en remercie, Kitt, murmura Duncan d'une voix chargée d'émotion. Tu es un bon page — le meilleur auquel un chevalier ait jamais pu rêver.

Le jeune garçon ne dit rien, mais il rougit de plaisir.

A cet instant, la porte s'ouvrit et deux gardes apparurent.

— C'est l'heure, grommela le plus patibulaire des deux en agitant des menottes en fer reliées à une grosse chaîne rouillée.

— Je suis prêt, répondit posément Duncan.

Puis, à la grande surprise de Kitt, il le saisit par les épaules et le serra farouchement dans ses bras.

— Prends soin de toi, murmura-t-il d'une voix rauque. Et dis à ta sœur que je l'aime, même si c'est une petite peste.

— Ou... oui, messire, bredouilla Kitt. Je... je n'y manquerai pas.

Duncan tira sur ses manchettes et ajusta les pans de son pourpoint. Même s'il devait mourir aujourd'hui, il tenait à faire bonne figure, afin d'honorer le nom illustre que lui avaient légué ses parents. La tête et les épaules droites, il s'avança et se plaça entre les deux gardes qui lui passèrent les menottes avant de l'emmener.

Un couloir, un escalier, un autre couloir... Duncan entendit le grondement de la foule bien avant que ses gardiens ne le fassent entrer dans le box des accusés. La salle était noire de monde. Il parcourut les rangs d'un regard circulaire et reconnut de nombreux visages amis.

Tous les notables de Hawkhurst avaient fait le déplacement. Naturellement, Montjoy était là également, le visage grave et solennel, comme à son habitude. Lord Cavendish et lady Catherine étaient assis au milieu de la galerie, à côté du lord Maire de Rye, en tenue d'apparat. Jobe se trouvait derrière eux, enveloppé dans sa grande cape noire. Plusieurs places étaient vides autour de lui. Visiblement, les braves gens de Rye n'étaient pas d'une témérité excessive...

Kitt se fraya un chemin à travers la foule et rejoignit ses parents. Au passage, il adressa un signe d'encouragement à Duncan.

Soudain, le visage de lord Cavendish se figea et ses yeux exprimèrent un mélange de fierté et d'incrédulité.

Son ancien écuyer suivit machinalement la direction de son regard.

Un jeune homme aux cheveux courts et à la lèvre supérieure ornée d'une petite moustache taillée au carré conversait avec plusieurs personnages officiels.

Un juron s'échappa des lèvres de Duncan. Par le Christ, c'était Blanche !

Il serra les mâchoires et ses mains se crispèrent sur la barre de son box.

Que signifiait cette nouvelle folie ? Si elle venait à être démasquée, les représailles seraient terribles. Le roi avait peut-être rejeté l'autorité de Rome, mais les évêques de la nouvelle Eglise d'Angleterre avaient gardé tous leurs préjugés et ils ne plaisantaient pas lorsqu'une femme s'amusait à ce genre de mascarade.

Blanche, très digne, traversa la salle d'un pas plein de détermination. Elle s'arrêta à sa hauteur et inclina la tête brièvement, mais sans le regarder dans les yeux.

— Bonjour, messire. Je suis maître Bartholomew, du barreau de Londres. J'ai été engagé pour assurer votre défense.

Duncan retint non sans peine une réplique sarcastique. Pour sa sécurité, il valait mieux qu'il entre dans son jeu.

— Mes respects, maître, répondit-il en lui rendant son salut. Je vous remercie d'avoir fait ce voyage pour venir défendre ma cause, mais je crains de ne pas être en mesure de payer vos services.

— Cela n'a pas d'importance, répondit-elle en jouant nerveusement avec le nœud de sa cravate. Je serai déjà amplement récompensé si je réussis à obtenir votre acquittement.

Duncan secoua la tête.

— Non, maître, s'insurgea-t-il en retirant sa chevalière et en la lui tendant. Je suis un homme d'honneur et ne puis accepter un tel marché. Prenez au moins cette bague. C'est la seule chose de valeur que je possède, à part mon cœur — que j'ai déjà donné à une belle et gente dame.

Elle lui jeta un bref coup d'œil, mais son visage resta impassible.

— Vous aimez donc bien fort cette heureuse personne ?

Malgré la gravité de sa situation, Duncan réussit à sourire.

— De toutes les fibres de mon corps. Prenez cet anneau. Pour elle, sinon pour moi.

Blanche regarda fixement la bague, puis, après une dernière hésitation, elle la passa à son annulaire.

— Je veux bien l'accepter — au nom de cette gente dame, répondit-elle d'une voix bourrue. Ne perdez pas courage, messire. Ce soir, vous serez libre et vous pourrez rejoindre votre belle.

— Je l'espère, maître, murmura-t-il en grimaçant un sourire. Pour elle et pour moi.

A cet instant, un huissier en habit noir frappa le sol à trois reprises avec le manche de sa hallebarde.

— Oyez, oyez, oyez ! Levez-vous ! Voici la Cour. Monsieur le Président du tribunal, sir Matthew Barnes... Monsieur le Vice-Président, sir William Noble. Que tous ceux qui ont à témoigner viennent à la barre. Quant aux autres, qu'ils s'assoient et gardent le silence.

Tout le monde s'assit, à l'exception de Duncan. En tant qu'accusé, il n'avait pas droit à un tabouret. Blanche prit place à la table devant lui. Elle ouvrit sa serviette de cuir et posa devant elle une imposante pile de documents. De l'autre côté de la chambre d'audience, la foule s'écarta pour laisser passer le plaignant.

Mortimer Fletcher s'avança vers la barre, le regard fuyant.

— Mortimer Fletcher, Votre Honneur. Après avoir été marchand de laine à Londres, je suis aujourd'hui le propriétaire légitime du château de Bodiam. Je viens devant cette Cour pour demander justice et réparation des torts qui m'ont été causés, conformément aux lois de ce royaume.

Un sifflement retentit dans la galerie. Duncan pensa à Kitt, mais il n'osa pas tourner la tête. L'huissier frappa le sol avec sa hallebarde.

— Silence dans la salle !

— Lisez les chefs d'accusation ! ordonna le Président.

Son assesseur déroula un document.

« ... Selon déclaration enregistrée sous serment, ce jour, premier novembre 1542, messire Mortimer Fletcher, seigneur du château de Bodiam, accuse le sieur Duncan Hayward de s'être introduit chez lui par ruse et d'avoir faussement prétendu vouloir épouser la sœur du plaignant, gente damoiselle Griselda Fletcher. De plus, non content d'avoir rompu cruellement le contrat qui le liait à ladite damoiselle, ledit sieur Hayward, aidé par des complices, a profité d'un bal masqué pour se livrer à des déprédations dans la demeure dudit plaignant, déprédations évaluées à quatre-vingts shillings, plus ou moins. A cela, le plaignant ajoute que ledit sieur Hayward lui a dérobé une parure de saphirs et de rubis d'une valeur supérieure à mille livres... »

Devant l'énormité de la somme, un murmure parcourut la foule. Duncan se raidit. C'était donc cela ! Mortimer l'accusait d'avoir volé la parure des Thornbury. Il aurait dû se douter qu'il ne renoncerait pas aussi facilement à un pareil joyau.

Le président se tourna vers lui.

— Comment l'accusé a-t-il l'intention de plaider ?

Avant qu'il ait eu le temps d'ouvrir la bouche, Blanche se leva.

— Non coupable pour tous les chefs d'accusation, Votre Honneur.

Son intervention provoqua un moment de flottement. Les deux juges se penchèrent au-dessus de leur estrade et la regardèrent en fronçant les sourcils. La jeune femme resta impassible.

— Qui parle au nom du prisonnier ? questionna le Président d'une voix de stentor. Approchez-vous et déclinez vos noms et qualités devant cette Cour.

Fidèle à son rôle, Blanche s'avança jusqu'à la barre.

— Je suis maître Nicholas Bartholomew, docteur en droit, inscrit régulièrement au barreau de Londres. J'ai apporté une lettre d'introduction de Me Richard Barrows, dont, sans nul doute, vous connaissez la réputation.

Duncan retint son souffle. « Je t'en supplie, Blanche, implora-t-il mentalement, essaie de ne pas te montrer trop arrogante ! »

Le Président hocha la tête, tandis que son assesseur ouvrait la missive que l'huissier lui avait tendue.

« A la Cour de Rye, respect et salutations. A la demande du comte de Thornbury, j'avais accepté de prendre la défense de sir Duncan Hayward. Hélas ! une maladie récente m'a trop affaibli pour que je puisse entreprendre un pareil voyage. Je vous prie donc de bien vouloir autoriser Me Bartholomew à plaider à ma place pour ledit sir Hayward. Je l'ai mis au courant du dossier et de mes conclusions. Sa jeunesse vous surprendra peut-être, mais vous serez étonné par son érudition et par la justesse de son esprit.
Me Richard Barrows, doyen du barreau de Londres. »

Les juges se consultèrent à voix basse, puis le président hocha la tête doctement.

— La Cour est très honorée d'accueillir à sa barre Me Nicholas Bartholomew.

Avant l'intervention de Blanche, Mortimer avait eu l'air très sûr de soi. Maintenant, il était blême et des gouttes de sueur perlaient sur son front. Il tira un mouchoir de sa poche et s'essuya nerveusement.

Duncan essaya de se détendre, mais n'y réussit qu'à demi. Mortimer n'avait pas reconnu sa belle-sœur. Pour le moment...

Le Président se retourna vers le plaignant.

— Messire Fletcher, jurez-vous devant Notre Seigneur Tout-Puissant que le témoignage que vous avez donné à cette Cour est la vérité, toute la vérité, rien que la vérité ?

Le maître de Bodiam décocha un regard meurtrier à Duncan.

— Oui, Votre Honneur.

— Posez votre main sur cette Sainte Bible et dites : « Je le jure. »

Après avoir prêté serment, Mortimer s'éclaircit la gorge et entreprit d'exposer sa cause.

— ... Cet homme, ce Duncan Hayward qui se prétend un gentilhomme, s'est introduit dans mon château de Bodiam en prenant l'apparence d'un prétendant à la main de ma pauvre sœur bien-aimée, Griselda Fletcher. Tous mes domestiques ont été témoins de cette ignoble comédie. Ma sœur s'étant entichée de l'accusé, j'ai établi un contrat de fiançailles aux termes duquel il devait recevoir, sous forme de dot, une part substantielle du domaine de Bodiam. Je...

— Objection, Votre Honneur !

Le Président se tourna vers Blanche.

— Vous contestez la déposition du plaignant, maître Bartholomew ?

— Oui, Votre Honneur. Avant d'examiner la réalité de ces prétendues fiançailles, la Cour devrait d'abord s'intéresser aux prétentions du plaignant quant à la propriété du château de Bodiam.

Les épaules de Mortimer s'affaissèrent — et Duncan réprima un sourire. Blanche venait de marquer un point...

Très vite, cependant, Mortimer se redressa et se drapa dans sa morgue.

— Ce n'est pas la question de ce procès, mais je ne vois pas de quel droit quiconque pourrait me contester la propriété pleine et entière du château de Bodiam, répliqua-t-il avec dédain.

Le Président croisa les mains et un sourire plein de finesse erra sur ses lèvres.

— Néanmoins, nous aimerions que la Cour soit éclairée sur ce sujet, répondit-il d'une voix doucereuse. D'où tenez-vous vos titres de propriété ?

Mortimer se frotta les mains nerveusement.

— C'est tout simple, Votre Honneur. Mon bien-aimé frère cadet était messire Cuthbert Fletcher. Voici deux ans, il a épousé en justes noces damoiselle Blanche Cavendish, la fille illégitime de lord Cavendish, ici présent.

Blanche réussit à rester impassible, mais Duncan vit que le terme « fille illégitime » l'avait blessée. Bouleversé, il serra les poings. S'il en avait eu la possibilité, il aurait sauté à la gorge de Mortimer et l'aurait étranglé.

— Grâce à la générosité de son père, reprit Morimer, ladite damoiselle a apporté en dot à son mari le château de Bodiam, toutes ses terres, meubles et œuvres d'art qu'il pouvait contenir. Parmi ces œuvres d'art, se trouvait une parure de rubis et de saphirs d'une très grande valeur. Or, en juin de cette année, mon frère a été atteint par une fièvre maligne. Ma sœur et moi nous sommes rendus à son chevet mais, hélas ! il a rendu son âme à Notre Seigneur peu après notre arrivée.

Essoufflé, il marqua une pause, puis poursuivit d'une voix monocorde :

— Naturellement, ma pauvre belle-sœur a été très affectée par la mort prématurée de son jeune époux. Un chagrin d'une telle violence qu'elle a sombré dans une mélancolie dont rien ni personne ne parvenait à la distraire. Comme j'étais son parent par ailliance, je me suis senti obligé d'administrer ses biens à sa place — aux dépens de mes propres affaires à Londres.

Un soupir hypocrite s'échappa de ses lèvres.

— J'espérais qu'elle recouvrerait rapidement sa santé mentale, mais, hélas ! il n'en a rien été et, à mon grand regret, je dois vous avouer qu'elle a mis fin à ses jours le vingt-deux octobre dernier.

Un murmure parcourut la foule. Les yeux de lord

Cavendish étincelèrent dangereusement, mais il réussit à se contenir. Blanche, elle, blêmit devant ce tissu de mensonges. Visiblement, elle avait de la peine à se contenir.

Mortimer s'éclaircit la gorge et attendit que les murmures se soient apaisés. Puis il conclut :

— Comme vous le savez, Votre Honneur, en vertu des lois édictées par notre défunt roi Henri VII — que son âme repose en paix — les biens immobiliers et mobiliers d'une femme deviennent la propriété de son époux le jour de son mariage. Or, mon frère est mort sans testament et sans progéniture. Etant son plus proche parent, et puisque son épouse est également décédée, je suis l'héritier légitime du château de Bodiam et de toutes ses appartenances, meubles et immeubles.

Sur les derniers mots, une note de triomphe perçait dans sa voix.

Le Président se tourna vers Blanche.

— Ce problème de propriété me semble avoir été éclairci, maître. Avez-vous une remarque à faire ou désirez-vous qu'un point soit éclairci ?

— Oui, plusieurs, acquiesça Blanche en se levant. Tout d'abord, je conteste formellement les dires du plaignant.

Un nouveau murmure monta de la salle.

Le Président fronça les sourcils.

— De quelle façon ?

— Il est exact que damoiselle Blanche Cavendish a apporté une dot considérable à messire Cuthbert Fletcher lors de leur mariage, mais le château de Bodiam et ses appartenances, meubles et immeubles, n'en faisaient pas partie. Ledit château lui avait été donné en propre, à titre de douaire. Ils devaient lui appartenir sa vie durant et revenir, après son décès, à son mari ou, éventuellement, à ses enfants. Cette clause est énoncée dans le contrat de mariage signé par Cuthbert Fletcher et contresigné par son père, Engelbert Fletcher et par sir Brandon Cavendish, contrat en date du 20 novembre 1540.

Elle retourna à sa table, fouilla dans ses papiers et exhuma un épais parchemin.

— Voici une copie de ce contrat, dûment signée et authentifiée. Lord Cavendish est présent dans ce prétoire et peut donc témoigner de sa véracité.

Elle passa le document au greffier qui le transmit aux juges. Pendant qu'ils l'examinaient, Mortimer s'essuya plusieurs fois le visage avec son mouchoir.

Le Président joignit le document au dossier.

— Nous ne réfutons en rien l'authenticité de ce contrat, maître, mais cette dame étant décédée, les prétentions de messire Fletcher restent valables.

Le visage de Blanche prit une expression pateline.

— Sauf votre respect, Votre Honneur, j'aimerais interroger le plaignant sur les circonstances du décès de lady Cavendish-Fletcher.

Tout l'auditoire retint son souffle. La description publique d'un suicide était chose rare — et fort mal considérée par les autorités ecclésiastiques.

— Autorisation accordée, maître.

— Je vous remercie, Votre Honneur.

Blanche se retourna vers Mortimer qui, visiblement, était de plus en plus mal à l'aise.

— Messire Fletcher, voudriez-vous avoir l'obligeance de nous décrire les conditions dans lesquelles vous avez séquestré votre belle-sœur ?

Les yeux de Mortimer jaillirent de leurs orbites.

— Je n'ai jamais dit que je l'avais séquestrée !

Blanche releva brusquement la tête.

— Vraiment ? Pourtant, j'ai ici les dépositions de plusieurs de vos serviteurs qui affirment que vous l'avez tenue enfermée pendant plusieurs mois dans la chambre des lauzes, en haut de l'une des tours du château de Bodiam. Que répondez-vous à cela ?

Il haussa les épaules avec dérision.

— Vous voulez sans doute parler de Will Allen ? Ce pauvre malheureux est un simple d'esprit. Je ne vois guère comment son témoignage pourrait être pris en considération par cette Cour.

— C'est exact, mais d'autres témoins ont confirmé également, sous la foi du serment, les mauvais traitements que vous avez fait subir à votre belle-sœur. Votre ancien cuisinier, d'abord, plusieurs garçons d'écurie et... Christopher Cavendish, le frère de Blanche Cavendish qui a pu constater de ses propres yeux dans quel état de dénuement vous l'aviez laissée.

Kitt se leva d'un bond et cria :

— C'est la vérité, Votre Honneur ! Ma sœur bien-aimée était enfermée dans une prison glaciale, sans même une couverture pour la réchauffer et avec, pour toute pitance, du pain sec et de l'eau.

Un grondement indigné parcourut la foule. Lady Catherine poussa un petit cri et retint son mari qui semblait prêt à bondir sur Mortimer. L'huissier dut frapper plusieurs fois le plancher de sa hallebarde pour que le calme se rétablisse dans le prétoire.

Le Président se tourna vers Kitt.

— Vous êtes Christopher Cavendish, le frère de la défunte ?

Kitt se redressa et gonfla le torse.

— Oui, Votre Honneur. Mes parents sont ici et peuvent en témoigner.

Le Président hocha la tête, la mine embarrassée.

— Vos nobles parents sont bien connus dans ce comté, messire Cavendish, mais, étant donné votre jeune âge, il ne nous est pas possible de retenir votre témoignage.

Le visage du jeune garçon s'empourpra.

— J'ai douze ans et, contrairement à ce pauvre Will, je dispose de toutes mes facultés mentales !

Blanche prit une autre feuille de parchemin sur sa table.

— J'ai une autre déposition, Votre Honneur. Ecrite par Mlle Griselda Fletcher.

Mortimer faillit s'étrangler.

— Quoi ? tonna-t-il. Quel est ce nouveau mensonge ?

— Signée de sa main, poursuivit Blanche imperturbablement. Et authentifiée par le prévôt de Londres qui y a apposé son sceau.

Duncan sentit un flot d'amour et de gratitude déferler en lui. Voilà donc pourquoi la jeune femme ne lui avait pas rendu visite plus tôt. Elle n'avait pas perdu son temps, à Londres.

Blanche donna le papier au greffier qui le transmit aux juges.

— Mlle Fletcher atteste que son frère a fait enfermer lady Blanche Cavendish-Fletcher pendant plus d'un mois dans une chambre au dernier étage de la tour du Maure du château de Bodiam, sans qu'aucune visite ne lui soit autorisée.

Mortimer grimaça. Son expression traquée était celle d'un homme qui voyait un piège se refermer inexorablement sur lui.

— Ma belle-sœur était folle ! Comment aurais-je pu faire autrement ? Demandez à tous les médecins... Dans une telle circonstance, c'est encore le meilleur remède, aussi bien pour le malade que pour l'entourage.

Blanche sourit froidement.

— Décrivez-nous donc de quelle façon lady Cavendish-Fletcher a mis fin à ses jours. La Cour aimerait avoir des détails.

Duncan se réjouit : Mortimer allait avoir bien de la peine à fournir une description plausible.

Le plaignant, désarçonné, battit des cils.

— Pa... pardonnez-moi, Votre Honneur, mais une vision aussi horrible... Je ne sais pas si la Cour et ces dames sont prêtes à...

Le Président le considéra d'un air sévère.

— Nous sommes ici pour entendre la vérité, messire Fletcher. Même si elle est difficile à entendre.

Mortimer pâlit et se troubla.

— Je... c'était l'œuvre du diable. Quand je suis allé la voir, il ne restait plus que deux ou trois os éparpillés au milieu d'un tas de cendres.

Plusieurs personnes se signèrent — sans songer que la nouvelle Eglise d'Angleterre interdisait formellement ces pratiques superstitieuses.

— Qu'avez-vous fait de ces ossements ? s'enquit Blanche d'une voix doucereuse.

Il fronça les sourcils.

— Ce que n'importe quel chrétien aurait fait dans de pareilles circonstances ! J'ai fait murer la porte.

Blanche se retourna vers la Cour.

— Cette version des faits peut paraître plausible, Votre Honneur, mais je crains qu'elle ne soit pas l'expression de la vérité.

Les mains de Mortimer se crispèrent sur la barre.

— Comment osez-vous mettre en doute ma parole, espèce de... d'avocaillon en herbe ! Cela ne fait même pas trois jours que vous avez quitté les bancs de l'école !

Blanche ne daigna même pas lui répondre.

— Le témoignage de messire Fletcher est un tissu de mensonges du début à la fin, Votre Honneur, et cela pour une raison fort simple : lady Blanche Cavendish-Fletcher est vivante. Aussi vivante que vous et moi.

21.

Pendant une fraction de seconde, l'assistance retint son souffle. Puis ce fut un chaos indescriptible. La moitié des spectateurs étaient debout, tandis que les autres échangeaient leur opinion avec leurs voisins. Un coup de théâtre aussi incroyable, aussi extraordinaire...

Un sourire de satisfaction erra sur les lèvres de Blanche. Ce procès resterait à jamais gravé dans les annales du Comté.

Même les juges étaient troublés.

L'huissier frappa le sol avec sa hallebarde afin de réclamer le silence.

— Mesdames, messieurs, un peu de calme ! Vous êtes dans un prétoire, pas sur une place publique !

Quand le silence fut revenu, le Président considéra Blanche avec sévérité.

— Etes-vous en mesure de fournir une preuve irréfutable de ce que vous venez d'affirmer, maître Bartholomew ?

Malgré la tension qui régnait autour d'elle, Blanche réussit à rester impassible.

— Oui, Votre Honneur, répondit-elle en tendant un autre document au greffier. Voici une déposition de lady Blanche Cavendish-Fletcher, écrite de sa propre main en présence de Me Barrows, du prévôt de Londres et de plusieurs magistrats assermentés. Elle déclare que messire Fletcher a essayé par tous les moyens de la dépouiller de son douaire, d'abord par la persuasion, puis en l'enfermant et en la laissant quasiment mourir de froid, de faim et de soif. Avant, finalement, de tenter de l'empoisonner.

L'huissier transmit le document aux juges. Tandis qu'ils l'étudiaient attentivement, la jeune femme regarda Duncan par-dessus son épaule. Il lui fit un bref clin d'œil de reconnaissance.

« Sainte Vierge, se dit-elle avec effroi, il sait qui je suis. »

Elle tourna la tête vers le banc où étaient assis ses parents. Kitt lui adressa un large sourire. Lui aussi savait... Etait-elle donc aussi reconnaissable ?

Une angoisse terrible lui étreignit la poitrine. Si Mortimer perçait à jour mon déguisement, elle était perdue !

Le Président leva les yeux du document et s'adressa à lord Cavendish.

— Milord, avez-vous vu votre fille vivante depuis l'annonce de sa mort ?

Brandon saisit ses béquilles et se leva péniblement.

— Oui, Votre Honneur. La semaine dernière à Londres. Je l'ai vue aussi clairement que je vois Me Bartholomew. Mais, si elle est vivante, ce n'est sûrement pas grâce à ce... cette infâme canaille ! ajouta-t-il en pointant un doigt accusateur sur Mortimer.

Quoique visiblement ébranlé par le tour inattendu des événements, Mortimer refusa de s'avouer vaincu.

— Votre Honneur ! cria-t-il au milieu du brouhaha qui, de nouveau, avait parcouru les rangs des spectateurs.

Le Président se tourna vers lui.

— Vous avez la parole, messire Fletcher.

— Je me réjouis de cette bonne nouvelle, Votre Honneur, mais vous pouvez constater par vous-même de quelle façon j'ai été dupé par cette femme et son complice, sir Hayward. L'un et l'autre ont trahi ma confiance et m'ont fait perdre à moitié la tête avec cette odieuse mascarade. Je n'ai pour ainsi dire pas dormi depuis le jour où j'ai découvert ce tas d'os et de cendres au milieu de la robe de ma belle-sœur. En outre, je maintiens que je reste le seul et unique propriétaire du château de Bodiam et de toutes ses appartenances, meubles et immeubles.

— En vertu de quel droit ? s'enquit le Président.

Les mains de Mortimer se crispèrent sur la barre.

— En qualité de beau-frère de lady Blanche Cavendish-Fletcher. Même si elle est encore en vie, cela ne signifie pas qu'elle jouisse de toutes ses facultés mentales. D'ailleurs, quand elle se trouvait encore sous ma protection, j'ai fait établir un certificat signé par plusieurs médecins renommés qui attestait qu'elle n'était pas en état de gérer ses propres affaires. C'est une nature colérique, sujette à des crises d'hystérie et de mélancolie. D'ailleurs, elle s'est enfuie de Bodiam et, par cet acte, m'en a laissé la propriété pleine et entière, comme le stipule notre loi. Je n'imagine guère notre roi laisser le commandement d'une telle forteresse à une créature aussi inconstante et aussi peu maîtresse de soi.

Tandis que les deux juges conféraient entre eux, Blanche ne put s'empêcher de frissonner sous sa longue robe noire. Elle allait peut-être perdre la partie — à cause de ses maudits enfantillages.

Elle jeta un rapide coup d'œil à Duncan, lequel lui fit signe de s'approcher. Que diable lui voulait-il ?

— Remettez sur le tapis l'affaire du contrat de fiançailles, lui conseilla-t-il à voix basse.

— Afin que ma déconfiture soit complète ? questionna-t-elle avec ironie.

— C'est moi qui risque de me balancer au bout d'une corde, pas vous. L'auriez-vous oublié ?

— Non, répliqua-t-elle sèchement. Ne voyez-vous pas que je fais tout pour essayer de vous sauver ?

— Ayez confiance en moi, Chouchou. Comme moi j'ai foi en vous.

Malgré la gravité des circonstances, la douceur charmeuse de sa voix résonna dans son cœur et fit naître une vague de chaleur dans ses reins.

Le Président hocha la tête avec componction et réclama de nouveau le silence.

— Au vu de ses déclarations, les prétentions de messire Fletcher semblent justifiées, à charge pour lui, naturellement, d'apporter à la Cour le certificat dont il a fait état. Nous le déclarons donc administrateur légal du château de Bodiam, en qualité de tuteur de sa belle-sœur, lady Blanche Cavendish-Fletcher.

Blanche grinça des dents. « Pour cela, se dit-elle, il faudra qu'il me passe sur le corps ! »

— Le contrat ! murmura Duncan derrière elle.

La jeune femme prit une profonde inspiration.

— Très bien, Votre Honneur. Revenons-en maintenant au chef d'accusation concernant ce contrat de fiançailles rompu entre sir Hayward et damoiselle Griselda Fletcher.

Mortimer s'essuya le front avec son mouchoir. Il avait gagné une manche.

— Un chef d'accusation mineur, Votre Honneur. Considérons plutôt le vol de la parure de saphirs et de rubis.

— Soyez ferme ! insista Duncan derrière elle. Le contrat d'abord !

Blanche redressa le menton et fit face à la Cour.

— Objection, Votre Honneur ! Chaque chef d'accusation doit être considéré dans l'ordre chronologique. Tirons d'abord au clair les circonstances de la rupture de ce contrat.

Le Président hocha la tête.

— Objection accordée, maître Bartholomew. Cependant, je vous saurais gré d'être bref. Le temps passe et d'autres affaires sont inscrites sur le rôle.

— Aussi bref que possible, Votre Honneur.

Elle se redressa et fit face à Mortimer.

— Messire Fletcher, vous avez dit tout à l'heure que sir Hayward s'était introduit dans Bodiam en se faisant passer pour un prétendant de votre sœur ?

— Oui, acquiesça-t-il avec un sourire narquois. Il lui a chanté une sérénade sous ses fenêtres. Et, comme il avait bonne mine, elle s'est tout de suite infatuée de lui. Cette pauvre Griselda a toujours eu un caractère très influençable.

Blanche hocha la tête.

— Bien, acquiesça-t-elle en fouillant derechef dans ses documents. Cependant, j'ai recueilli les dépositions de plusieurs témoins — parmi les anciens domestiques du plaignant — affirmant que leur maître, messire Fletcher, avait surtout envie de se débarrasser de sa sœur et qu'il s'était imaginé que sir Hayward était venu à Bodiam dans l'intention de courtiser damoiselle Griselda.

Elle prit un document et le tendit au greffier.

— En fait, sir Hayward s'était présenté au château à la demande de lord Cavendish afin d'enquêter sur la façon dont sa fille était traitée par le plaignant. Voici la déposition de lord Cavendish, dûment signée et certifiée.

Le Président regarda fixement Mortimer.

— Sir Hayward vous a-t-il dit, en termes précis et non équivoques, qu'il désirait épouser damoiselle Griselda Fletcher ?

Mortimer se redressa de toute sa hauteur.

— Oui, Votre Honneur.

Blanche se mordit la lèvre. Comment pouvait-elle défendre Duncan alors que tous ses actes le condamnaient d'avance ? Elle avait elle-même assisté à son manège !

La voix de Duncan résonna derrière elle.

— Votre Honneur, puis-je avoir la parole ?

Le Président consulta son assesseur, puis il hocha la tête.

— Nous vous écoutons, sir Hayward.

— Il est vrai que je suis venu à Bodiam pour conquérir le cœur de lady Fletcher, mais pas celui de damoiselle Griselda Fletcher. Je pensais uniquement à la veuve de Cuthbert Fletcher, lady Blanche Cavendish-Fletcher.

La jeune femme ouvrit la bouche, mais aucun son ne sortit de ses lèvres.

— A mon arrivée à Bodiam, poursuivit Duncan, je me suis tout de suite rendu compte que lady Blanche était retenue prisonnière dans les conditions inhumaines auxquelles il a été fait allusion tout à l'heure. Lorsque je me suis avisé de cette situation, j'ai fait semblant d'être amoureux de damoiselle Griselda, car je n'avais pas d'autre moyen pour parvenir jusqu'à lady Blanche et l'arracher à la tyrannie de son beau-frère. Si j'ai signé un contrat de fiançailles, ce n'est pas avec messire Fletcher, mais avec lord Cavendish. En somme, Votre Honneur, quand je me suis présenté au château de Bodiam, au début du mois d'octobre, c'était pour réclamer ma fiancée et les biens qui devaient me revenir légitimement du fait de ce contrat.

Blanche se laissa tomber sur son banc. Sa tête bourdonnait. « Seigneur Dieu, pria-t-elle, soutenez-moi, sinon je vais m'évanouir. »

Duncan baissa les yeux vers elle.

— Je crains d'avoir pris au dépourvu mon avocat, Votre Honneur. Je n'avais pas eu le temps de le mettre au courant de ce contrat et il n'a donc pas pu le mentionner dans sa plaidoirie.

La jeune femme se mordit la lèvre rageusement. Le traître ! S'il n'était pas condamné au gibet, elle l'étranglerait de ses propres mains !

Ainsi, c'était elle la riche fiancée dont il s'était vanté, et Bodiam constituait la récompense promise par son père — pas ce manoir des Aubiers, perdu au fin fond du Northumberland.

« Oh ! papa, songea-t-elle, accablée. Comment as-tu pu avoir le cœur de me faire une chose pareille ? »

De son côté, Mortimer avait perdu toute sa belle assurance.

— Avez-vous ce contrat, messire ? J'exige de le voir !

— Le voici, Votre Honneur !

Kitt se leva et s'avança vers la Cour, un parchemin à la main.

— Je suis le page de lord Hayward et il m'a demandé de garder ce document et de le produire en cas de nécessité.

Blanche laissa échapper un gémissement. Ainsi, tout le monde l'avait trahie ! Ne serait-elle jamais maîtresse de sa propre vie ? Devrait-elle toujours rendre compte à un homme ? D'abord à son père, puis à Cuthbert, et maintenant à Duncan...

Le Président saisit le parchemin et l'étudia attentivement. Tandis qu'il conférait avec son assesseur, Blanche se leva et se rapprocha du box de son « client ».

— Si vous espérez pouvoir me tenir de cette façon, vous vous faites des illusions, murmura-t-elle d'une voix grinçante.

Se penchant par-dessus la barre, Duncan lui répondit à voix basse :

— Je n'ai pas fait cela pour vous, mais pour Bodiam.

La vision de la jeune femme se troubla.

— Bien sûr ! J'aurais dû m'en douter !

— Non. Vous ne m'avez pas...

Il avait élevé la voix involontairement et le Président lui intima aussitôt de se taire.

— Silence ! Vous êtes dans un prétoire, messire Hayward, pas sur un champ de foire.

Blanche se retourna vers la Cour, les lèvres pincées.

— Pardonnez-nous, Votre Honneur. Cela ne se reproduira plus, je vous l'assure. Si vous voulez bien m'y autoriser, j'aimerais jeter un coup d'œil à ce contrat...

— Bien sûr, maître.

Le greffier lui transmit le parchemin. A la lecture des mots qui la liaient, elle et toutes ses possessions, à sir Duncan Hayward, son cœur s'arrêta de battre. Elle regarda en bas de la page et réprima avec peine un juron en reconnaissant la signature de son père à côté de celle de Kitt.

Vendue, comme une tête de bétail !

Ulcérée, elle rendit le document au greffier. Elle avait bien envie de sortir tout de suite de ce tribunal et d'abandonner Duncan à son destin. Qu'ils le pendent ! Ainsi, elle recouvrerait enfin sa liberté.

Mais qu'en ferait-elle ? Elle retournerait s'étioler dans son château et passerait le reste de sa vie à panser sa vanité blessée, tandis que le corps martyrisé de Duncan serait jeté dans une fosse commune ? Non, c'était trop affreux ! Il valait mieux qu'il vive — mais sans elle.

Le Président s'adressa au prisonnier, le visage grave et le regard sévère.

— Etes-vous prêt à jurer sur notre Sainte Bible que lady Blanche Cavendish connaît l'existence de ce contrat de fiançailles ?

Duncan grimaça un sourire.

— Oui, Votre Honneur. Sans le moindre doute.

— Et qu'elle porte votre anneau de fiançailles ?

— Oui, Votre Honneur.

Blanche eut l'impression que sa chevalière lui brûlait le doigt. Le fourbe ! C'était donc pour cela qu'il la lui avait donnée ! Pour s'épargner un faux serment.

Le visage du Président s'adoucit.

— Avez-vous échangé un baiser avec elle, afin de sceller ces accordailles ?

— De nombreuses fois, Votre Honneur.

Les lèvres de Blanche frémirent. Il l'avait embobelinée avec ses belles paroles et elle s'y était laissé prendre comme une petite sotte !

Les juges conférèrent de nouveau à voix basse. Dans la salle, tout le monde retint son souffle, dans l'attente du verdict. Mortimer s'essuya le front avec son mouchoir. Duncan essaya d'attirer l'attention de Blanche, mais elle refusa de regarder dans sa direction.

Le Président fit un signe à l'huissier qui réclama le silence et frappa le sol de sa hallebarde.

— Au nom du roi et en vertu des pouvoirs qui lui ont été conférés, cette Cour déclare que le château de Bodiam et toutes ses appartenances, meubles et immeubles — y compris la parure de rubis et de saphirs précédemment mentionnée — appartient de droit à sir Duncan Hayward, légalement fiancé à dame Blanche Cavendish-Fletcher. En outre, cette Cour rejette les accusations portées contre ledit sir Hayward par messire Fletcher comme nulles et non avenues et acquitte l'accusé de toutes les charges qui pesaient contre lui.

Kitt applaudit bruyamment, tandis que lord Cavendish, aux anges, embrassait sa femme. S'il n'avait pas eu ses béquilles, il eût ébauché avec elle un pas de danse au milieu du prétoire. Mortimer, écarlate, tenta de protester.

— C'est injuste ! C'est un nouveau complot pour me dépouiller de l'héritage de mon frère !

Le Président lui décocha un regard glacial.

— La patience de la Cour a des limites, messire Fletcher. Considérez-vous heureux de quitter ce prétoire en homme libre. Retournez à Londres et ne vous avisez pas de revenir dans ce comté ou de harceler sir Hayward de quelque manière que ce soit, car nous pourrions alors examiner de plus près les circonstances de la mort de ce frère dont vous réclamez à si grands cris l'héritage.

Mortimer blêmit.

— Je... Ou.. oui... Votre Honneur.

Dès que ses gardes lui eurent enlevé ses menottes, Duncan remercia la Cour pour la sagesse de son verdict et pointa un doigt méprisant en direction de Mortimer Fletcher.

— Un dernier mot, messire Fletcher! Je vous donne un jour et une nuit pour quitter mon domaine de Bodiam, et vous avez de la chance que je ne vous provoque pas en combat singulier pour la façon ignoble dont vous avez traité ma fiancée!

La salle applaudit de nouveau.

Blanche fronça les sourcils. *Mon* domaine! *Ma* fiancée! Il la considérait déjà comme son bien, sa chose!

— La séance est close!

Le Président et ses assesseurs se levèrent, descendirent de l'estrade, et se retirèrent, suivis par le greffier, l'huissier et les gardes. De son côté, Mortimer avait déjà quitté le prétoire, sous les huées de la foule qui, visiblement, n'avait pas apprécié sa cupidité et encore moins la façon ignoble dont il avait séquestré sa belle-sœurs pour tenter de s'approprier son héritage.

Les doigts fébriles, Blanche rassembla ses parchemins et les remit en vrac dans sa serviette. Plus tôt elle aurait quitté cette arène et mieux cela vaudrait. Elle s'en retournerait à Londres et, une fois là-bas, elle réfléchirait et tenterait de redonner un sens à sa vie. En se réfugiant dans un couvent, peut-être... L'Eglise était exigeante, mais elle, au moins, ne trahissait pas ses fidèles.

La voix de Duncan résonna derrière elle.

— Maître Bartholomew! Un instant, s'il vous plaît. J'aimerais vous parler en privé.

La jeune femme ignora délibérément ses appels. Saisissant sa serviette, elle baissa la tête et se fraya un chemin à travers la foule qui se pressait pour congratuler l'acquitté et ceux qui l'avaient soutenu. Elle voulait à tout prix éviter Duncan, mais également son père, lady Catherine et ce petit misérable qui se prétendait son frère.

Duncan la rejoignit en haut de l'escalier d'honneur.

— Blan... Maître Bartholomew ! Juste un mot, s'il vous plaît !

La jeune femme essaya de se dégager, mais il lui tenait solidement le poignet.

— Lâchez-moi ! Je n'ai plus rien à vous dire !

Au lieu de lui obéir, il s'esclaffa.

— C'est parfait. Comme cela, vous allez enfin pouvoir m'écouter. Je ne vous demande rien d'autre.

Il la tira sous une arcade. Jobe apparut comme par magie et se plaça devant eux pour décourager les curieux éventuels.

D'un geste rageur, Blanche arracha la chevalière de Duncan de son annulaire.

— Reprenez votre anneau ! ordonna-t-elle. Je regrette une seule chose : de ne pas pouvoir vous rendre également tous les baisers hypocrites que vous m'avez donnés !

Les yeux de Duncan s'enflammèrent.

— Une fois dans votre vie, accepterez-vous de fermer votre jolie bouche et d'ouvrir vos oreilles ? Quand j'ai signé ce contrat, je n'avais aucunement l'intention de vous dépouiller. Au contraire ! Vous m'aviez dit que la possession de Bodiam était ce qui comptait le plus au monde pour vous et j'ai trouvé un moyen pour vous la garantir. Désormais, vous êtes la seule et unique propriétaire de votre château, de tout ce qu'il contient et de cette fameuse parure des Thornbury. Je ne réclame rien et n'ai jamais rien réclamé pour moi-même.

Elle haussa les épaules.

— Encore des belles paroles ! Je sais ce que valent les serments des hommes.

Il la secoua et tapa du pied avec exaspération.

— Bonté divine, allez-vous vous décider à m'écouter, oui ou non ? Ce contrat m'a été donné par Fletcher, pas par votre père. J'ai effacé un certain nombre de mots et les ai remplacés par d'autres afin de protéger vos biens. Si vous prenez le temps de l'examiner, vous verrez également que j'en ai modifié la date. Kitt m'a fait confiance, lui, et il a accepté de signer sans la moindre hésitation.

— Une autre vilenie ! répliqua-t-elle avec une moue méprisante. Mon pauvre petit frère ! Vous avez déjà réussi à empoisonner son esprit avec vos manigances et vos mensonges. Mes félicitations.

Les traits de Duncan se durcirent.

— Si vous étiez réellement un homme, je vous jetterais mon gant à la figure pour cette remarque ! Enfin, Blanche, quand admettrez-vous enfin que je vous aime ?

Ces derniers mots lui lacérèrent le cœur. De tous les mensonges qu'il avait jamais proférés, celui-ci était le plus cruel. Sans réfléchir, elle le gifla.

— Allez dire cela à vos maîtresses ! s'exclama-t-elle avec fureur. Elles vous croiront peut-être. Moi, jamais. Si vous aviez eu un tant soit peu d'affection pour moi, vous m'auriez au moins épargné cette dernière cruauté.

Il lui lâcha le poignet, le visage livide.

— Et vous, vous êtes une petite égoïste, répliqua-t-il d'une voix mordante. Vous avez toujours voulu tout avoir sans rien donner en échange. Votre entêtement vous a rendue sourde et aveugle, au point de nier l'évidence. Mais peu importe, maintenant. J'en ai terminé avec vous. Un point final, définitif. Plus jamais je ne me laisserai percer par vos flèches. J'ai déjà beaucoup trop souffert à cause de vous.

Il pivota sur les talons et tapa sur l'épaule de Jobe.

— Allons-nous en, mon ami. Nous n'avons plus rien à faire ici.

Jobe le laissa passer.

— Les chevaux nous attendent dans l'écurie de l'auberge, de l'autre côté de la place.

Tandis que Duncan descendait l'escalier d'un pas rageur, l'Africain pivota vers Blanche.

— Vous êtes contente de vous, je suppose ? murmura-t-il, le visage impassible.

La jeune femme sentit sa gorge se nouer, mais, par orgueil, elle resta sur ses positions.

— Oui ! affirma-t-elle en relevant le menton. Duncan n'a aucun droit sur moi. Je ne me laisserai pas acheter ou vendre comme une tête de bétail.

Un sourire froid erra sur les lèvres de Jobe.

— Dans mon pays, une femme s'estimerait flattée si un homme acceptait de payer cinq vaches pour elle. Dans votre cas, j'offrirais peut-être une chèvre.

— Alors, nous avons de la chance, l'un et l'autre, de ne pas être en Afrique !

Le géant soupira.

— Duncan a tout sacrifié pour vous. Tout. Maintenant, il ne possède plus rien, hormis les vêtements qu'il porte, son fidèle cheval — et les souvenirs amers d'un amour impossible.

Blanche grimaça.

— Je lui ai rendu sa chevalière. Et, désormais, il est le propriétaire légitime de Bodiam.

Jobe secoua la tête.

— Vous refusez toujours d'entendre ce qu'il vous a dit. Il a juré à vos parents et à votre frère qu'il ne revendiquerait jamais la propriété de votre précieux château. S'il a signé ce contrat, c'était seulement pour vous en garantir la propriété. Il était prêt à sacrifier sa liberté et même sa vie pour vous aider à réaliser votre vœu le plus cher.

La jeune femme eut l'impression qu'une chape de glace se refermait sur son cœur.

— Il lui reste le manoir des Aubiers, objecta-t-elle. Mon père le lui a donné, en toute propriété.

— Même pas, répondit Jobe avec un haussement d'épaules. Quand il était en prison, il a dit à lady Catherine qu'il refuserait la récompense promise par lord Cavendish. Son sens de l'honneur lui interdisait d'accepter un présent aussi généreux, alors qu'il avait échoué dans sa mission. Je vous le répète : il n'a plus rien.

— Où va-t-il aller, dans ce cas ? questionna-t-elle d'une voix étranglée.

— Le plus loin possible de l'Angleterre. Le monde est vaste. Je l'accompagnerai dans sa vie d'aventurier : des combats, des festins, du vin et des femmes. N'ayez crainte, il saura se divertir. Et moi aussi.

— Mais Duncan est anglais, objecta-t-elle farouchement. Il ne pourra supporter éternellement son exil ! Il reviendra un jour ou l'autre dans son pays natal.

— Peut-être, acquiesça-t-il sombrement. Pour y mourir. Et vous, vous resterez seule dans votre cher Bodiam. Ne vous ai-je pas déjà dit que vous trouveriez le bonheur quand vous cesseriez de vous fuir ? Vous avez brisé votre vie, comme une fillette capricieuse qui brise sa plus belle poupée en espérant que ses parents lui en offriront une encore plus jolie. J'espère seulement que votre orgueil suffira à vous réchauffer pendant les longues soirées d'hiver...

Elle ferma les yeux.

Son orgueil ? Sa solitude ? Brusquement, sa mémoire se remplit d'images. Des images où revenait sans cesse le visage de Duncan. Il l'avait taquinée, il lui avait appris à nager et à monter à cheval, il l'avait protégée, il s'était battu et avait failli mourir pour elle, mais, surtout, il l'avait aimée ! Elle ne pouvait pas le laisser partir ainsi. Bodiam n'était rien si l'homme qu'elle aimait n'était plus à son côté pour partager ses joies et ses tristesses.

Seigneur Dieu, qu'avait-elle fait ?

Rassemblant les plis de sa robe noire, elle contourna Jobe et se précipita dans l'escalier. Un flot de larmes embuait ses yeux. Elle traversa la place en courant et entra dans la cour de l'auberge.

La pluie s'était remise à tomber. Une pluie battante qui achevait de l'aveugler.

— Duncan !

Il était à cheval et tenait par la bride la monture de Jobe.

— Duncan !

— Qu'avez-vous fait de Jobe ? s'enquit-il en lui décochant un regard glacial. L'auriez-vous poussé dans l'escalier ?

Malgré elle, elle ne put réprimer un sourire. En dépit de la situation, il gardait son sens de l'humour — même s'il s'agissait d'un humour noir et grinçant.

— Je... je t'en prie, bredouilla-t-elle. Rends-moi ma bague.

De la manche de son pourpoint, il essuya son visage ruisselant.

— Vous pourriez me répéter cela, maître ? Je ne suis pas sûr d'avoir bien entendu.

Elle leva vers lui un visage implorant.

— Je... je t'ai demandé de me rendre ma bague, Duncan. Je... je t'aime !

Il rejeta la tête en arrière et éclata de rire.

La pluie noya les larmes qui roulaient en flot continu sur les joues de Blanche. Il refusait de la croire !

— Je... je suis désolée de m'être conduite aussi stupidement... de... d'avoir refusé de t'écouter. Je t'en supplie, pardonne-moi... Ne m'as-tu pas entendue ? Je t'aime !

Il riait toujours.

— Pourquoi diable ris-tu ainsi ? questionna-t-elle en fronçant les sourcils.

— Ta moustache ! Elle s'est décollée ! répondit-il en parvenant enfin à réprimer son hilarité.

Il mit pied à terre et l'enveloppa avec tendresse dans sa cape.

— Seigneur Dieu, tu as une allure !

Il rit de nouveau, tandis qu'elle remettait en place, tant bien que mal, l'objet de son hilarité.

— Par le Christ, je suis perdue si on découvre que je suis une femme !

Duncan la serra contre lui.

— Je connais un excellent avocat, lui murmura-t-il à l'oreille. Au cas où vous en auriez besoin...

Elle releva la tête. Son expression s'était radoucie et une lueur pleine de tendresse brillait dans ses prunelles.

— Tu veux bien me rendre ma bague ? Je te promets que je ne m'en séparerai plus jamais.

Le visage de Duncan recouvra toute sa gravité.

— Holà ! pas si vite, maître ! J'aimerais d'abord savoir pour quelle raison vous désirez la récupérer. Pour rétribuer votre prestation à la barre ou bien pour sceller une promesse de mariage ?

Blanche lui sourit.

— Pour sceller notre promesse de mariage. Nous avons déjà beaucoup trop attendu.

Il retira l'anneau de son annulaire.

— Nous approchons de l'Avent. Si les bans sont publiés demain, nous pourrons être mariés dans une semaine. Sinon, il faudra attendre après Noël.

Elle tendit la main, paume offerte.

— Arrête de me taquiner, Duncan. Tu sais bien que je ne suis pas patiente !

Il glissa l'anneau à son doigt.

— Alors, l'affaire est conclue. Je t'embrasserais bien pour sceller notre marché, mais nous avons déjà assez attiré l'attention des bourgeois de Rye. Je ne voudrais pas qu'ils pensent que j'ai une attirance coupable pour les jeunes gens.

Blanche réprima un fou rire. Il était vraiment impossible... mais tellement séduisant !

— Alors, emmène-moi à la maison, à Bodiam.

Il la prit par la taille et la jucha en selle, puis il sauta en croupe derrière elle. Jobe les rejoignit et enfourcha sa monture.

— Je vois que nous sommes trois, maintenant, constata-t-il sobrement.

Blanche se pencha vers lui et posa la main sur son bras.

— Merci, Jobe. Jamais je n'oublierai ce que tu as fait pour moi.

— J'ignore de quoi il s'agit, intervint Duncan, mais moi aussi, Jobe, je te dois des remerciements : tu m'as sauvé la vie.

Le visage de l'Africain s'illumina.

— Quand vous serez mariés, le moment sera venu pour moi de rentrer dans mon pays. J'aurai payé ma dette.

— Au centuple, acquiesça Duncan.

Il pressa les flancs d'Aramis qui prit le trot en hennissant.

— Je viens de penser à une chose, mon trésor, murmura Duncan au creux de l'oreille de Blanche.

— Vraiment ?

— Eh oui. En m'épousant, tu vas enfin pouvoir réaliser ton vœu le plus cher !

— Lequel ? Conquérir ton cœur ?

— Bien sûr. Mais, dans l'immédiat, je voulais parler d'autre chose : tu vas devenir une lady. Une vraie, pas la femme d'un marchand de laine récemment anobli.

Elle sourit et se blottit amoureusement contre lui.

— Je n'avais pas pensé à cette conséquence de notre union, mon chéri. Tu vas devoir m'apprendre les belles manières... Voilà qui risque de s'avérer fort difficile !

— A une âme bien née, rien n'est impossible, assura-t-il gaiement. Je serai très heureux de te donner ma première leçon — dès que nous aurons trouvé une auberge convenable où tu pourras te réchauffer et enlever ce déguisement. Ce costume te sied admirablement, Chouchou, mais je te préfère habillée en femme — ou toute nue, à la rigueur !

LES NOCES DU BRIGAND, *de Suzanne Barclay* • *n°232*
Angleterre, 1390. A vingt ans, Alys Sommerville ne ressemble pas aux demoiselles de son âge : son don de guérisseuse la rend physiquement hypersensible et, croit-elle, inapte au mariage. Aussi, plutôt que de chercher un époux, se consacre-t-elle à la création d'herbiers et à l'écriture d'ouvrages de médecine qu'elle fait recopier par les religieuses d'un couvent. Une pieuse existence que va bouleverser sa rencontre avec Gowain de Crécy, chef d'une bande de brigands et père d'une petite fille de deux ans…

GUET-APENS AMOUREUX, *de Judith Stacy* • *n°233*
Texas, 1882. Pour avoir été longtemps la cible d'odieux ragots, Elizabeth n'a désormais plus qu'un souhait : passer inaperçue. Une espérance déçue lorsque, un beau matin, elle est prise en otage durant l'attaque d'une banque. Menacée de mort, elle ne doit son salut qu'à l'intervention d'un certain Connor Wade qui, non content de mettre en fuite ses agresseurs, s'immisce d'autorité dans sa vie en affirmant poursuivre un mystérieux objectif qu'il lui révélera en temps voulu…

LA DAME DE TROUVILLE, *de Lyn Stone* • *n°234*
France et Angleterre, 1318. Veuve et mère d'une fillette de dix ans, lady Anne est sommée par son oncle d'épouser en secondes noces le comte de Trouville, cousin du roi de France. Une union qui servira les intérêts de son ambitieux parent, lequel, si elle refuse de se plier à son joug, menace de lui enlever sa fille dont il est le tuteur légal. D'abord consternée, la jeune femme est prise de panique en découvrant que son promis jouit d'une funeste réputation pour avoir déjà enterré deux épouses en de troubles circonstances…

PASSION EN FUITE, *de Jillian Hart* • *n°235*
Montana, 1884. Traquée par les hommes de main de son père pour avoir refusé de se marier selon ses voeux, Miranda, une jeune héritière, se réfugie dans une gare bondée avec l'intention de prendre le premier train en partance. Dans la bousculade, elle heurte un inconnu qui s'efforce en vain de convaincre une fillette en pleurs de monter à bord. Touchée par la détresse de l'enfant, autant qu'émue par l'affectueuse patience de son compagnon, elle intervient et réussit à vaincre les réticences de la petite fille juste avant que le train s'ébranle. Commence alors pour tous les trois un voyage fertile en révélations…

UNE DUCHESSE IDÉALE, *de Jacqueline Navin* • *n°236*
Angleterre, 1815. Quand, à la mort de son frère, le duc de Strathmere se retrouve en charge de ses deux nièces orphelines, l'effroi le saisit. Se sentant incapable d'assumer seul pareille responsabilité, il décide de convoler très vite et arrête son choix sur une jeune personne éminemment convenable. Belle et réservée, cette dernière, c'est sûr, fera une parfaite duchesse. Alors, pourquoi ne peut-il s'empêcher de lui préférer la très imparfaite gouvernante de ses nièces, que son rang lui interdit à jamais d'épouser ?

BEST SELLERS

Les Best-Sellers Harlequin, c'est la promesse d'une lecture intense : romans policiers, thrillers médicaux, drames psychologiques, sagas, ce programme est riche d'émotions.

Ne manquez pas, le 1er novembre :

Sang froid, *de Alex Kava* • *N° 159*

Panique à Platte City, Nebraska. Le corps du petit Danny Alvarez, 10 ans, vient d'être découvert dans la neige, au bord de la rivière, porteur d'étranges stigmates. Bientôt un deuxième enfant est retrouvé assassiné, Matthew Tanner. Puis un troisième. Pour Maggie O'Dell, profiler du FBI, et Nick Morelli, chef de la police locale, ces meurtres ressemblent à ceux qu'a commis Ronald Jeffreys, un tueur en série exécuté quelques mois plus tôt. Un sinistre « copieur » a-t-il pris le relais ? Ou est-ce le « modèle » lui-même qui sévit à Platte City, fondu dans la petite communauté ?

Une vie brisée, *de Charlotte Vale Allen* • *N° 160*

Veuve depuis peu, Kyra Latimer voit débarquer chez elle Jennifer, une adolescente qui se prétend sa fille. Mensonge, puisque Kyra ne peut pas avoir d'enfant. Pourtant, lorsque Jennifer lui confie son petit garçon de trois ans et demi, à l'évidence maltraité, Kyra accepte sans hésiter. Pour la femme de trente-huit ans comme pour l'enfant, une nouvelle vie commence, s'épanouit… Jusqu'à ce que le destin frappe.

Vengeance posthume, *de R.J. Kaiser • N° 161*

Par amour pour Stella, une jolie starlette battue par son acteur de mari, Mac McGowan a tué. Un accident, certes, mais le mari est mort, et bien enterré sous sa piscine. Vingt ans plus tard, tout le monde a oublié la disparition d'Aubrey St. George. Tout le monde, ou presque. Car, à part Stella et lui, quelqu'un est au courant du terrible secret. Quelqu'un qui, aujourd'hui, ne recule devant rien pour lui empoisonner la vie. Ni à le faire chanter. Ni même à menacer sa vie.

Le mystère Laura, *de Judith Arnold • N° 162*

Quand son mari meurt, Sally Driver est effondrée. Pas pour longtemps. Très vite, la révolte prend le dessus. Ne vient-elle pas de trouver dans les affaires de Paul des lettres enflammées écrites par une certaine Laura ? La rage au cœur, elle décide d'aller à la recherche de la maîtresse de son mari. Et elle n'est pas la seule à vouloir la vérité. Le meilleur ami de Paul, exclu de la confidence, se sent lui aussi trahi. A eux deux, ils vont découvrir tout un pan caché de la vie de Paul. Et ce ne sera pas, loin s'en faut, leur seule découverte…

Métamorphose d'une femme, *de Mary Alice Monroe • N°108 - réédition*

Victime d'une malformation faciale, Charlotte Godowski décide à vingt ans de recourir à la chirurgie esthétique. Devant la beauté de son corps, son médecin voit l'occasion d'accomplir le chef-d'œuvre de sa vie. Et le miracle a lieu. Sous un nouveau nom, Charlotte commence une brillante carrière au cinéma. Tout en sachant que la moindre indiscrétion sur son passé pourrait lui coûter l'admiration de son public, mais aussi l'amour de l'homme qui compte aujourd'hui pour elle par-dessus tout…

COMMANDE...COMMANDE...COMMANDE...

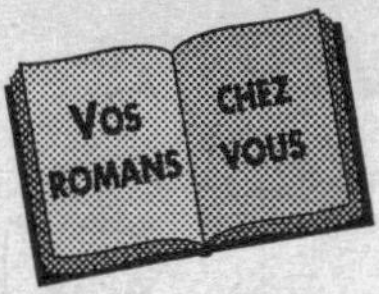

Ces volumes sont disponibles auprès du Service Lectrices dans la limite des stocks. Si vous souhaitez commander certains titres, cochez les livres choisis et indiquez vos coordonnées dans le bon de commande ci-joint.
Chaque volume est vendu au prix de 4,57 €, auquel s'ajoutent 2,05 € par colis pour la participation aux frais de port et d'emballage.
N'envoyez pas d'argent aujourd'hui, une facture accompagnera votre colis.

Renvoyez ce bon à : Service Lectrices HARLEQUIN
CÉDAP / BP 77 - 94232 CACHAN CEDEX.

Mme ❐ Mlle ❐ Si abonnée, n° : |_|_|_|_|_|_|_|_|_|

NOM ______________________

Prénom ______________________

Adresse ______________________

Code Postal |_|_|_|_|_| Ville ______________________

______________________ Tél. : |_|_|_|_|_|_|_|_|_|_|

Adresse e-mail ______________________

Date d'anniversaire |_|_|_|_|_|_|_|_|

Signature indispensable

Le **Service Lectrices** est à votre écoute au **01.45.82.47.47**
du lundi au jeudi de 9h à 17h et le vendredi de 9h à 15h.

Conformément à la loi Informatique et Libertés du 6 janvier 1978, vous disposez d'un droit d'accès et de rectification aux données personnelles vous concernant. Vos réponses sont indispensables pour mieux vous servir. Par notre intermédiaire, vous pouvez être amené à recevoir des propositions d'autres entreprises. Si vous ne le souhaitez pas, il vous suffit de nous écrire en nous indiquant vos nom, prénom, adresse et si possible votre référence client. Vous recevrez votre commande environ 20 jours après réception de ce bon.

Offre réservée à la France métropolitaine et soumise à acceptation.

Composé sur le serveur d'EURONUMÉRIQUE, À MONTROUGE
PAR LES ÉDITIONS HARLEQUIN
Achevé d'imprimer en septembre 2002

BUSSIÈRE

GROUPE CPI
à Saint-Amand-Montrond (Cher)
Dépôt légal : octobre 2002
N° d'imprimeur : 24201 — N° d'éditeur : 9532

Imprimé en France